진주의 기억과 풍경 그리고 산책자

나의 도시,
당신의 헤테로토피아

헤테로토피아,

heterotopia,

'문 없는 문'을 만나

새로운 문으로 읽어나가는 길

머리말

존재의 깊이 그 내밀한 풍경에 가닿기 위해
이 도시의 바람과 기억을 걷는다.

산청, 하동, 함안, 고성과 인접한 진주는 내가 사랑하는 사람들이 살았고, 여전히 살고 있으며 앞으로도 그럴 것이다. 무수한 시간의 간극과 그 순간을 살았던 또 다른 시간의 장소들과 함께. 어느 날 그런 진주를 한번 걸어보고 싶다는 생각을 했다. 돌이켜보니 태어나 아직 살고 있는 이 도시도 가보지 못한 곳이 많았다. 오랜 역사와 사연이 묻어 있는 사적 장소에서 공적 장소들까지. 기억과 현재를 오가는 장소들은 세월과 함께 조금씩 나이 들어가고 있다.

해방과 전쟁 그리고 근현대를 거치며 그곳에 묻혀있는 삶의 이야기들. K와 9일의 시간동안 낮과 밤을 걸으며 진주의 풍경을 눈에 담으며 그 내밀한 이야기에 귀를 기울였다. 신도시가 형성되어 새로운 번화가가 된 곳부터 개발이 허락되지 않은 방치된 낡은 주택들의 장소들까지. 내가 사랑하는 사랑했던 장소들, 말할 수 없는 그 변방의 장소들은 수십 년의 세월을 거치며 사람들과 정들어 그곳에 있었다. 때로는 먼지와 녹이 슬어 틈이 생기고 기울어져 가는 곳과 담과 담을 사이에 두고 삶의 시간이 단절되어 가는 곳. 그 추억의 공간을 이제 아무도 기억하지 않을지도 모른다는 생각. 혹은 새로운 곳에서 또 다른 이야기를 꿈꿀지도 모른다는 것.

그럼에도 장소와 사람을 기억하는 일은 자신의 정당한 권리와 스스로의 목소리를 찾는 것이다.

'천년고도의 도시' 진주는 먼 과거의 것들을 보존하는 당위와 언제나 그 기억에서 벗어나려는 이탈의 욕망이 공존하는 도시이다. 장소들에서 비롯되는 개인들의 내밀한 기억은 비슷하지만, 특별한 그 무엇이 있다. 한사람의 삶이 묻어나는 장소에서 타인들과 소통하는 장소 그리고 약자들이 살아가는 장소들까지. 그 장소들은 시간이 지나면 변화를 겪기 마련이다. 그럼에도 그 자리를 묵묵히 지키며 사람과 더불어 삶을 극진히 사는 장소들을 '아름다운 헤테로토피아'라 이름한다. 말하자면 그곳에는 모든 것들이 당신을 향하던 순한 시간들이 있었고 내 안으로만 들어오던 오랜 기억이 있었다. 앞으로도 그럴 것이다.

『일방통행로』에서 벤야민이 보여준 산책자의 사유는 서로 무관한 파편들의 숨겨진 구도에서 진실은 스스로 드러난다는 것이다. 그러한 사유는 헤테로토피아의 도시 속 현재에 대한 관찰을 넘어 과거에 대한 기억을 자연스럽게 불러온다.

그렇게 우리에게 다가온 장소들. 극장과 기차역, 남강 그리고 형평운동의 현장과 문화의 다양한 공간들. 그리고 사라져가는 골목마다 숨겨져 있는 기억의 장소들까지. 장소를 경험하는 사람은 그 장소의 일부가 되고 장소 역시 그의 일부가 된다.

존재의 출발이자 뿌리인 '고향' 진주는 물리적인 장소로서 누구에게나 개방되어 있지만 이질적인 시간과 추억으로는 특정한 이들에게만 열려있는 장소이다. 아름다운 나의 도시, 당신의 헤테로토피아를 걸었다. 그곳의 장소를 기억하고 그 장소에서 치열하게 살고 있는 이들의 기억을 나누는 일이 이렇게 가슴 뛰게 그리운 일임을 한참 뒤에 알았다.

말하자면 그들이 그 장소들에서 이룬 삶의 무늬가 바로 '시'라는 것을. 곡진한 그 하루 하루의 일상이 곧 문학이고 예술이라는 진실을. 그리고 떠난 이들과 여기 남은 이들. 가깝고 먼 그 이름들을 애도와 환대의 방식으로 떠올리며 너무 늦었거나 너무 이른 안부를 보낸다. 더불어 이 책에 귀한 말과 글들을 보태주신 여러 선생님들께 머리 숙여 감사의 마음을 전한다.

> 어떤 사람이 작은 토지를 소유하게 되면,
> 그 땅은 바로 그이며, 그의 일부로써 그를 닮는다.
> 토지 위를 걸어보고, 만져보고,
> 또 일이 잘 안되면 슬퍼도 해보고,
> 비가 내리면 기뻐할 수 있을 만큼의 땅이라도 갖게 된다면,
> 그 토지는 바로 그 농부이다.
> 그리고 그가 그 땅을 소유하기 때문에 어떻게 보면
> 농부가 그의 땅보다 더 클 수도 있다.
> 그가 혹여 성공하지 못하더라도
> 그는 그 토지를 가지고 있어 큰 것이다.
> 땅이란 그런 것이다.
>
> ㅡ 존 스타인백의 『분노의 포도』 중에서

차 례

넷째 날
강이 흐르는 천년의 도시

다섯째 날
문화의 탄생이란

여섯째 날

중앙시장, 치열한 그 삶의 현장에서

일곱째 날

천천히 다시, 그곳에서

여덟째 날
역사의 이름으로

아홉째 날
사라져 가는 골목마다 숨어있는 기억들

부록
진주의 옛 장소들

첫째 날

사람들은 나를 구운몽이라고 부른다

삶은 반복된다
오랜 시간 그 지극한 장소와 함께

사람들은 나를 구운몽이라고 부른다 구운몽이라고 하면 왠지 귓속말처럼 느껴지지만, 너도 알다시피 아직 오늘 밤이잖아 발꿈치를 살짝 들고 말할까 우리는 태어날 때부터 밤이었고 충분한 밤이었고 들판에 가득한 밤이었어 너는 밤마다 젖은 구름으로 왔고 고양이 없는 웃음으로 왔고 때로는 눈보라로 왔지 네가 사과 하나를 들고 똑같이 나누자 갑자기 모든 것이 조용해졌어

-「내 이름은 구운몽」 중에서

그날, 부산에서 이틀을 보내고 아침을 먹고 진주로 가는 중이라고 K가 전화를 했다. 세수를 하는 둥 마는 둥 대충 걸쳐 입고 역으로 나갔다. 코로나를 견뎌낸 몇 년, 근래 서로 바빠 톡과 전화로만 연락을 했던 터라 무척 반가웠다. K와는 창작과 연구를 조언하고 응원해 주는 사이이다. 못 본 사이 헤어스타일이 바뀌었다. 생머리에서 짧은 커트로. 조금 더 야위었지만 방학이라 그런지 훨씬 자유로워 보였다. 모든 것을 차치하고 K와 있으면 내가 더 좋은 사람이 된 것 같다.

진주는 왠지 가깝지만 먼 도시 같아. 안개 속 이국의 도시 말이야!

K와 통화를 하면 항상 제일 마지막에는 진주에 가고 싶다는 말이었다. 그

러면 나는 "진주는 말이야 '천년고도의 도시'로 옛부터 교육과 예술의 도시이며 시월의 개천예술제와 유등 축제의 유구한 역사를 품고 있으며…. 그리고 허수경 시인은…." 꼬리에 꼬리를 물고 이야기를 한다. 평소 진주에 대한 이야기를 잘 하지 않는데 이상하게 K와 함께하면 자연스럽게 옛날 기억과 모든 정보를 동원한다. 말하자면 K가 알고 있는 진주에 대한 많은 정보와 이미지는 나에게 가스라이팅(?) 당한 부분이 많다는 것이다. 그리고 K가 나타났다. 전날 예고도 없이 불쑥, 검은 배낭을 메고 노란 트렁크와 나란히 서 있었다. 이역의 아주 먼 곳으로 여행온 여행자처럼 뭔가 한없이 들뜬 눈으로 세 번째 소설 원고를 출판사에 넘기고 훌쩍 온 것이라고 했다.

그러니까 이 '진주' 이야기는 그렇게 시작되었다. 나는 진주에서 태어나 진주에서 자랐고 진주에서 살고 있다. 한 사람에게 자신이 태어나고, 자라고, 살고 있는 도시는 어떤 의미가 있을까. 자신이 살고 있는 장소가 존재를 어떻게 확장시키고 어떤 사유를 가능하게 하는지. 나에게 소환되는 장소를 어떻게 말해야 할지 한동안 침묵을 되풀이할 수밖에 없었다.

K와 조르지오 모란디 이야기를 했다. 이탈리아에서 태어난 그는 블로냐의 작은 방에서 평생 정물화를 그렸다. 외부 활동도 하지 않고, 친구도 별로 없고, 결혼은 하지 않은 채. 당시의 미술계에는 다양한 시도와 새로운 바람이 불고 있었지만 그는 시류에 휩쓸리지 않고 매우 소박하고 차분하게 자신만의 그림을 그렸다. 집과 마을, 학교를 오가며 3평도 안 되는 작업실에서 현실과 그 너머의 형이상학적 세계를 상상하고 구축하였다. 그가 그렇게 평생 몰두한 것은 '정물'이었다. 움직이지 않는 'still life'로서, 부동의 삶을 살았던 그

조르지오 모란디의 작업실

의 작업실은 숭고한 '성소'와 같다. 그리고 그는 말한다.

> 전 세계를 여행한다 해도 아무것도 보지 못할 수 있다. 세상의 이치를 이해하기 위해서는 반드시 많이 봐야만 하는 것은 아니다. 무엇보다 필요한 것은 지금 보고 있는 것을 성실하게 보는 것이다.

예술을 비롯한 삶의 스타일은 '장소'에 의해 좌우된다. 하루 종일 음악을 생각하면 그가 뮤지션이고 그가 있는 곳이 뮤지션의 장소가 된다. 하루 종일 시를 생각하고 시를 쓰면 그가 있는 곳이 바로 시인의 장소가 된다. 그처럼 일상의 '패턴'으로부터의 세계의 구축은 '장소의 반복'에서 발견된다. 공원이나 집 그리고 카페와 같은 일상의 장소에서부터 기억이나 상상의 장소까지. 우리의 삶은 이러한 장소나 공간과 연결되고 또 반복된다.

어떤 장소에서 발생하는 리듬. 하나의 생명에 하나의 리듬이 있듯이 하나의 장소에 내재된 리듬은 삶의 에너지이고 긴장이며 현기증이다. 개개인의 삶이 여실히 드러나는 곳, 타인과 소통하는 기쁨과 환대의 장소에서 강자와 약자가 공존하는 곳까지. 공공의 기억이나 역사적 아픔 또한 이런 장소들과 함께 애도 되거나 묻히기도 한다. 그러니 이 장소들도 시간이 지나면 바뀌거나 잊혀지기 마련이다.

그럼에도 그 자리를 묵묵히 지키는 어떤 장소들은 지극하다. 눈이 나무 위에 조용히 쌓이고 머리카락 한 올이 떨어지는 소리까지 들렸던 곳. 떠나왔지만 완전히 떠나지 못하는 곳. 표정이나 주름처럼 자신도 알지 못하는 사이 그곳의 냄새와 정서가 내 몸에 베는 곳. 내가 사랑하는 그러한 장소를 나는 '나의 아름다운 헤테로토피아'라 이름한다.

그렇게 K와 이 도시를 9일 동안 걸었다. 한 도시를 제대로 볼 수 있는 것은 지극한 장소들과 그곳에서 평범하게 보낸 수많은 낮과 밤일 테다. 홍차에 적신 마들렌 한 조각을 먹다가 잃어버린 기억을 찾았던 프루스트처럼 문득 나도 이 도시의 기억들이 궁금해졌다. 강처럼 한없이 느리고 조용한 도시. 때로는 강처럼 거칠게 꿈틀거리는 도시. 그 내밀한 기억들을 불러오고, 아직 오지 않은 그 무엇을 기다리는 곳. 가끔 그 장소들이 새로운 시의 문장이 될 때까지 나는 또 기다린다. 이 도시에서 서성거리는 무수한 바람과 함께. '진주'를.

진주는 우리나라에서 '최초'라는 단어가 붙어있는 역사적 유래가 많다. 우리나라 최초의 인권 운동인 형평운동이 일어난 곳이고, 우리나라 최초의 지방 신문《경남일보》가 창간되었다. 또 경남 최초의 근대 교육기관인 경상우도 관찰부 소학교가 설치되었는데, 그 학교는 다음 해 진주공립소학교로 이름이 바뀌었다. 그리고 우리나라 최초의 지방 축제인 개천예술제까지.

나는 K에게 프랑스 시인 르네 샤르의 이야기를 했다. 시와 더불어 우리는 그 '누군가'가 될 수 있다고 했던 그의 시는 시적인 것의 통념을 벗어난 이질적인 것들이 생동하는데, 그것은 시의 한계와 근원을 동시에 헤아린다는 의미이기도 하다. 그런 샤르의 시를 두고 모리스 블랑쇼는 "시의 시"라고 했다. 또한 미셸 푸코는 자신의 박사학위 논문『광기와 비이성』의 서문에서 샤르의 글들을 언급하며 그를 '정당한 낯섦'을 말하는 이로서 "가장 집요하고도 가장 억제된 진실"을 발화하는 시인이라고 했다. 카뮈 또한 샤르를 두고 '당신을 알기 전에는, 시 없이도 잘 지냈습니다'라는 고백을 하기도 했다.

> 나에게 너의 침묵을 건네주는 너의 외침은 얼마나 아름다운가!
>
> — 샤르,『말의 군도』중에서

샤르에게 시와 진실은 동의어이다. 시로서 아름다움을 혹은 진실을 밝히는 것이 아니라 진실을 향한 움직임으로 그것을 넓혀나가는 것이다. 시인은 진

古美術
考古堂
도자기목물일체
상봉사
진주민속당
고미술
고서적
목기

실을 말하는 것이 아니라 진실을 살아가는 사람이라는 것. 매 순간을 위해 태어나고, 순간적으로 빛나는 번개의 역설을 시로 전하는 사람이 시인이라고 한 그는 말했다.

고향에서, 질문하지 않는 것도 배운다. 나의 고장에서는, 누구도 감동한 자에게 질문하지 않는다.

K는 샤르의 고향에 있는 '라 소르그' 강이 그의 시세계를 형성하는 근원 중의 하나일 거라고 했다. 그러니까 '강'은 '원칙'으로서의 '반(反) 고정성'을 대표하는 투명하고 유동적인 주술의 이미지로 '탈-경계'의 방식들이 끊임없이 발현되는 장소라는 것이다. 그렇다면 샤르가 자신의 고향을 가로질러 흘러가는 강에서 언제나 다시 태어난 것처럼 그는 매번 '최초의 순간'으로 시의 새로움을 경험했던 건 아닐까.

말하자면 나에게 진주도 그렇다. 무언가에 이르면 무언가를 사라지게 하는 곳. K는 그 말을 이해했다. 그것은 그것으로 무력하지만, 지속되는 어떤 비밀을 말하는 것이다. 그런 삶과 시가 탄생되는 곳. '너무 일찍 떠나버린 강'이 있는 고향의 하늘은 강을 닮아 그래서 오늘도 푸르다.

나는 출생 신고가 조금 늦어 또래 보다 학교를 몇 주 늦게 들어갔다. 부모님은 동사무소 직원을 설득해 기어이 입학 허가를 받았다. 요즘 같으면 어림없는 일이지만 당시는 가능했다는 이야기다. 또 한때는 자전거를 정말 열심히 탔다. 지는 해를 바라보며 달리면 바람의 감촉은 경이롭기까지 했다. 금산교에서 상평동 방면으로 달리면 구름은 구름대로 강은 강대로 지나갔다. 중고등학교 시절 친구들고 놀다 버스비가 없어서 시내에서 집으로 가기 위해 뒤벼리 길을 무던히 걸었던 때도 있었다.

하나의 공간에 기억이 담기면 하나의 장소가 된다. 한곳의 장소는 오래된 기억들의 장소애(Topophilia)가 된다. 보이는 것에서부터 보이지 않는 것까지 천천히 보고 천천히 이해하며 장소와 하나가 되는 것. 장소의 과거와 현재 그리고 미래. 그곳의 기다림이나 간절함. 또 그곳에 대한 정서적 유대감을 '장소애'라고 한다면 어쩌면 우리는 '시간'보다 '장소'에 더 감응하는 것인지도 모른다. 무엇보다 '장소애'는 실제적 경험뿐 아니라 우리의 무의식으로 인해 더 섬세하게 형성되기 때문이다.

> 팔도강산 다 돈 끝에
> 진주에 와 닿으면
> 그때부터 여행의 시작이다
> — 허유, 「진주」 부분

진주의 팔경은 진주성과 촉석루, 남강과 의암, 뒤벼리와 문화거리, 새벼리와 석류공원, 망진산과 봉수대, 비봉산의 봄, 월아산의 해돋이, 진양호의 저녁 노을이다. 진주 팔경을 다 헤아리지 않더라도 진주는 언제나 말없이 아름다운 도시다. 그래서 나에게 '진주'는 너무 멀리 에둘러 왔거나 혹은 너무 오래 태어난 도시이다. 촉석루에서 도시 가운데를 흐르는 남강을 보고 있으면 이 도시는 떠나간 무엇인가를 한없이 기다리고 있는 것 같다. '아직도 태어나지 않는 사람들'(「또, 검은 밤이」)과 강 건너 대숲으로 지나가는 바람과 '흰 그늘 속의 푸른 적막'(「연두」)과 함께.

존재도 없고 장소 또한 없는 상태는 어떻게 해서 '존재의 장소'라는 상태에 길을 내주는 걸까?
(에드워드 S. 케이시, 『장소의 운명』)

interview

'줬으면 그만이지'와 남성당 한약방

출처(MBC경남)

K는 이 시대 진정한 어른으로 평생 나눔을 실천해 오신 김장하 선생님에 대한 이야기를 많이 했다. 진주에 오면 제일 먼저 남성당 한약방에 한 번 가고 싶다고 했다. 『줬으면 그만이지』 책과 넷플릭스 그리고 영화 〈어른 김장하〉를 보고 몇 번이나 울컥했다고 고백했다. 그리고 그 모든 것들이 '당신은 어떤 어른이 되고 싶냐?' 고 묻는 것 같다며 영화에서 김장하 선생님이 하신 말씀을 걸으면서 계속 했다.

"아무 칭찬하지 말고, 나무라지도 말고…. 그대로 봐주세요"

"결국 아프고 괴로운 사람들을 상대로 돈을 벌었잖아요. 그 소중한 돈을 함부로 쓸 수 없어서 차곡차곡 모아 사회에 환원했어요"

K는 망경동 남강변에 있는 게스트하우스에 숙소를 잡았다. 촉석루가 보이는 진주교를 건너면 바로 남성당 한약방이 보인다. 김장하 선생님이 48년간 운영해 온 한약방은 얼마 전에 문을 닫고 진주시에서 '남성당 교육관'으로 만든다고 한다. 그리고 『줬으면 그만이지』 책을 쓴 김주완 작가와 연락이 닿았다.

올 한해는 『줬으면 그만이지』의 열풍으로 대한민국이 뜨거운데요. 그동안 많이 바쁘셨겠어요. 요즘 어떻게 지내세요?

강연과 저자와의 대화, 북토크가 많습니다. 가끔 언론사의 기자 대상 강연도 있고, 경남대학교에서 저널리즘 과목 강의도 하고 있고요. 김장하 선생님 관련 추가, 보완 취재도 짬짬이 계속하고 있습니다.

'MBC경남'에서 만든 특집 다큐멘터리 〈어른 김장하〉가 제35회 한국 PD대상 TV 시사 다큐부문 작품상과 제56회 백상예술대상 작품상까지 수상했습니다. 이를 두고 백상 최대 이변이라는 말들도 있고요. 최근 개봉된 영화뿐 아니라 넷플릭스를 타고 전 세계로 나가고 있습니다. 저도 몇 번을 봤는데요, 기획부터 제작이 쉽지 않았을 것 같아요.

2015년 초 〈풍운아 채현국〉을 쓴 이후부터 김장하 선생에 대한 기록 작업을 시작했고, 선생으로부터 도움을 받은 분들을 꾸준히 취재해 왔습니다. 그러다 2021년 재직 중이던 경남도민일보에서 정년을 좀 앞당겨 퇴직 후 본격적으로 책 집필 작업을 하려는데, MBC경남 김현지 PD로부터 다큐멘터리 작업을 함께 하자는 제안을 받았습니다.

어려운 점은 별로 없었습니다. 김장하 선생을 직접 취재하는 게 조심스럽긴 했지만, 선생으로부터 도움을 받은 이들은 물론 관련 인물들이 하나같이 적극 취재에 협조해 주었기 때문입니다. '이런 분은 반드시 기록을 남겨야 한다. 널리 알려야 한다'며 저희보다 더 열성적으로 나서주셨습니다.

그건 김장하 선생님에 대한 마음이 한결같기 때문이겠죠. 책 출간부터 다큐멘터리까지 소회가 남다르실 거라 생각됩니다. 어떻게 보면 가장 객관적으로 김장하 선생님을 보시지 않았을까 싶어요. 그래서 좀 어려운 질문일 수 있겠지만, 김장하 선생님은 어떤 분이신가요?

취재 과정에서 '사람이 어떻게 저럴 수 있을까?' 의심하며 끊임없이 단점이나 위선을 찾아보려 했지만 찾을 수 없었습니다. 굳이 끄집어낸 결점이라는 게, '진주신문에 대한 선생의 화수분 같은 지원이 오히려 독이 된 것은 아닐까, 아무리 적자가 나더라도 선생이 다 보전해주다 보니 내부 구성원들이 그만큼 절박함을 느끼지 못했고, 결국 폐간에 이르게 된 것은 아닐까?'하는 정도였습니다.

선생의 살아온 과정도 그랬지만, 인품 또한 제 개인적으로는 삶의 지표로 삼기에 충분했습니다. 특히 어떤 일에도 '대가를 바라지 않는 마음'이 그랬습니다. 인간 세상의 모든 갈등과 괴로움이 '대가를 바라는 마음'에서 비롯될진대, 그 마음을 다스리는 것만으로도 갈등과 고뇌를 해소하는 데 큰 도움이 되었습니다.

손수 녹차를 따라 주시는 김장하 선생님. 금이 가고 낡은 다기, 옛날에 쓰시던 걸 안 바꾸고 계속 쓰시는 이유가 뭐냐고 묻는 김주완 작가의 물음에 선생님은 "안 깨지데?"라고 하신다.

그렇다면, 김장하 선생님의 대가를 바라지 않는 '무주상보시(無住相布施)'와 같은 실천들은 어디에서 나온 것일까요.

아마도 '재물에 얽매이지 말고 올바름에 마음을 두어야 한다'는 할아버지의 가르침과 '배운 대로 실천해야 한다'는 남명 조식의 사상, 그리고 공자와 노자의 철학에 많은 영향을 받으신 듯했습니다. 특히 〈논어〉의 人不知而不慍(인부지이불온)이면 不亦君子乎(불역군자호)아, 즉 남이 알아주지 않아도 서운해 하지 않으면 이 또한 군자가 아니겠는가, 〈맹자〉의 仰不愧於天(앙불괴어천) 俯不怍於人(부부작어인), 즉 고개를 들어 하늘에 부끄러움이 없고, 고개를 내려 사람에게도 부끄러움이 없는 삶을 추구해 왔습니다. 부끄러움은 선생의 평생

화두였던 것 같은데, 2019년 진주 시민사회에서 선생의 생신날 깜짝 잔치를 열어드렸을 때도 인사말에서 "부끄럽지 않게 살기 위해 노력했는데, 아직도 부끄러운 게 많다"며 재차 '부끄러움'을 강조하신 데서도 알 수 있었습니다.

무엇보다 이 '부끄러움'이라는 단어가 많은 걸 생각하게 하네요. 김장하 선생님께서 말씀하신 내용은 직접 쓰신 논문에도 있었던 것 같아요.

예, 「진주정신에 관한 소고(小考)」라는 논문을 쓰셨는데요. 그 논문에서 선생은 ① 임진왜란기 진주성 싸움과 의병의 활동에서 나타난 주체정신(主體情神), ② 남명 조식 선생의 경(敬), 의(義) 사상과 지행일치(知行一致)를 바탕으로 한 호의정신(好義精神) ③ 고려 민권항쟁과 임술 농민항쟁, 형평운동에서 나온 평등정신(平等精神), 세 가지 진주정신을 오늘에 되살려야 한다고 말하고 있습니다. 이 세 가지 정신은 선생이 지금까지 살아오면서 추구했던 삶과도 일치하고 있습니다. 선생이 유독 형평운동기념사업에 앞장서고, 그 정신을 오늘에 되살려 차별 철폐와 평등세상 실현에 나섰던 일도 그 일환이라고 할 수 있겠습니다.

세 가지 진주 정신과 형평 정신의 가치를 실현하시는 선생님의 모습은 정말 귀감이 됩니다. 그럼 다른 질문을 해볼게요. 어렸을 때 저희 집에도 남성당 한약방에서 한약을 많이 지었어요. 초등학교 무렵 집에 한약방 이름이 적힌 약상자가 자주 보였거든요. '한약방'에 대한 이야기를 좀 들려주세요.

'남성당'의 '남성(南星)'은 선생의 아호이기도 한데, 할아버지가 지어준 것입니다. 목숨을 관장한다는 남극노인성이란 별자리에서 따온 것으로, 선생은

"똥은 쌓아두면 구린내가 나지만 흩어버리면 거름이 되어 꽃도 피우고 열매도 맺습니다. 돈도 이와 같아서 주변에 나누어야 사회에 꽃이 핍니다"라고 한 김장하 선생님의 남성당 한약방은 1963년 10월 사천시 용현면 신기리(일명 석거리)에서 개업한 이후 1973년 3월 진주시 장대동 106-2번지(현 반도병원 옆)로 이전 개업했다. 1977년 4월 동성동 212-5번지로 다시 이전, 지난 2022년 5월 말 폐업할 때까지 횟수로 60년, 진주에서만 거의 50년 동안 진주는 물론 서부 경남, 나아가 전국에서 찾아오는 환자들과 함께했다.

이에 대해 "약방에서 지어준 약을 먹고 다들 오래 살라는 뜻이죠. 또 그 별은 보일 듯 말 듯 하면서도 그러나 역할은 해요. 앞에 나서지 말고 항상 제 역할을 하는 그런 사람이 되라는 뜻이지요."라고 말한 적이 있습니다. 남성당한약방은 가장 좋은 약재를 쓰면서도 약값이 다른 한약방에 비해 1/3 정도로 저렴했는데, 실제로 2022년 5월 말 폐업할 때까지 보약이 10만 원이었습니다. 그 무렵 제가 마산의 한의원에서 지어 먹었던 보약이 30만 원 이상이었으니 그때까지도 1/3 가격이었던 거죠.

언제나 가난한 서민을 먼저 생각하셨던 마음 때문이었을 텐데요. 최근에 한약방 폐업 소식을 듣고 많이 안타까웠습다만 오랫동안 진주를 위해 헌신하셨으니 이제 조금 쉬셔도 된다는 생각과 감사한 마음이 교차했습니다. 저는 선생님을 찾아뵐 일이 있을 때마다 댁에 갔었는데요. 그때마다 연세 드신 사모님과 선생님이 거주하기 불편할 것 같은 옛날 건물이 마음 쓰였습니다.

그렇죠. 선생의 가족은 1973년 장대동 한약방 뒤 한옥에서 동생들까지 10여 명이 함께 살았고, 그 시절 부인 최송두 여사는 종업원들의 식사까지 20인분의 밥을 점심, 저녁으로 지어먹였다고 합니다. 이후 한동안 동방호텔 주차장 자리의 2층 주택으로 이사했다가 1987년 동성동 남성당한약방 건물 3층을 개조해 현재까지 가족과 함께 살고 있습니다. 이 건물은 구조상 양옆과 뒤에 건물이 붙어 있는 까닭에 도로와 접한 앞면 외에는 창문도 없는 집이었습니다. 선생은 이 3층 집은 인근 농촌지역에서 약을 지으러 왔다가 막차를 놓친 할머니를 재워드리기도 했다고 전해집니다.

남성당한약방 옆과 뒤 자전거 대리점이 있는 건물도 김장하 선생 소유였는데요. 1990년대 중반 세 건물을 헐어 새로운 건물을 신축할 계획을 세웠으나, 1997년 IMF 사태로 인해 계획이 무산되었다고 합니다. 신축되는 새 건물에서 나오는 임대료로 지역사회에 대한 기부와 지원을 하려는 계획이었다고 합니다. 계획이 무산됨에 따라 건물 신축을 위해 준비해둔 자금으로 경상국립대학교 남명학연구소 후원과 남명학관 건립에 거액을 기부했고, ㈜서경방송 창립 때에도 2대 주주로 참여했죠. 그 주식은 이후 남성문화재단의 종잣돈이 되었고요.

참, 옆 건물과 뒷 건물은 자전거 대리점 주인이 저렴한 가격으로 매입했다고 합니다. 남성당한약방 건물은 진주시에서 매입했고요.

약을 지으러 왔다가 막차를 놓친 할머니를 재워드렸다는 이야기는 따뜻하고 아련하네요. 『줬으면 그만이지』 이 책의 부제가 '아름다운 부자 김장하 취재기'인데요. 김장하 선생님의 일대기이기도 하지만 사실은 선생님의 손이 닿은 진주의 풀뿌리 현대사의 귀중한 자료입니다. 김장하 선생님께서 진주를 위해 하신 일들은 손꼽을 수 없을 만큼 많잖아요.

맞습니다. 크게 나누면 장학사업, 학교 설립과 헌납, 수많은 문화, 예술, 시민, 환경, 노동, 농민, 역사, 인권, 여성단체 지원, 지역언론 지원 등인데요.

우선 장학사업을 보면, 선생이 직접 밝히지 않아 정확한 숫자와 액수는 알 수 없지만, 제가 취재한 바를 종합해 보니 대략 1000명 이상에게 30억 원 이상을 주었습니다. 특히 '김장하 장학생'은 몇 가지 특징이 있었는데요. ① 장학금 수여식 또는 전달식을 하지 않는다. 당연히 사진도 찍지 않는다. ② 성적보다는 가정 형편이 어려운 학생을 우선하여 선발한다. ③ 가급적 1회성이 아니라 졸업할 때까지 전액 지원한다. ④ 등록금뿐 아니라 생활비 등 각종 경비까지 지원한다. ⑤ 드물지만 재수생에게 입시학원비와 하숙비까지 지원한다. ⑥ 살 곳이 마땅찮은 아이는 아예 자신의 집에 들여 함께 살면서 자식처럼 키운다. ⑦ 그런 기록 자체를 남기지 않고 누가 물어봐도 말해주지 않는다. ⑧ 그렇게 지원한 학생에게 아무것도 기대하지 않는다.

또 저는 취재 과정에서 6.25 전쟁의 참상을 겪은 1940년대 생 남성들에게 있을 법한 '레드콤플렉스'가 선생에겐 전혀 없다는 것과 그 연배의 남자들이 보편적으로 갖고 있는 가부장적인 여성관이 없다는 것이 경이로웠습니다. 그래서 가정폭력 피해 여성을 위한 피난 시설 건립과 여성 단체 지원이 특히 인상적이었습니다.

경상국립대 남명학관 건립 기증, 남성문화재단 잔여재산 34억 5000만 원 기증도 빼놓을 수 없겠습니다. 진주 곳곳에 정말 많은 기부를 소리 없이 하셨죠. 저는 무엇보다 명신고등학교를 설립할 때 김장하 선생님께서 내세운 세 가지 조건이었죠. 첫째 친척은 한 사람도 안 쓰겠다. 둘째 돈을 받고 한 사람도 채용하지 않겠다. 마지막으로 권력에 굽히지 않겠다고 하셨던 말씀이 늘 기억에 남아요. 그렇게 되면 교육이 바로 서고 학교가 바로 서는 것이잖아요.

지금 제가 학교에서 거주하고 있는 곳이 남명학관인데요. 가끔 계단을 오를 때마다 그 생각을 합니다. 개인적으로 저는 김주완 선생님께서 책 출간과 다큐 그리고 얼마 전에 상영된 영화까지. 힘든 시간을 보내셨을 것이라 생각했어요. 방대한 자료와 발품을 팔며 다닌 노력과 긴 시간에 아낌없는 박수를 보냅니다. 많은 에피소드가 있었을 것 같고, 무엇보다 '줬으면 그만이지' 제목이 참 좋아요.

힘든 시간이기보다 선생의 삶의 궤적을 찾는 과정 자체가 저에겐 희열과 동시에 반성의 시간이었습니다.(웃음) 많은 사람들을 만나면서 제가 미처 몰랐

던 선생의 새로운 면모를 접하는 순간순간이 놀람과 기쁨의 연속이었고, 그 분들이 새로운 사람을 소개해 주고, 그렇게 만난 사람이 또 다른 분을 연결시켜주는 과정에서 선생의 선한 영향력이 넓고도 깊다는 것을 확인할 수 있었습니다. 동시에 저의 옹졸함과 용렬함, 이기심이 선생의 삶과 비교되면서 반성하는 과정이기도 했습니다.

에피소드라고 한다면, 취재 과정에서 저 또한 선생의 돈을 받았다는 사실을 뒤늦게 알게 되었다는 것입니다. 1990년 제 은사였던 경상국립대 국문학과 신경득 교수가 발간한 문학 무크지 〈한민족문학〉에 편집위원으로 참여하면서 평론을 한 편 내고 원고료를 받은 적이 있었는데, 알고 보니 그 돈이 김장하 선생의 지원금이었던 겁니다. 30여 년 만에 알게 되어 깜짝 놀랐습니다.

〈한민족문학〉에도 지원을 하셨군요. 원고료를 받으셨으니 김장하 선생님의 돈을 받으신 건 맞는 것 같아요.(웃음) 어쨌든 오랫동안 '경남도민일보'에 몸담으셨고 언론인으로서 묵묵히 정론 직필의 길을 걸으셨는데, 그 안에 많은 일들이 있었을 텐데요. 혹시 기자로서의 삶을 후회한 적은 없으셨는지.

저는 주로 현실 권력, 그들을 둘러싸고 있는 토호 기득권 세력과 적대적인 입장에서 기자 생활을 했었는데요. 그러려면 제 스스로 약점이 없어야 했습니다. 제가 비교적 깨끗하게 흠 잡히지 않고 기자생활을 할 수 있었던 것은 1991년 김장하 선생을 알고 난 뒤, 어렴풋이나마 그분에게 부끄럽지 않아야겠다고 생각하며 살아온 덕분이라고 생각합니다. 그 외 딱히 내세울 만한 것은 없지만, 후회한 적은 없습니다.

현대생활 특히 기자 일을 하셨을 때는 '차' 없이 많이 불편하셨을 것 같아요. 그렇지만 많이 걸으니, 건강에는 좋을 것 같아요.

몇 가지 이유가 있지만, 김장하 선생의 영향이 첫 번째였습니다. 그리고 차 없는 삶이 더 유리한 점도 많습니다.(웃음)

예, 영화에서도 나오잖아요. 김장하 선생님께서 구부정한 어깨와 걸음걸이로 어떻게 산에 가시느냐고 물으면 "사부작사부작 꼼지락꼼지락 그렇게 걸으면 돼, 그렇게 사부작사부작 꼼지락꼼지락 가면 돼"라고 말씀하시잖아요. (웃음) 김주완 선생님도 진주와 관련하여 떠오르는 일들이 많으실 것 같은데요.

1991년 이른바 '진주전문대 사태'라고도 불렸던 '지리산결사대 사건'이 떠오릅니다. 저는 당시 사건 현장을 목격한 유일한 기자였는데, 조선·중앙·동아일보를 비롯한 모든 언론이 피해자와 가해자를 바꿔치기하여 왜곡 보도를 했었죠. 경찰이 운동권 학생들을 일망타진하기 위해 의도적으로 사건을 조작해 보도자료를 배포했고, 이를 그대로 받아썼기 때문입니다. 그 일에 충격을 받아 다니던 경상국립대 교육대학원을 자퇴하고, 평생 기자로 살기 위해 마산으로 떠났던 게 1992년 3월이었습니다.

그런 일이 있었군요. 그 일이 어떻게 보면 기자로서의 사명을 굳히게 된 사건이었던 것 같습니다. 그런 점에서 '진주'라는 곳이 선생님에게 의미가 클 것 같습니다. 그래서 말인데요. 선생님에게 '진주'는 어떤 곳인가요.

제가 대학을 다녔던 곳이고 사회를 보는 관점을 세웠던 곳이며, 지금도 좋아하고 존경하는 사람들이 많이 사는 곳입니다. 진주에 오면 그냥 편안하고 따뜻한 기운을 느낍니다. 제일식당과 천황식당의 비빔밥과 제일해장국의 해장국, 김장하 선생과 함께 먹었던 마천흑돼지구이와 중앙집의 초밥, 매운탕, 오뎅탕을 좋아합니다. 또한 김장하 선생 등 '불백산행' 팀과 함께 걸었던 가좌산과 칠봉산도 좋았고, 선생이 즐겨 가시는 월아산, 숙호산, 석갑산 등에도 가보고 싶습니다.

그렇다. 김주완 작가는 꼬장꼬장해 보인다. 하지만 그가 어눌하고 간략하게 말을 끝맺을 때, 누구보다 부드럽고 따뜻한 사람이란 걸 단박에 알 수 있다. 그는 경남도민일보 편집국장을 역임했고 지역의 근현대사와 관련하여 많은 글을 쓰며, 정론 직필의 한길을 걸었다. 내가 아는 바로 김주완 작가와 김장하 선생님의 인연은 1991년도 김장하 선생님이 명신고등학교를 나라에 헌납했을 당시 인터뷰를 요청했을 때, 김장하 선생님께서 거절하고 부터다. 그

남성문화재단 잔여재산 기증식 현장

후 선생님이 자동차가 없다는 것과 그 뒷이야기를 듣고 선생님의 팬이 되었다는 것. 그리고 지금까지 그도 30여 년간 차 없이 기자 생활을 했고 무엇보다 신중한 판단을 해야 할 때마다 '이 일이 김장하 선생님에게 부끄럽지 않을까'를 항상 염두에 두었다는 것이다.

그는 말한다. '후세들이, 후배들이 또 젊은 사람들이 닮고 싶은 사람, 그 사람이야말로 우리 시대 진정한 어른'이라고. 그런 어른으로 늙어가고 싶다는 그는 좋은 어른을 찾는 일도 계속할 거라고 한다. 잠시 사진 한 장을 더 보여주었다. 김장하 선생님이 한약방을 폐업하기 전까지 사용하셨던 몇십 년 된 화장실 사진이었다. 유독 그 사진을 나에게 보여준 이유가 무엇일지 생각하다 뭔지 모를 부끄러움이 또 밀려왔다. 그래 앞으로 더 노력하면서 가면 된다. 김장하 선생님 말씀처럼 그렇게 '사부작사부작 꼼지락꼼지락' 가면 된다. 이 말은 고 박노정 시인의 시 「사부작꼼지락~달팽이에게」에 나오는 말이기도 하다. 누가 누구를 차별하지 않고. 평범한 사람이 우리 사회의 주인이 되는 그날까지. 사부작사부작 꼼지락꼼지락 그렇게, 가면 된다.

cooperation in interviews

김주완

전 도민일보 전무이사 겸 출판국장을 역임했다. 현재 프리랜서 작가로 활동하며 경남대학교 미디어영상학과 외래강사로 출강하고 있다, 올해의 온라인저널리스트 선정, 대한민국블로그어워드 언론보도부문, 지역신문컨퍼런스 우수사례 대상, 이달의 좋은 보도상 등 다수의 상을 수상했다. 저서로 『토호세력의 뿌리』,『풍운아 채현국』, 『별난 사람 별난 인생 그래서 아름다운 사람들』, 『80년대 경남 독재와 맞선 사람들」,『줬으면 그만이지』 등이 있다.

걷는 사람에게서
걷는 사람에게로

내 카톡의 프로필 사진은 자코메티의 〈걷는 사람〉이다. K는 몇 년 동안 바꾸지 않는 프로필 사진에 대해 궁금해했다. 운동을 별로 좋아하지 않는 내가 그래도 시간이 날 때마다 건강을 생각해서 하는 것이 바로 걷기다. 걸으면서 다가오는 장소와 풍경들. 마음의 보폭과 두 발의 보폭이 묘하게 어우러지는 그런 장소를 지날 때면 어떤 해방감이 느껴진다. 그러니까 내가 생각하는 좋은 동네와 도시는 사람들이 편안하게 걸을 수 있는 곳이다.

자코메티는 모든 살아있는 존재들은 부서지기 쉽다고 했다. 우리는 매 순간 넘어질 위기에 있기 때문에 넘어지지 않기 위해 또 매순간 많은 힘이 필요하다는 것이다. 2018년에 개봉한 '자코메티'에 관한 영화, 스탠리 투치 감독의 〈파이널 포트레이트〉에는 그의 오랜 친구이자 작가인 제임스 로드가 나온다. 그는 자코메티의 작품을 "불확실하고 이해할 수 없는 우주 속 인간, 그 인간의 고독에 대한 실존주의적 실체를 담은 예술"이라고 했다.

스위스에서 태어난 자코메티는 어릴 때부터 후기 인상파 화가였던 아버지에게 영향을 받았다. 제네바 스쿨에서 순수미술을 전공한 그는 졸업하고 파리로 가서 1930년에 로댕의 조수였던 앙투앙 부르델 밑에서 공부하면서 큐비즘과 초현실주의에 눈을 뜨게 된다. 살을 붙이는 '소조'의 방식과 단단한 물질을 깎아서 만드는 '조각'의 방식을 모두 사용한 그의 작품은 어떤 조소나 조각과도 다른 작품이다. 무엇보다 살점이 떼어진 흔적에서는 그의 손길이 어떻게 닿았는지를 상상하고 느낄 수 있다.

앙상한 뼈대만 남은 작품은 입체주의와 초현실주의를 거쳐 다다른 실존의 모습이다. 실존의 가장 중요한 주제가 '죽음'이라면 그에게 영향을 준 큰 사건이 두 가지가 있다. 열여덟 살 되던 해에 뫼르소와 여행을 하다 기차에서 본 그의 죽음과 1차와 2차 세계대전으로 인한 수많은 사람들의 죽음들이 바로 그것이다.

그리고 전쟁이 끝난 후 그는 작품 속 사람들의 살을 벗겨내기 시작했다. 철사처럼 가늘어진 작품들. 자신을 뒤덮고 있는 모든 무게를 벗어던지고 가볍게 선 인간. 외면과 외부를 벗겨내면 고독하고 고독한 실존만이 남는다. 그것은 인간의 원형과 본질, 존재와 허무 사이 고뇌하는 인간의 모습으로 아이러니하게도 아주 고통스럽지만 너무나 가벼운 것이었다.

1960년대 자코메티는 거리를 걸어 다니는 사람들을 보며 '가벼움'을 생각했다고 한다. 그리고 죽은 이들은 가질 수 없는 존재의 가벼움에 대한 고민들을 담아 〈걷는 사람Walking Man〉을 세상에 내놓는다. 그가 46세에 만든 이 작품은 188cm의 크기로 인간의 존재와 운명에 대한 자코메티의 실존주의적 관점을 가장 잘 반영하고 있다. 남자인지 여자인지도 알 수 없고 나이와 인종도 가늠할 수 없다. 하지만 뼈대만 남은 그 몸에서는 역동적이고 단단한 그 무엇인가가 느껴진다.

"내가 걷는 사람을 가늘게 만드는 이유는, 걸을 땐 몸의 무게가 사라지는 것 같은 느낌이 든다는 것을 상기시키고 싶어서다"

『자코메티의 아틀리에』를 쓴 장 주네는 그를 가리켜 '거짓된 외양을 걷어내고, 감히 침범할 수 없는 비밀스러운 존엄성을 지키기 위한 절대 고독을 찾아가고 있는 것 같다'라고 했다. 우리 중 그 누구도 매일 완전하고 목적 있는 삶을 살지 못한다. 어느 날은 헤매고, 어느 날은 돌아가고, 다른 어느 날은 잠시 서서 어디로 갈지 방향을 살피며 다시 정처 없이 걷는다. 하지만 우리는 모두 자신만의 방식으로 하루를 그렇게 숭고하게 걸어가야 한다는 것을 잘 안다.

뒷발 뒤꿈치를 들고 있는 〈걷는 사람〉의 보폭. 동적인 자세의 정적인 모습은 어쩌면 인간의 조건을 가장 적확(的確)하고 또 가장 가슴 저미는 방식으로 보여주고 있는 것인지도 모른다. 그러니 걸어야 한다. 걸을 때의 가벼움, 걸을 때의 자유로움. 걸음으로써 느끼는 모든 순간의 숭고함. 적당한 햇볕과 부드러운 바람 속에서 도시를 가로지르는 강을 따라 걷는다. 그러니까 그날은 K의 하얀 운동화 위로 떨어진 햇빛이 더없이 눈부셔서 고마웠단 말이다.

확산 차단이 필요한 지금
만이

둘째 날

극장은 옛날 사람의 기억같이 살아요

꽉 차 있으면서 텅 빈,
극장

유월이 가면 여름이 와요 비가 내리는 기차역엔 사람들이 북적대고 나는 오늘도 어긋난 기도처럼 살아요 전신주에 앉은 새들과 접혀 있는 달력 기차를 옛일같이 기다리면 빗소리가 극장을 가득 메울 때처럼 유월은 거기 있어요 열아홉과 스물하나 옛날 사람의 기억은 늙지도 죽지도 않나 봐요

－「옛날 사람의 기억같이 살아요」 중에서

텅 빈 극장과 텅 빈 무대, 극장은 사람들에게 영감을 불러일으키는 장소 중 하나다. 수많은 은유의 대상으로서 정치와 연대의 장소가 되기도 하고 도시와 건축에서 흔히 말하는 랜드마크가 되기도 한다. K와 나는 영화를 무척 좋아한다. 어떨 때는 하루 종일 영화 이야기만 할 때도 있었다. 무엇보다 K의 영화 에세이는 참 좋다. 밑줄을 그으며 읽었던 그 책이 지금은 절판이 되었지만, 가장 아끼는 책 중의 한 권이었던 건 분명하다.

대전에 가면 K는 어김없이 두 곳엘 간다. 한 곳은 둔산점에 있는 인도 음식점 '인디'이고, 또 다른 한 곳이 바로 극장이다. K는 극장이 공간의 근원에 가장 적합한 장소라고 했다. 비어 있는 동시에 꽉 차 있으며, 규율화된 곳이면서 동시에 해방을 꿈꾸는 곳이라는 것이다. 생각해 보면 존재에 대해 훨씬 더 직접적이고 순간적인 느낌을 준 그런 영화들은 언제나 어떤 특별한 장소

의 느낌을 주는 극장과 함께했다. 실존적 감각의 사유 방식에 물음을 던지는 영화. 이를테면 이와이 슌지, 짐자무쉬, 페데리코 펠리니, 빔벤더스, 빌뇌브와 이안 그리고 홍상수 감독의 영화들 말이다.

시간이 갈수록 극장에 가는 일이 줄었지만, 극장도 점점 줄어들고 있다. 멀티 플랙스관이 생겼고, OTT의 다양한 플랫폼으로 시공간의 구애를 받지 않고 어디서나 간편하게 영화를 관람할 수 있기 때문이다. 하지만 '극장'이라는 그 장소에 가서 느낄 수 있는 감동과 정서가 있다. '청춘이 청춘에게는 너무 과분한 선물'이었던 그 시절 영화관에는 낭만이 있었고, 아직 닿지 않은 시간의 끝에 있는 희로애락의 이야기들이 그 공간에 있었다. 나와 같은 누군가의 이야기에 공감하며 엔딩 크레딧이 올라가는 그 순간까지 뭉클하고 멍하게 앉아 있었던 그 시간의 장소들.

K는 '광주극장' 이야기를 했다. 광주극장은 1935년에 개관하여 현재에 이르기까지 90여 년 가까이 제자리를 지켜오며 돈으로 환산할 수 없는 역사와

대구의 〈오오 극장〉은 삼삼오오로 모여 극장에서 영화를 본다는 의미이다. 총 55개의 좌석이 있고 '삼삼카페'라는 커뮤니티 장소도 함께 운영하고 있다.

추억들을 간직하고 있는 우리나라의 가장 오래된 단관 극장이다. 나는 K에게 지금은 문을 닫았지만, 부산의 예술영화관이었던 '국도예술관'에서 봤던 영화와 대구의 독립영화극장인 '오오극장'과 마산 창동의 극장 '리좀'의 이야기를 했다.

극장이 많았던 그 시절, 그곳은 각양각색의 사람들이 모였던 장소였다. 다양한 문화를 향유하는 곳이었고, 만남과 소통이 이루어지는 장소였다. 영화를 정말 좋아하는 사람부터 누군가를 만나기 위해 영화를 보는 사람들도 있었다. 어쨌든 우리는 그런 영화들을 보며 '저렇게 멋진 삶을 살 수 있을까'라는 자기 위안과 도취적인 생각을 하던 시절, 뜨거운 보리차를 마시며 극장의 팸플릿을 모으기도 했다. 정말 많은 영화를 봤던 그 시절은 모든 것이 미지였고 모든 것이 가능성이었다. 모든 것이 심오하고 또 모든 것이 부조리했다. 그래서 언제나 안에 있으면서도 밖에 서 있었던 그런 시절이었다.

interview

극장이 많은 우리 동네

K와 나는 중고등학교 시절 시험이 끝나는 날 학교에서 단체로 '벤허'나 '아마데우스', '인디아나 존스' 같은 영화를 보러 극장엘 자주 갔던 이야기를 했다. 아마 그 시절은 대부분 그렇게 극장 영화들을 봤을 것이다. 학교 다닐 때 진주극장이나 동명극장은 우리들의 약속 장소 1순위였다. 이십 대에 들어 시와 문학에 눈을 뜨면서 극장에 가는 것이 거의 낙이었던 시절도 있었다. 단관 극장들이 하나, 둘 문을 닫고 멀티 플랙스관이 들어서면서 그 장소에 대한 추억들도 멀어지기 시작했다.

경상국립대학교 박물관에서는 '역사 증언의 무대, 진주의 옛 극장'이라는 무척 반가운 특별 전시를 했다. 기획에서부터 전시까지 고민의 흔적이 역력한 특별전이었다. 예부터 진주는 서부 경남 문화의 중심지였고, 대중문화의 꽃이라 할 수 있는 영화를 상영하는 극장들이 많았다. 그래서 이번 특별전을 기획하고 준비한 경상국립대학교 박물관 송영진 학예연구실장님을 만나 옛 극장에 대해 들은 이야기들은 무척 흥미로웠다.

특별전을 준비하는 데 있어, 기획에서 전시까지 어려운 점이 많았을 것 같아요.

예, 사실 '형평운동 100주년 기념 특별전시' 기획을 처음 맡았을 때는 어떻게 이 주제를 풀어나갈까 좀 막막했죠. 그런데 가만히 생각해 보니, 우리 박물관에도 형평운동과 연결고리가 있었어요. 바로 '진주의 옛 극장 사진'이었죠.

1937년 재건축 직후의진주극장 입구모습(출처: 진농관)

2021년 대학 통합이 이루어지면서 경남과학기술대학교의 박물관이었던 진농관 자료를 관리하게 되었는데, 이곳에 진주의 옛 사진들이 수록된 졸업앨범들이 있었어요. 그리고 그 속에서 형평사 창립 축하식이 열렸던 '진주좌'와 '진주극장', '삼포관' 사진을 찾아내면서 전시의 실마리가 풀렸죠.

여러 가지 전시 방향이 제시되었지만, '형평운동 창립 축하식이 진주좌에서 개최되었으니, 옛 극장을 중심으로 그동안 잘 알려지지 않았던 형평운동 장소에 초점을 맞추어 보자' 하는 것으로 전시기획의 방향이 정해졌죠.

이렇게 방향을 정하고 나니, 모아야 할 자료가 분명해졌어요. 국가기록원과 도서관, 박물관 등에서 여러 자료를 수집하는 한편, 지역 원로들과 연구자들로부터 생생한 이야기를 모았죠.

이렇게 자료를 모아 분석해 보니 '영좌, 진주좌, 진주극장, 삼포관 등 진주 옛 극장 사진의 첫 발굴', '백정 가옥의 위치 첫 확인', '형평사 창립총회 장소인 진주청년회관의 위치 재확인' 등 여러 가지 사실들을 밝힐 수 있었고, 이를 핵심 주제로 하여 전시를 펼칠 수 있었죠.

그동안 많은 고생을 하셨네요. 전시장에 있었던 영사기들과 영화 포스터들 그리고 광고들이 특히, 눈길을 많이 끌었어요.

이번 전시는 '형평운동 100주년 기념전시'인데, 전시 제목이 '역사증언의 공간, 진주의 옛 극장'이에요. 얼핏 제목이 핀트가 안 맞죠. 그런데 이렇게 제목을 붙인 것은 나름의 이유가 있었어요.

먼저 당시 형평운동 100주년 기념전시가 우리 말고도 경남도립미술관과 국립진주박물관에서 열렸어요. 때문에 전시제목과 주제의 중복을 피해야 했어요.

또 하나의 이유는 '형평운동의 장소'라는 매개를 통해 '관람객들의 관심을 유발'하는 것이었어요. 솔직히 형평운동은 중요한 역사적 사건이기는 하지만, 마땅한 전시 콘텐츠를 찾기는 쉽지 않았죠. 그래서 형평운동의 장소였던 '옛 극장'을 핵심 소재로 삼아서 관람객들의 관심을 끌어내고자 했던 것이죠.

그래서 옛 영사기와 포스터를 한밭 교육박물관, 하동 사진박물관, 충북대학교 박물관 등에서 대여해 왔고, 진주에서 상영되었던 '영화 광고'들은 경남일보로부터 제공받아서 전시할 수 있었죠. 관람객들은 특히 포스터에 관심을 많이 보였어요. 덕분에 약간은 무거웠던 전시 주제를 조금 부드럽게 할 수 있었다고 생각해요.

그렇다면 진주에 처음으로 극장이 들어선 것은 언제인가요?
다른 도시보다 빠르지 않았을까 생각됩니다.

우리 지역에서 최초의 극장은 부산의 '행좌'라고 해요. 1903년에 존재했던 기록이 있어요. 마산에는 '환서좌'가 1907년 세워진 것으로 알려져 있죠. 그런데 진주는 이보다는 조금 늦어요.

진주의 최초 극장이 어디인가에 대해서는 약간의 설명이 필요해요. 왜냐하면 전형적인 일본식 극장이 들어서기 전 1910년 11월에 진주 사람 안석현 등에 의해 '고등활동사진박람관'이라는 상설 극장이 운영되었기 때문입니다. 당시 농공은행 옆에 세웠다고 하는데, 지금의 동성동 갑을슈퍼 근처죠. 하지만 1910년대에는 조선인이 극장을 설립, 운영하는 일이 쉽지 않았다고 해요. 그래서인지 '고등활동사진박람관'은 개설된지 얼마 지나지 않아 문을 닫고, 이듬해 3월에 중안 3동으로 이전하여 개설하였어요. 그러나 제대로 운영이

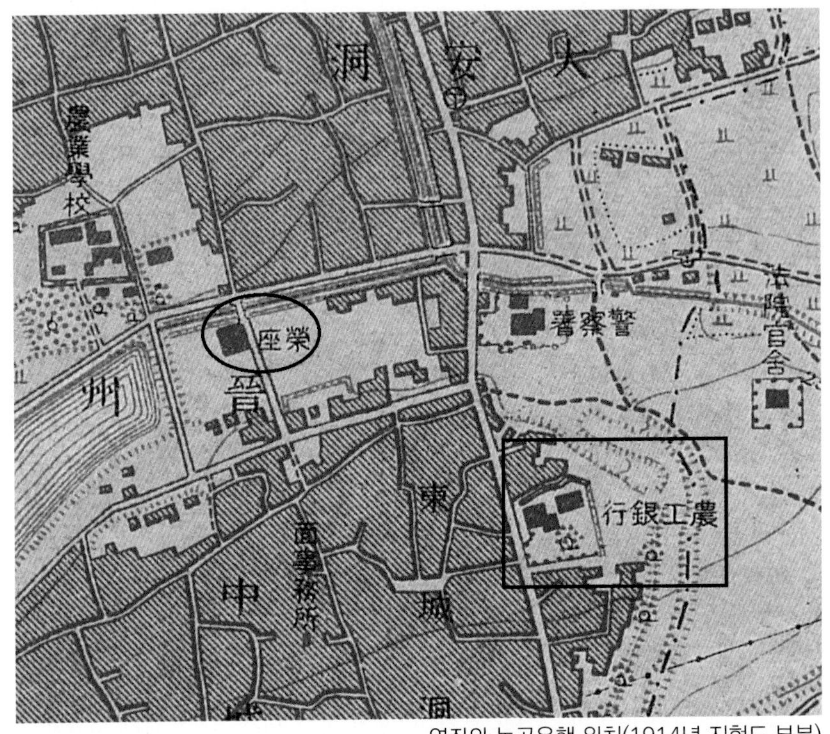

영좌와 농공은행 위치(1914년 지형도 부분)
(○ 영좌, □ 농공은행; 출처-국립중앙박물관)

안 되었는지 그 이후의 기록은 찾을 수가 없었어요.

진주에 일본식 극장이 세워진 것은 1914년 6월이에요. 대사지를 매립한 공터에 일본인 고나야기 도우스케(小柳藤介) 등이 가부키 공연과 활동사진을 상영할 수 있는 일본식 극장, 영좌(榮座)를 건립하였던 것이죠. 위치는 지금의 진주 우체국 뒤쪽입니다. 하지만 다른 지역 일본식 극장과 달리 얼마 안 가서 해체되고 마는데요, 처음에는 인기가 높았지만, 공간이 협소해서 극장으로서는 불완전 상태였나 봐요. 그래서 건립된 지 겨우 3년 만인 1917년 10월경에 해체되고 말았죠.

진주 최초의 상설 극장은 진주 사람이 운영했던 '고등활동사진박람관'이고, 최초의 일본식 극장은 '영좌'라고 할 수 있어요.

그렇군요 최초의 일본식 극장, '영좌'는 어떤 모습이었고, 그 공간은 어떻게 활용되었을까요.

그동안 영좌의 모습에 대해서는 전혀 알지 못했어요. 당시 지도를 통해 위치만 아는 정도였죠. 그런데, 이번에 호주 선교사가 촬영한 사진 속에서 영좌의 모습을 찾을 수 있었어요. 멀리서 찍은 사진이라 흐릿하기는 했지만, 위치나 외형이 틀림없는 '영좌'였지요.

영좌의 모습은 같은 시기의 대구 금좌, 통영 봉래좌, 대전 대전좌 등과 거의 동일한 형태였기 때문에 그 모습을 구체적으로 읽어낼 수 있었어요. 지붕은 삼각형의 맞배지붕이었고, 맞배지붕 옆으로 딸린 지붕을 내어서 공간을 넓게 사용하는 형태였어요. 정면 1층은 여러 개의 미닫이문이 달려 있었고, 정면 2층에는 네모 모양 자재로 마감된 형태였어요. 내부는 가부키 공연이 가능한 일본식 극장이라는 점에서 볼 때 무대는 객석보다 약간 높은 형태였을 것이고, 다다미를 깔고 방석을 놓은 형태로 추측되요.

영좌에서는 활동사진, 일본 전통음악 공연 등이 많이 열렸는데, 관객이 매일 가득찼다고 해요. 기록을 보면 자선 연회나 일본 전통음악인 낭화절(浪花節) 공연을 주로 하였다고 해요.

그러다가 1917년 영좌가 해체되면서 진주는 한동안 상설관이 없는 도시가 되었죠. 그렇다고 영화 상영이나 공연이 멈춘 것은 아니고, 이때는 정미소나 학교 등 대형 건물 안에 가설 극장을 세워 진행했다고 해요.

'진주좌'는 경남 제1호로 등록된 최초의 극장이죠.
문화와 예술 그리고 사회운동의 중심지 역할을 했던 것으로 알고 있습니다.
'진주좌'에 대한 이야기도 좀 해주세요.

당시 사람들은 진주좌가 영좌 자리에 그대로 세워졌다고 생각했어요. 똑같이 대사지를 매립한 공터에 세워졌기 때문이었죠. 하지만 정확하게 말하면 영좌로부터 동쪽으로 70m 정도 떨어져서 건립되었어요.

일본인조합경영에 의해 진주좌가 건립된 것은 1922년 겨울 초입이었어요. 낙성식을 위해 11월 29일부터 민중 극단을 초청하여 진주 시내가 떠들썩했었죠. 이 민중 극단은 우리나라 최초의 극영화 '월하의 맹세'를 감독했던 윤백남 감독이 설립한 유명한 신파극단이었어요. 공연에는 우리나라 1호 여성배우 '이월화'가 등장하여 폭발적인 인기를 끌었다고 해요.

새로 지은 진주좌는 수백 명이 입장가능한 대규모 시설이어서 영화상영과 공연 외에도 각종 사회운동의 주요 무대가 되었어요. 그래서 당시 진주좌는 문화공간이자 대중집회장이었던 것이죠.

당시 진주좌의 모습에 대해서는 지금까지 제대로 알려지지 않았다고 들었는데,
어떻게 진주좌를 찾으셨는지 궁금합니다.

진주좌는 진주 근대사에서 빠뜨릴 수 없는 중요한 역사 공간이지만, 아쉽게도 지금까지 그 실체에 대해서는 제대로 알지 못했어요. 관련 자료가 전해지지 않았기 때문이죠. 그런데 이번 전시 준비 과정에서 진주좌 사진을 찾을 수 있었어요.

1930년 무렵의 진주좌 모습
(출처: 진농관)

진주좌는 후대의 진주 극장과 같은 위치였어요. 당시 극장의 서쪽으로는 우편국과 농업학교가 있었고, 동쪽으로는 진주금융조합과 조선권업회사, 경찰서, 남쪽으로는 면사무소가 이웃하고 있었어요. 또 도로는 옥봉에서 대사지까지 이어지는 동서 간선도로(우체국 앞길이라 불렀음)가 개설되어 있었고, 남북 간의 중앙도로였던 배다리~재판소 길(종로길이라 불렀음)은 극장에서 동쪽으로 60~70m 떨어져 있었죠. 이러한 주변 상황을 통해 당시 사진 속에서 진주좌 건물을 찾을 수 있었던 것이죠. 사진의 끝에 걸려 있어서 일부만 확인되었지만, 그래도 진주좌의 모습이 처음으로 확인된 것이죠.

진주좌는 200여 평 규모였어요. 20×30m 정도의 장방형 건물로 추정되고, 지붕은 우진각식 지붕이지만 건물 높이가 10m를 넘어서 내부는 이 시기 다른 극장처럼 난간이 있는 2층 구조일 가능성이 높다고 생각해요.

진주좌에서는 많은 사회운동과 영화상영,
공연들이 펼쳐졌다고 하는데 어떤 행사들이 주로 열렸을까요.

진주좌는 개관하자마자 중요한 행사들을 연이어 개최하게 되었어요. 개관한 지 얼마 되지 않은 1923년 5월 13일 4~5백 명의 백정들과 관계자들이 모여 '형평사 창립 축하식'을 열었던 것이죠. 이듬해인 1924년에는 전국에서 2백여 명의 형평 회원들이 모여 창립 1주년 축하식을 열기도 했고, 그해 연말에는 부산으로 도청이 이전된다는 소식에 수천 명의 군중이 모여 격렬한 도청 이전 반대 시민대회를 열기도 했어요.

물론 기본적인 기능은 영화 상영과 공연 행사였어요. 영화는 주로 조선총독부가 후원하는 선전 내용이 많았지만, 1928년 2월 나운규 영화순업대가 찾아와 '나운규 프로덕션'에서 만든 조선 영화 '잘잇거라', '옥녀' 등을 상영했는데요, 당시 최고의 인기를 누리고 있던 서상필 씨가 변사를 맡아 큰 인기를 끌었다고 해요. 이외에 1931년 9월 23일 최승희 무용단 일행이 찾아와 신작 무용 공연을 했던 기록도 보여요.

하지만 진주좌는 단순 건물시설이어서 상설 영화관 설비는 1931년 8월이 되어서야 갖추어졌어요. 진주 시내 유지들이 합자 조직으로 상설 영화관을 만들었던 것이죠. 그리고 그 기념으로 유성 영화 '마농 레스코'를 상영했다고 해요.

이렇게 인기를 누리던 진주좌는 1930년대 중반으로 넘어가면서 관리가 제대로 되지 않아 사람들이 찾기를 꺼리는 낙후된 공간이 되었고, 결국 진주 사람 서종숙 씨에 의해 인수되어 새로운 '진주 극장'으로 탈바꿈하게 되었죠.

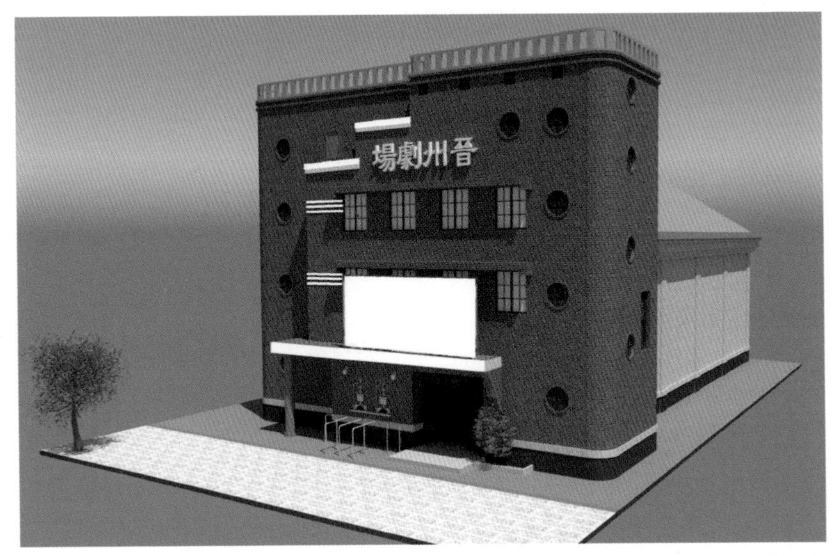

1930년 무렵의 진주좌 재현모습
(출처: 경상국립대박물관)

그렇군요. 우여곡절이 많았던 '진주 극장'의 건립 과정도 궁금하네요.

진주 극장은 진주좌의 후신입니다. 진주좌가 건립된 지 10년이 지나면서 위생 문제 등 여러 가지 시설 문제가 불거지자 새로운 극장을 신축하라는 지역사회의 요구가 높아졌어요. 이에 진주 봉래정에 살던 청년 실업가 서종숙 씨가 1936년 2월 진주좌를 인수하여 새로운 극장을 건축하기로 하였죠.

서종숙 씨는 최고의 극장을 건립하겠다는 생각으로 경성과 일본의 최신 극장들을 벤치마킹했어요. 진주 극장 정면의 원형 창문은 아마 단성사를 벤치마킹한 것 같아요. 진주좌를 허물고 정면부를 3층 양관으로, 후면부를 경사지붕으로 지어 1937년 1월 16일 새롭게 개관했어요. 앞쪽 양관 건물은 벽돌을 이용하여 단장하였고, 원형창과 비대칭 설계로 화려한 건물로 지었죠.

면적은 진주좌보다 더 커서 약 250평이었고, 728명을 수용할 수 있는 규모였어요.

진주의 대표 극장인 만큼 당시 상영작에도 많은 관심을 기울였을 것 같아요. 다른 공연도 같이 하지 않았을까요?

맞습니다. 진주 극장에서는 첫 개관 작품으로 내쇼날사 명작 '완다봐', '피시엘'과 명화 '봇쟝'을 상영하였다고 해요. 진농관 소장 사진에는 학생들이 입구에서 매표하는 모습이 찍혀 있는데, 안내판에는 당시 일본의 유명한 만담가 야나기야 킨고로(柳家金語楼) 공연 포스터가 붙어 있어요. 영화도 상영하고, 공연도 하고 그랬던 것 같아요. 1937년 10월에는 최신식 영사기 시설을 갖추는 등 노력을 기울였는데, 일본의 대륙침략(중일전쟁)이 시작되면서 시국 홍보 영화가 중심을 이루었어요.

1940년에는 극장이 동보영화사 직영으로 바뀌어 이름도 '진주동보영화극장'으로 바뀌었지만, 1941년 10월 동보측이 다시 손을 떼면서 해방기까지 서종숙 씨가 단독으로 극장을 경영하였다고 해요. 이처럼 진주 극장은 영좌와 진주좌를 이어 해방 후까지 계속 운영되면서 진주를 대표하는 극장으로 자리 잡았죠.

해방 전 진주에는 '삼포관'도 있었잖아요.

예. 삼포관은 1930년대 중반에 진주 극장 신축에 앞서 세워진 극장이에요. 진주 극장이 조선 사람이 운영하는 극장이라면, 삼포관은 일본 사람이 운영하는 극장이었죠.

삼포관 원경(출처: 진농관)

6.25 전쟁 직후의 진주극장 모습
(출처: 『아사히그래프』, 개인소장)

앞서 말했지만, 진주좌가 건립된지 10년이 훌쩍 지나다 보니, 위생상태도 나쁘고, 설비도 열악해서 사람들이 진주좌에 안가려고 했대요. 그런데 당시는 유성 영화도 만들어지고, 외국 영화도 늘어나고 하던 시기여서 진주에도 그럴듯한 극장이 있었으면 하는 여론이 높아졌죠.

그러던 중에 1934년 일본인 실업가 미우라 씨가 자기 집 근처에 새로 극장을 세우려고 계획하였어요. 하지만 진주좌와의 문제도 있고 당국의 허가도 나오지 않아 많은 애로가 있었던 것 같아요. 그 과정에서 미우라는 숙환으로 사망하였어요. 1936년에서야 겨우 당국의 허가를 얻어 1936년 7월 4일 문을 열었고, 미우라 노리오(三浦範夫)에 의해 운영되었어요.

삼포관에서는 상업영화, 시국영화, 강연회, 콩쿨대회, 연예대회 등 다양한 행사를 개최했어요. 삼포관의 형태는 진주 극장처럼 정면부는 2층의 철근콘크리트 양관이었고, 후면부는 경사지붕 형태를 띠고 있었어요. 극장은 514명이 들어갈 수 있는 규모로 진주 극장보다 작았고, 마감도 벽돌을 사용하지 않아서 진주 극장만큼의 위용은 아니었죠.

위치는 지역민들이 기억하고 있던 장소와 일치했어요. 당시 수정동-봉래동 제방을 잇는 제1간선도로(삼포관 앞길로 불렸어요)상에 위치하였는데, 당시 일신여고 바로 남쪽이에요. 지금의 평안동 218번지에 해당하죠.

그러고 보면 어느 시대나 극장은 다양한 목적으로 사용된 장소였던 것 같아요. 그런 옛 극장들이 해방과 한국 전쟁을 거치며 많은 타격을 입었겠죠.

해방 시기 진주에는 진주 극장과 삼포관 2개관이 있었어요. 조선 사람이 주인이었던 진주 극장은 1949년에 합자회사로 운영되었고, 영화 · 악극단 공연·영남예술제(現 개천예술제) 등의 주무대가 되었어요. 벽돌 구조였던 진주 극장은 6.25 전쟁으로 후면부의 지붕과 천정이 떨어져 나가고 중앙부가 불타는 수난을 겪었지만, 여러 번의 개보수를 반복하면서도 원형을 유지했었어요. 그래서 많은 진주 사람들이 진주 극장의 모습을 기억하고 있어요. 하지만, 1990년대 말 현대식 건물로 재건되면서 옛 모습을 완전히 잃어버렸죠. 다행히 지금도 이곳은 영화관으로 운영되고 있어서 장소의 기능은 이어지고 있는 셈이에요. 진주 100년의 극장 역사의 장소성은 아직도 이어지고 있다고 할까요.

그런 측면에서는 이 '극장'이라는 장소성의 의미가 더 숭고해지는 것 같습니다.

맞습니다. 극장이라는 장소의 운명이 있다고 할까요. 한편 일본인이 주인이었던 삼포관은 해방과 함께 적산 건물이 되었어요. 이름도 동명 극장으로 바꾸고, 1948년 1월부터 최점갑 씨가 관리하게 되었는데, 그해 10월 진주 지구 관제서 조사과장과 관리권 분쟁을 거치는 등 어렵게 운영을 이어갔어요. 하지만 이후 위생 불량으로 운영 정지되거나, 영화 공급 문제로 휴관과 재개관을 반복했죠. 그리고 6.25 전쟁 시 극장이 소실되면서 재건되지 못하고 역사 속으로 사라지게 되었어요. 경향신문에 따르면 동명 극장을 대신할 영남 극장을 신설할 계획을 세웠던 것으로 보이지만, 성사되지는 못했던 것 같아요.

해방 후에 새롭게 생긴 극장들은 어떤 모습으로 자리했을까요.

해방 후 새로운 극장은1957년 5월 16일 동성동에 장두호가 696석 규모로 세운 국보 극장이 처음이에요. 국보 극장은 진주 극장과 마찬가지로 예술과 체육 활동 장소로 활용되었는데, 1973년 11월 27일 화재로 소실되어 사라졌지요. 진주 사람들은 국보극장에 대한 추억이 많아 보였는데, 아쉽게도 사진자료는 구할 수 없었어요.

두 번째 신축극장은 1957년 6월 7일 본성동에 황상두 씨가 건립한 용사회관이었어요. 이곳에서도 영화 상영과 문화예술행사가 주로 열렸죠. 하지만 오래 운영되지는 못했고, 1961년 폐업되었다가 1962년 9월 3일 중앙 극장으로 다시 문을 열었어요.

세 번째로 건립된 것은 시공관이에요. 원래 시공관은 진주시의 공관으로 사용하기 위하여 1958년 본성동에 2층 930석 규모로 건립되었는데, 1960년대 들어와 행정 건물들이 복구되면서 공관 기능을 상실하자, 민간업자와 함께 극장으로 전용하였지요. 이후 1969년 대대적인 세무 사찰로 탈세가 발각되면서 큰 타격을 입었고, 결국 그해 4월 25일 제일 극장으로 이름을 바꾸어 민간 영화관으로 재개관하였어요.

1960년대 이후 근대화가 가속화되면서 극장도 많은 발전을 거듭했을텐데요.

그렇죠. 1960년대 진주에는 기존의 진주극장을 포함해 국보, 중앙, 제일극장 4개관이 운영되었어요. 모두 도심지에 위치하고 있었는데, 1967년 남강 건너 강남 288번지에 2층 220석 규모의 강남 극장이 건립되면서 5개관이 되었고, 1970년에 장대동 236번지에 동명 극장이 건립되면서 진주는 6개의 영화관이 운영되었어요. 당시 기록에 보면 연간 10만 명 정도가 영화를 관람하였다고 해요.

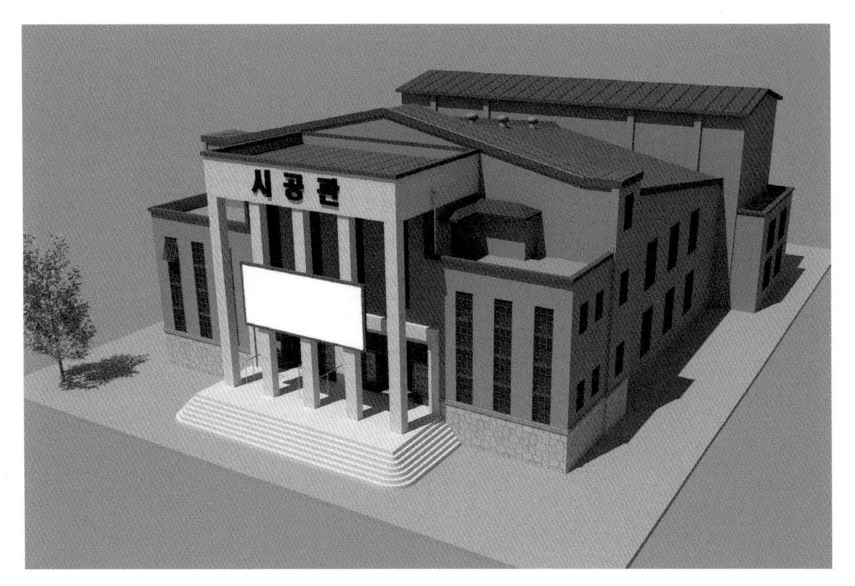

시공관 재현 모습(출처: 경상국립대박물관)

해방 이후 사용했던 영사기
(출처: 충북대학교 박물관)

1970~1980년대 상영되었던 영화 포스터들
(출처 : 충북대학교박물관)

당시 시민들이 영화를 많이 봤던 것 같아요. 저도 영화를 너무 좋아 해서 영화 포스터나 팸플릿을 모으던 시절도 있었고요. (웃음)
1990년대를 지나 2000년대 이후 진주에도 복합영화 상영관이 들어서면서 단관 극장들이 점점 문을 닫게 되었습니다. 사실 요즘에는 멀티플랙스관이나 OTT 등의 다양한 플랫폼으로 시공간의 구애를 받지 않고 어디서나 간편하고 쉽게 감상할 수 있으니 더 그런것 같아요.

맞습니다. 이후 90년대로 넘어오면서 극장이 급증하였는데, 89년에 대한극장, 94년에 성남 극장 1관과 95년에 성남 극장 2관, 98년에는 동명아트홀과 대한아트홀이 개관하였고, 동명 극장은 동명 시네마로 이름이 바뀌어 운영하였어요. 그리고 2000년대에 들어와 말씀하신 복합영화 상영관이 개관하면서 단관 극장은 급속하게 사라져 추억의 장소로만 남게 되었죠.

그런 생각을 하면 많이 아쉽죠. 옛 극장에서만 느낄 수 있는 지점들이 있는데. 모두 추억 속의 장소가 되어버렸으니. 그렇다면 선생님에게 '진주'는 어떤 곳인가요? 다른 도시와 다른 진주만의 특징이 있다면 무엇일까요?

제가 진주와 인연을 맺은 것은 올해로 정확히 30년 되었네요. 진주에서 공부하고, 진주 사람과 결혼하고, 진주 사람을 키우고 있으니, 저도 이제 진주 사람이겠죠.

진주는 역사의 도시라고 하지만, 옛 모습은 거의 사라진 도시죠. 하지만 사람들은 진주의 옛 도시가 간직한 정취를 그대로 느끼는 듯해요. 그것은 아마 진주가 가지고 있는 역사적 장소 때문일 것입니다. 진주 극장은 사라졌지만, 형평사 창립 축하식이 열렸던 그 역사는 영원히 사라지지 않는 것처럼 말이죠. 그래서 진주 원도심은 앞으로 '장소의 역사'가 어우러진 도시가 될 것이라 믿습니다. 역사적 헤테로토피아라고 부를까요?(웃음) 그리고 진주 원도심은 선사시대부터 근대 유적들까지 지하에 아직 그대로 잠들어 있습니다. 다만 우리가 잊고 지낸 것이지 사라진 것이 아니죠.

그런 의미에서 제가 제일 좋아하는 진주 도심 속 장소는 진주 가야 왕들이 잠들어 있는 수정봉 옥봉입니다. "봉황의 알(鳳卵=가야왕릉)"로 잠들어 있는 고대 지배자들의 공간이죠. 도심 제일 높은 곳에 위치해서 진주의 온 역사를 보아 왔던 곳이죠. 그래서 저는 고고학적 시각으로 우리 지역의 역사를 읽어내고 장소에 얽힌 이야기들을 많은 사람들과 오래도록 나누고 싶어요.

cooperation in interviews

송영진

경상국립대학교박물관 학예연구실장, 국립김해박물관 연구원과 함안박물관 학예연구사를 역임했다. 한국고고학회, 영남고고학회, 한국청동기학회 정회원이며, 현재 문화재청 전문위원이다. 합천 옥전, 진주 대평, 산청 생초, 사천 방지리, 함안 우거리와 가야리, 창녕 비봉리, 진주 외성, 하동 대곡리 등 다수의 유적을 조사하였다.

interview

예술의 중심 극단 '현장'

소설을 쓰는 K는 한때 연극을 하기도 했다. 배우가 되고 싶었던 그는 대학 시절 연극 동아리를 열심히 드나들었다. K는 진주의 연극에도 관심이 많았다. 1974년에 창단한 극단 '현장'은 남성당 한약방에서도 멀지 않다. 걸어서 2~3분이면 도착한다. 창단 50주년을 맞이하는 '현장'은 극단과 배우들이 나란히 나이를 먹으며 그만큼 깊어지고 그만큼 더 열정적이다. 현실에 안주하지 않고 항상 새로운 것을 추구하기 때문일테다. 우리가 간 그날은 마침 전국 투어 공연을 앞둔 터라 연습이 한창이었다. 바쁜 와중에도 고능석 대표는 흔쾌히 만남을 허락해 주었다.

극단 '현장'은 언제나 청춘 같아요.

내년이 50주년인데 청춘이라니 기분이 좋네요.(웃음) 하기야 지금 활동하고 있는 단원들이 젊으니 항상 청춘이지요. 지금은 70대가 된 선배들도 20대 청춘에 창단을 했습니다.

창단 후 2년 만에 〈출발〉이라는 연극을 무대에 올렸는데, 무대는 정규 공연장이 아닌 예식장(청탑예식장)이었고, 관람료는 200원이었어요. 1988년 경남문화예술회관이 생기기 전까지 극단 현장의 공연 무대는 주로 학교 강당, 예식장, 다방 등이었습니다.

직장인 동우회로 극단을 운영해 오다가 1993년도에 지역 극단에서 전국

극단으로 성장하기 위해서 전문 연극인 중심의 프로 극단으로 전환을 하고 진주 최초의 연극 전용 소극장도 만들었습니다. 현재 (사)극단 현장의 일반 회원은 44명이고 상근 단원은 15명입니다. 일반 회원과 상근 단원의 차이는 직장을 가지고 취미로 연극을 하느냐 전업으로 연극을 하면서 월급을 받느냐의 차이입니다.

지방으로서는 인원이 굉장히 많은 편이네요.
다양한 연극제에서 수상도 많이 했죠?

역사가 오래된 만큼 수상 경력도 다양한데 전국연극제 대통령상 1회와 문체부 장관상 6회 수상했고, 전국 지역협력형 사업 우수사례 시상식에서 2년 연속 전국 최우수상을 받기도 했습니다.

고능석 대표 배우 시절 사진

지금은 극단의 작품이 전국으로 초청되고 있고 해외에 우리 극단 작품의 저작권을 판매할 정도로 성장했으며, 예술중심현장(art center hyunKang)이라는 민간 복합문화예술센터도 운영하고 있어요.

참여와 나눔의 가치 아래 지역 사회와의 연극예술과 문화예술의 활성화를 도모하고 있는 '현장'은 지역민들에게 다양한 문화예술 서비스를 지원하고 있는데요. 비교적 최근의 이슈가 궁금합니다.

시민극단 이중생활은 2016년 극단 현장과 경남문화예술회관이 컨소시엄으로 진행했던 시민연극 교실 '내가 바로 국민배우'라는 예술교육 프로그램으로 탄생한 극단입니다. 극단 현장은 그동안 '이중생활'이 공연할 수 있도록 공연장 무료 대관은 물론 연기 지도와 의상, 분장, 무대까지 연극 제작에 필

시민투자로 새로 지은 현장아트홀

요한 모든 것을 무상으로 제공했어요.

그 결과 극단 '이중생활'은 단원이 44명이나 되는 하나의 독립극단으로 자리를 잡게 되었죠. 또한, 이중생활의 단원들은 모두 극단 현장의 후원회원이 되어서 극단 현장과 선순환 관계를 형성하고, 예술경영의 새로운 모델을 구축하고 있습니다.

매년 이중생활과 극단 현장의 단원들이 함께 모여 '진주연극인 밥 묵는 날'이라는 행사를 개최하는데 그날은 다 같이 밥도 먹고 둘레길도 걷습니다. 밥을 같이 먹는다는 것은 식구가 되었다는 것이죠.

'선순환'이라는 말과 같이 밥 먹고 걷는 일들이 참 아름답습니다. 건강한 지역 공동체를 위해 극단 '현장'을 중심으로 일어나는 선순환의 사례들이 궁금하네요.

우리 극단은 많은 시민의 후원도 받고 있는데 후원받은 것을 우리만 가지지 않고 다시 지역과 나누기 위한 고민을 했습니다. 지역의 작은 가게에서 생산한 제품을 대량 구매해서 후원회원들의 생일 선물로 제공하고, 그 제품이 전국에 널리 알려져서 지속적인 판매로 이어질 수 있도록 했습니다. 작은 커피숍, 가죽·가구 공방, 연극배우 출신 농부가 만든 아로니아 진액 등 이후 재구매로 이어진 제품들이 꽤 된다고 들었습니다. 이처럼 선순환과 연대는 우리 극단이 지역에서 꾸준하게 성장할 수 있었던 동력이었습니다.

그동안 극단 현장이 '예술 중심 현장'이 될 수 있었던 것은 다름 아닌 수많은 연극과 공연들이 있었기 때문일 텐데요. 그중에서 기억에 남는 공연도 있을 것 같아요.

깨물어서 안 아픈 손가락이 있겠습니까만 대표적으로 하나를 꼽는다면 실경 역사 뮤지컬 〈의기 논개〉를 꼽을 수 있겠네요. 2000년도에 진주국제대학교의 한 교수님께서 학생들을 데리고 논개가 왜장을 끌어안고 물에 뛰어드는 퍼포먼스를 시작했는데, 저한테 연기 지도를 해 달라는 요청이 들어와서 그 작품과 인연을 맺었어요.

23년 동안 김시민 장군, 삼장사의 충절 등의 내용이 가미되었다가 사라지고, 지금도 '논개가 일본 왜장을 끌어안고 물에 빠져 죽었다'라는 기록에 근거하여 관군은 일절 등장하지 않고 백성들과 논개만 등장합니다.

충절을 지키는 논개가 아니라 동료들을 살리기 위해 희생한 의인의 개념으로 동시대성을 그리고 있어요. 지역에서 일기 쓰듯이 만들고 다듬어 온 공연이라 의미도 있습니다.

논개의 의미를 당대성과 연결하여 재해석한 지점은 굉장히 의미있습니다.
그렇다면 극단 현장은 어떤 식으로 운영이 되나요?
대본과 연출 그리고 공연 연습 등을 어떻게 하고 계시는지요.

극단 현장의 법적 운영 형태는 사단법인이면서 전문예술법인입니다. 단체를 사적으로 운영하지 않고 여러 사람이 회의를 통해 의사 결정을 하며, 취미가 아닌 전문적으로 연극 활동을 하는 단체라고 보시면 되겠습니다. 대본은 그때그때 단원들의 의사를 물어서 우리가 하고 싶은 이야기를 전문 작가에게 의뢰하거나 기존 작품을 시대적 흐름에 맞게 각색하기도 하고 원작을 그대로 공연하기도 합니다.

우리 단원들은 모두 연출 역량을 가지고 있어서 언제든 작품의 연출을 맡을 수 있는데 지금은 대표적으로 제가 연출을 맡고 있습니다. 가끔 객원 연출이 작품을 연출하기도 합니다. 현재 우리 극단에서 가장 잘 팔리는 〈정크 클라운〉이라는 작품은 마이미스트 고재경이 연출을 했습니다. 판토마임의 특성을 잘 살린 작품이라 해외에서도 인기가 있는 작품입니다.

예, 그 작품은 극단 현장이 지난 2022년 《더레드커튼》 국제페스티벌에서 3관왕 수상의 영예를 안은 작품이라 더 의미가 클 것 같습니다.
그럼 이제 대표님 이야기를 해볼까요? 어렸을 때부터 연극과 관련된 것에 관심이 많았나요. 연극의 길로 들어서게 된 계기가 궁금합니다.

제가 어릴 때 동네 어른들은 한 해에 두세 번 술과 음식을 나눠 먹고 장구 치면서 춤추고 노셨는데 그걸 회치(?)라고 했어요. 저는 그때 어른들과 어울려 춤을 췄던 기억이 납니다. 어른들이 칭찬해 줘서 기분이 참 좋았던 기억도 나고요. 그리고 친할머니가 무당이셨는데 제가 그 피를 이어받아 연극을 한다는 말도 들었습니다. 어머니께서 살아계실 때 점을 보러 가면 점쟁이들이 한결같이 할머니가 시켜서 제가 연극을 하게 되었다고 했습니다.

그래서인지 대학 입학하고 나서 자연스럽게 연극 동아리에 입회했습니다. 처음에는 호기심으로 들어갔는데 점점 연극이 재밌어지기 시작했습니다. 저는 학기 중에도 방학에도 심지어 휴학하고서도 연극을 했습니다. 거의 동아리방에서 살았습니다.

그러다가 4학년 올라가면서 취업 걱정을 하고 있는데 극단 현장의 한 선배님께서 "연극을 하면 남에게 사기 치지 않고 착하게 살 수 있다"라고 하시면서, 극단 현장을 전문연극인 중심의 프로 극단으로 바꾸고 직장인처럼 월급도 받게 해 주겠다고 같이 연극을 하자고 하셨습니다. 그래서 본격적으로 연극을 시작하게 되었습니다.

일반인들이 연극에 대해 가지는 선입견이 있기도 한데요. 극단 현장은 일상에서의 경험을 무대로, 무대 위에서의 깨달음을 일상으로 가져오는 순환을 통해 현실과 자아를 성찰하고 그 경험을 함께 나누고자 하는 가치가 참 아름다운 것 같아요.

일제강점기 때 우리나라를 대표했던 연극 연출가이자 극작가였던 유치진이라는 분이 있었습니다. 1940년대부터는 친일 연극을 적극적으로 주도한 인물로 연극계에서는 평가가 많이 엇갈립니다. 저는 그분의 친일 행적은 싫어하지만, 그가 말한 "연극은 진선미의 요지경"이라는 문장은 참 좋아합니다.

진선미의 '진'은 한자로 '참진'입니다. 말 그대로 참된 것, 즉 '진실'이라는 뜻이지요. 연극은 우리 삶 속의 진실과 삶의 본질이 무엇인지 탐구하고 그것을 엮어내는 예술이라고 할 수 있습니다. 철학의 갈래로 보면 존재론에 속하지요.

그 다음 '선'은 '연극은 세상을 본래의 선한 모습으로 환원시키는 역할을 하는 예술이다'라고 할 수 있겠습니다. 철학에서 윤리학의 영역이라고 볼 수 있죠.

다음 '미'는 아름다운 것, 조화로운 것을 말하지요. 철학의 갈래로 보면 미학에 해당하죠. 모든 예술이 추구하는 바와 같이 '연극은 아름다워야 한다'라는 것을 의미합니다.

다음은 요지경입니다. 요지경은 만화경이라고도 하는데 요지경 안을 들여다보면 요지경을 돌릴 때마다 내부의 모양이 매우 복잡하고 예측할 수 없을 정도로 끊임없이 흥미진진하게 변합니다.

진선미의 요지경을 요약하자면 〈연극은 인간의 삶을 다루는 예술이라 복잡하고 결코 알 수 없을 것 같지만 삶의 진실을 연극적 원리에 의해서 조화롭게 풀어내어 관객에게 흥미롭게 바라보게 만드는 예술 장르〉라고 정리할 수 있겠네요.

우리는 〈진선미의 요지경〉을 참고해서 극단의 운영 철학으로 발전시켰습니다. 연극은 우리 삶에 뿌리를 두고 있는 예술이기 때문입니다.

'진선미 요지경' 재미있는 철학이네요. 완전 공감됩니다.(웃음) 무엇보다 하나의 전문 예술단체를 기획하고 운영해 나간다는 것이 여간 힘든 일이 아닐텐데요, 어떨 때 연극인으로서 보람을 느끼시나요?

힘든 일이 많지만, 그중 극단을 경제적으로 유지하는 일이 가장 힘든 일입니다. 하지만 저는 연극하면 가난하다는 말을 싫어합니다. 왜냐면 우리는 돈을 벌려고 연극을 한 것이 아니라 연극을 하는 데 필요해서 돈을 모았기 때문입니다. 그래서 정부의 보조금을 받기도 하고 시민들의 후원도 받았습니다. 그렇게 해서 흔히 돈 안 된다고 하는 작품을 꾸준히 해 왔어요. 주로 진선미를 진하게 다루는 연극이죠. 그렇게 제작된 작품을 보신 분들이 공연 좋았다고 할 때가 가장 보람되죠.

연극을 한다는 것은 깨달음의 연속입니다. 하나의 과정을 깨닫기 위해서는 안팎으로 수많은 질문을 풀어야 하는 고통의 순간들이 찾아옵니다. 그 과정을 딛고 성장한 후배들을 볼 때는 정말 보람을 느낍니다.

**그동안 진주의 문화 발전을 위해 많은 일을 해오셨는데,
몇 가지 소개 부탁드립니다.**

연극 한 것 말고는 크게 한 것이 없지만 굳이 한 가지 소개를 드리자면 지금은 없어진 골목길아트페스티발에 참여하고 함께했던 경험을 소개해 드리고 싶네요.

골목길아트페스티발은 삼광문화재단에서 공모한 진주문화 대안공간 발굴사업으로 시작이 되었습니다. 저는 축제에 참여하면서 예술가들이 대 놓고 봉사하는 축제를 만들어보자고 했어요. 연대는 나를 먼저 내놓았을 때 더 단단해지고 그래야 우리의 삶이 더 풍요로워질 거라는 생각을 했거든요.

골목길아트페스티발은 예술가들의 에너지와 상상력으로 넘쳤습니다. 지금도 전설처럼 골목길아트페스티발이 회자되는 이유이기도 하죠. 요즈음엔 유사한 형태의 공연과 전시가 많아졌지만 지금 봐도 '어떻게 그런 생각을 했지?'라는 생각이 들 정도로 발칙하고 따뜻한 기획이 많았습니다. 저는 골목길아트페스티발의 예술감독과 대표까지 했다는 게 자랑스럽습니다.

골목길아트페스티발처럼 의미 있는 또 다른 축제를 기획하는 게 있으신가요?

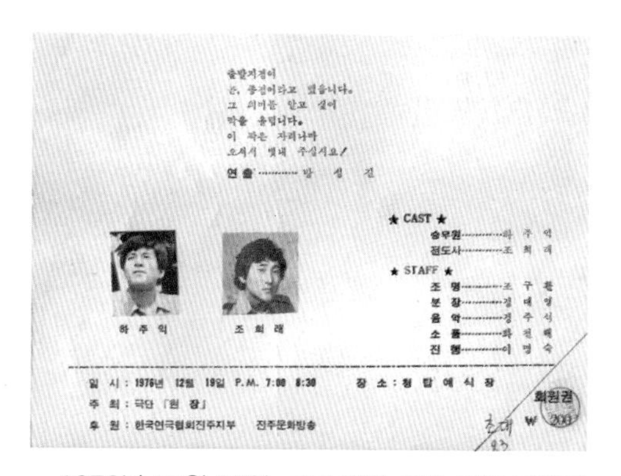

1978년 12월 18일, 극단 현장 창단 공연 리플릿
회원권이 당시 200원이었다.

이제는 축제보다는 좋은 연극 작품을 만들어서 관객과 만나고 싶습니다. 그나마 제가 제일 잘하는 것이니까요. 희망 사항이 있다면 진주의 연극 관객이 적어서 상설 공연을 못 하고 있는데 장기적으로는 우리 공연장을 대관 공연장이 아닌 연중 연극공연을 하는 제작 극장으로 자리를 잡게 하고 싶습니다. 후배들에게 이어주고 싶은 저의 꿈입니다.

그렇다면 '진주'는 선생님에게 어떤 곳인가요?

진주는 고향이고 돌아온 곳입니다. 저는 연극을 전공하지 못했는데 극단 선배들의 도움으로 1995년도에 당시 정부 기관에서 운영하던 연극 전문학교에 다녔습니다. 서울에 있던 공연예술 아카데미라는 학교였는데 극단 선배들이 저에게 학비와 생활비 전액을 보태줘서 가능했습니다. 저는 그때 선배님들이 보여주셨던 사랑과 희생을 지금 후배들에게 이어주기 위해 노력하고 있습니다.

아카데미를 졸업하고 진주로 내려와 한 첫 작품으로 저는 전국연극제에서 대통령상과 연기상을 받았습니다. 그리고 서울의 한 유명 극단에 캐스팅이 되었지요. 저는 그 극단에서 전국 투어를 하고 국립극장 무대에도 서보고 독일 초청공연까지 갔다 올 정도로 연극에 몰입했습니다.

그때 갑자기 아버지께서 돌아가셨습니다. 홀로 집에 계신 어머니는 혼자 있기 무섭다고 하셨습니다. 저는 진주로 내려오겠다고 마음을 먹었습니다. 서울의 모든 동료가 저를 말렸습니다. 성공하려면 반드시 서울에 있어야 한다고, 평생 후회할 거라고 했습니다.

하지만 저는 그때 어머니 가슴에 못을 박으면 평생 그 못이 내 가슴에 남아 있을 거라고 모든 걸 뿌리치고 진주로 내려와서 극단 현장에 복귀했습니다. 그때부터 진주에서 본격적인 저의 연극 인생이 시작된 것입니다.

어떻게 보면 연극만큼 여러 가지 상황을 많이 고려해야 되는 예술도 없다는 생각이 들어요.

맞습니다. 힘든 일이 너무 많죠. 내가 연기를 잘 할 수 있을까? 내가 연출한 작품을 사람들이 좋아할까? 우리 극단은 계속 유지될 수 있을까? 항상 불안감에 휩싸였습니다. 너무 심해 우울증까지 왔습니다. 그만큼 지역에서 극단을 유지한다는 것이 힘들었다는 거지요.

하지만 최근에는 나 자신을 지키기 위해 노력을 많이 합니다. 길지 않은 인생 고민과 고통을 짊어지고 살지 말자고 다짐을 했죠. 그래서 과정에서는 최선을 다하되 결과에는 너무 연연하지 말자. 작품에 대한 조언은 받아들일 수 있는 것만 받아들이고 그렇지 않은 것은 취향의 차이라고 생각하자. 극단의 생존은 나만 책임질 것이 아니다. 등의 다짐을 자주 해요.

다행히 좋은 인연을 맺어서인지 극단은 계속 성장하고 있습니다. 선하고 좋은 기운이 모여서 그런 것 같아요. 최근에는 20대 청년들이 극단에 들어왔습니다. 경제적인 득실을 따지자면 절대 그들은 받을 수 없었지만, 극단의 미래를 생각해서 함께 하기로 했습니다. 흔히 MZ라고 부르는 세대인데 돈보다 가치 중심의 사고를 하는 그들을 보면서 저는 깜짝 놀랐습니다. 우리 사회의 희망을 그들을 통해 봤습니다.

'현장'은 지금처럼 앞으로도 시민들과 늘 함께 있겠죠?

극단 현장의 미래가 어떻게 될지 잘 모르겠습니다. 하지만 지역과 끊임없이 선순환하면서 지역민들의 사랑을 받는 극단이 되었으면 좋겠어요. 우리가 만든 〈예술 중심 현장〉은 지역민과 나누기 위해 만든 공간입니다. 의미가 있는 공연이나 전시는 언제든지 무료대관과 공동 기획을 합니다. 저는 우리 공연장 앞 시내버스 정류장이 '예술 중심 현장'으로 안내되는 날을 기다립니다.

cooperation in interviews

고능석

국립경상대학교 경영학과 졸업했다. 1993년 극단 현장에 입단해서 2016년부터 (사)극단 현장의 대표를 맡고 있다. 2020년부터 2022년까지 (사)한국연극협회 경남지회장을 맡아 제40회 대한민국연극제와 제24회·제26회 대한민국청소년연극제 집행위원장으로 활약했다. 1997년 예도 진주를 빛낸 분 상, 2016년 문화체육관광부 오늘의 젊은 예술가상, 2022년 제40회 대한민국연극제 연출상 등을 수상했다.

셋째 날

기차역에서

기차역에서 우리는 떠날 권리와
돌아오지 않을 권리를 가지고 있다

오후 네 시, 남도발 완행 열차가 떠나는 철길 아래
그 기차는 가네 멀리 떠나갔던 발들이 지나간 얼굴과 얼굴
사이로 다가올 목소리와 목소리 사이로
-「오후 네시, 철길 아래 굴다리 지나」 중에서

그날 K도 기차를 타고 그렇게 왔다.

기차역을 그리워하던 시절이 있었다. 어디로든 가고 싶어 마음이 쿵쿵거리던 시절. 무심코 바라보던 먼 산과 하늘, 생각해 보면 요즘 한 사람, 두 사람 소식들이 뜸하다. 갈수록 옛날 사람들, 그 옛날 간이역에 오르고 내리던 사람들이 줄어들고 있다. 아주 오래 전에 폐역이 된 그 역 앞에 서면 옛 시간은 급히 또 어딘가로 달려가고 있을 테지만.

기차역은 도착하고 떠나는 장소다. 누군가를 배웅하기도 하고 또 누군가를 기다리는 곳이다. 기차는 서민들의 기억과 함께하는 가장 오래 된 근대의 교통수단이다. 기차 소리를 들으면 먼 이국땅으로 갈 수 있을 것 같았던 그런 날들. 어렸을 때 김밥과 달걀을 먹으며 덜컹거리던 기차를 타면 마음도 같이 덜컹거렸다. 사람들의 몸에서 나는 냄새들과 창밖을 보며 무언가를 추억하는 사람들의 영혼이 하나로 짜여지던 곳. 문을 열 때마다 삐걱거리는 소리에도 아랑곳하지 않고 긴 나무 의자에 앉아 조는 사람도 있었고, 누군가 짜준 머플러를 두르고 책을 열심히 읽는 이도 있었다.

추운 겨울날 역사 밖에는 어묵과 무가 푹 고여 끓고 있었고, 그 옆에는 순대가 데워지고 바가지에 소복이 담긴 삶은 달걀들. 김밥을 말고 있던 몸집이 큰 인심 좋은 아주머니들도 있었다. 담벼락 옆으로 즐비하게 있던 포장마차들. 그 포장마차 뒤에서 몇몇이 모여 담배를 피우며 담배 연기 속으로 긴 한숨을 날렸던 시절.

그 옛날 낮고 가난한 진주역은 일제 강점기에 지어진 역사다. 하동과 횡천, 북천과 완사를 지나면 다음이 진주역. 역문이 열리고 사람들은 기차표를 들고 기차를 타러 나갔다. 정차되어 있던 기차의 창문 밖으로 고개를 내밀고 있는 사람들, 기차가 요란한 소리를 내며 떠난 텅 빈 선로를 오래 바라보던 그때. 그렇게 천 개의 그림을 그리는 동안 기차역의 벽과 바닥에는 얼마나 많은 이야기들이 쌓이고 또 흩어졌을까.

그 옛날 칠암동에 있던 진주역 주변에는 또 고속버스터미널이 있었다. 포장마차와 포장마차를 지나 남강으로 이어지는 골목들. 그 골목과 반대편으로 이어지는 역전 골목들은 언제나 어둡고 쓸쓸했다. 아주 오래전 서울로 가던 친구를 배웅하며 말했던 열 개의 단어를 K에게 들려 주었다. K는 그것을 '너무 아픈 마음'이라고 했다. 하나의 장소에 묻힌 무수한 시간의 주름들. 어쩌면 누군가는 아직도 그 주름들 속의 기억들이 침묵에 둘러싸여 각자 자신의 뒤엉킨 시간들을 하나씩 풀고 있을 것만 같다.

일호광장 진주역

이곳은 백 년 후에도 눈이 내리는 그 옛날의 푸른 밤
-「푸른 돌」 중에서

K와 옛 진주역에 건립된 〈일호광장 진주역〉으로 걸어갔다. 그 시절 기차역에는 저마다 다른 온도를 가진 슬픔들이 모여 있었다. 다 읽은 하루를 펼치면 새로운 마지막 장이 열리는 것처럼 역은 언제나 기억의 처음과 마지막 장소이다. 대합실 의자에서 잠시 졸다가 일어난 그때, 창밖을 보니 어스름한 저녁 무렵이었다. 역광장에 있던 비둘기도 보이지 않았고 사람들이 모두 무거운 가방처럼 지나갔다.

진주역은 1925년 경전선의 보통역으로 출발해 한국전쟁으로 소실되었다가 1956년 다시 지어졌다. 2012년 경전선 복선전철 사업으로 진주시 칠암동에 있던 역사가 가좌동으로 이전했다. 새로 지어진 진주역사는 전통과 문화의 고장인 진주를 상징하는 관문으로서의 역할을 하고 있다. 일제강점기의 옛 진주 객사를 재현함과 동시에 전통적인 건축의 요소들이 현대 철도 역사의 기능과 조화를 이루고 있다. 그리고 최근에 진주시에서는 옛 진주역 일원의 원도심 활성화와 문화예술의 거점을 조성하기 위해 '진주역 철도부지 재생프로젝트'가 진행중이다.

그 시절 기차를 타고 매일 출퇴근을 하던 사람도 있었을 테고 모처럼 고향

옛 진주역은 1925년 삼랑진-진주 간 선로가 개통되면서 운영을 시작했다. 북에는 평양, 남에는 진주라고 불릴 만큼 번성했던 진주와 그 중심지였던 옛 진주역은 2012년에 가좌동으로 이전했다. 지금도 그렇지만 기차가 다니던 옛 진주역은 진주를 찾는 이들에게는 반가운 인사를, 추억을 담아 돌아가는 이들에게는 정겨운 배웅을 해주던 장소였다.

으로 오는 사람, 보고 싶은 친구를 찾거나 목적 없이 여행을 떠난 그런 사람들도 있었을 것이다. 많은 사람들이 저마다의 목적과 사연을 가지고 때로는 첫차를 타기도 하고 또 때로는 막차를 기다리던 곳이 바로 기차역이다.

일제 강점기 일본은 경상도와 전라도의 풍부한 양곡과 물자를 실어 나르기 위하여 경전선과 호남선을 개통했다. 이 옛 진주역에는 문화재로 등록된 건물이 있다. 바로 진주역 차량 정비고로 원래 이름은 '진주역 기관구'다.

2005년 9월 14일 등록 문화재 202호로 지정된 이 '기관구'는 기관차를 관리하고 운용, 정비, 보관 등을 담당하던 곳이다. 1925년 당시 진주역이 들어

서면서 지은 이 건물은 일제강점기와 광복, 한국 전쟁 등 거의 100여 년에 이르는 굴곡된 세월의 흔적을 아직도 고스란히 간직하고 있다. 특히 이 건물 외벽 곳곳에는 한국 전쟁 당시 비행기 기관총 사격을 받은 총탄 자국을 그대로 간직하고 현재의 문화공간으로 변신했다.

지난 2022년에 완공된 '일호광장'이라는 이름은 옛 진주역이 1968년 도시계획시설 제1호 교통광장에 위치하였다는 의미로 붙여졌다. '일호광장 진주역' 안으로 들어가면 열차 시간표와 매표원이 있었던, 복원된 옛 진주역 내부를 볼

수 있다. 통일호나 비둘기호를 타고 서울과 부산 그리고 순천으로 가던 그때의 기억들을 잠시 떠올리게 된다.

전시관 중앙에는 진주역과 관련된 신문 기사를 볼 수 있는 모니터가 있다. 달리는 기차에서 산모가 진통이 와 직원의 발 빠른 도움으로 안전하게 출산을 해 산모와 아기 모두 건강하다는 기사도 있었고, 명절 기차표 예매 전쟁이었던 내용과 고향에 가기 위해 8시간씩, 10시간씩 기차를 기다려야 했다는 내용도 있다. 그리고 한 승객이 철로에 떨어진 아이를 열차가 오기 몇 초 전에 구했다는 기사도 눈에 띈다. 그 밖에 소매치기나 절도 사건 등….

그렇다. 옛날 진주역은 서부 경남의 교통 요충지로 인적, 물적, 숙박, 음식점 등의 교류 중심지였다. 광장 삼거리는 숙박점 거리로 이어지고 전성기 때는 전국에서 서부 경남으로 찾아온 많은 이들이 여기서 잠을 해결하고 각지로 떠났다. 서쪽으로 여관, 여인숙, 그리고 음식점 등이 불철주야 영업을 했고 북쪽으로는 연탄공장과 대한통운 화물 광장 오거리가 있었다. 때로는 북적거리고 때로는 쓸쓸했던 그 시절 기차역의 낭만들. 그렇게 우리가 남겨둔 그 기억들은 지금 어디서 서성거리고 있는 걸까.

진주역,
그 옛날의 추억

흔히 말한다. '진주라 천 리 길'이라고. 서울에서 진주는 그만큼 먼 변방의 도시라는 말이다. 그 옛날 진주에서 서울과 부산으로 이동할 때 가장 많이 이용했던 것이 기차였다. 그만큼 진주역과 진주 사람들은 뗄 수 없다. 무엇보다 진주역은 논산 훈련소로 입영하는 병력이 많았다. 온 가족들이 나와 울면서 아들과 손자를 애타게 떠나보냈던 곳, 멀리 타지로 공부하러 가는 자식을 배웅하던 곳이 바로 진주역이다.

경상국립대 국어국문학과에서 오래도록 제자들을 가르치다 퇴임하신 임규

6.25 전쟁의 엄청난 폭격으로 역사가 소실되자, 현재 일호광장 자리로 이전하여 새롭게 터를 잡아 1956년 12월에 완공된 진주역의 모습

홍 교수님은 유독 그 옛날 진주역에 관한 기억을 많이 안고 계신다.

교수님 기억 속의 진주역은 어떤 모습인가요

그 시절 기차를 타기 위해 역을 빠져나가면 큰 은행나무가 줄지어 있고 붉은 벽돌로 지어진 차량정비소가 있었어. 역 안으로 들어가면 가운데 석탄으로 불을 땐 난로가 있고 주위로 작은 의자가 둘러싸여 있었지. 벽에는 도착 시간과 출발 시간이 적힌 열차 시간표가 붙어 있었고. 영화에 나오는 한 장면처럼 아련한 곳이었지.

대학 다니실 때도 그런 풍경이었을까요.

70년대 중반 대학을 다니면서 늘 진주역을 지나 강의를 들으러 갔어. 진주역은 하숙집과 대학 중간에 위치해 있기 때문에 걸어서 학교에 갈 때마다 역을 자연스럽게 바라보게 되고. 역은 큰길에서 조금 들어가 있고. 역 앞이 유난히 넓었는데 어떨 때는 절 마당처럼 고요할 때도 있었지. 기차 소리가 들리고 기차가 도착할 때면 촌에서 농작물을 이고 손에 들고 들어오는 상인들도 많았지만, 진주에서 장을 보고 떠나는 이들도 흔했어. 짐을 머리에 이거나 손에 든 승객들이 유독 많았던 것 같아.

여행을 갈 때도 있지 않으셨어요?"

맞아. 아들 둘이 어렸을 때 아내와 자주 하동의 송림으로 놀러 갔어. 그 시절 하동은 진주에서 가장 가까이 기차를 타고 애들과 갈 수 있는 곳인데, 별난 아들들을 데리고 버스를 타고 진주역에 내려 역에서 하동으로 가는 기차를 기다렸지. 애들이 유독 기차를 좋아했어. 덜컹거리는 기차 안에서 얘기도 하고 잠도 자고 싸간 김밥과 달걀을 내어 먹기도 하고. 하동역에 내려 아들과 손을 잡고 둑으로 걸어 다녔어. 하늘을 찌르는 빽빽한 소나무 사이 섬진강의 하얀 모래가 펼쳐진 송림에서 하루 종일 놀다가 해가 저물어가면 아이들과 하동역에서 다시 기차를 타고 진주역에서 내리지. 진주역은 언제나 우리 가족이 나들이를 떠나고 오는 길목이었어. 지금은 아주 오래된 옛날 일이지만.

입영하던 친구들은 어떻게 보내셨어요?

대학 시절 입영하기 위해 까까머리하고 논산 훈련소로 떠나는 친구들을 배웅하러 남은 친구들이 모였던 곳도 진주역이지. 열차를 타기 위해 기다리면서 친구들과 어울려 웃기도 하고 용기를 불어넣어 주기 위해 애써 농담이나 수다를 떨던 기억도 있고. 역 플랫폼에서 한동안 있다가 열차를 올라타는 친구의 뒷모습. 손을 흔들어 보내며 마음이 많이 아팠지. 간혹 여자 친구가 울기도 하고 가족들도 나와 배웅하는 모습이 아직 기억에 그대로 있어.

조카도 진주역에서 근무했다고 하셨던 것 같아요.

그렇지. 진주역에는 군인들의 이동을 도와주고 관리하는 TMO라는 것이 있었어. 진주 인근에는 사천의 공군과 공군교육사령부 그리고 공군 신병훈련소가 있었고. 그래서 많은 공군 신병들이 오가는 곳이고. 신병훈련을 마치고 떠나는 군인들과 휴가를 오가는 공군들이 많았어. 역은 그런 파란 군복을 입

은 젊은 군인들이 오가는 곳이었지.

울산에 사는 조카도 TMO에서 근무했어. 큰아버지가 살고 있는 진주에 현역으로 근무하게 돼 반갑기도 했지. 어느 날 아내는 조카가 근무하는 진주역 TMO에 면회 가자고 했는데 그날, 날이 무척 더웠어. 아내는 찬합에 반찬을 손수 만들고, 통닭까지 넣어 예쁜 보자기에 싸서 조카를 만나러 갔어. 역 옆에서 만난 조카를 우리는 한동안 안고 있었어. 싸간 음식을 전해주고 우리는 그 길로 울릉도와 독도로 가기 위해 포항으로 떠났어.

아직 남아 있는 진주역의 풍경이 있을까요

오래전 진주역도 여느 역과 마찬가지로 역 앞 골목에는 여관들이 많았지. 좁

은 골목에 저녁 불이 켜지면 어스름한 골목 여관 문 앞에는 성매매 호객행위를 하는 나이 든 여자들이 의자에 앉아 있었지. 짙게 화장을 한 젊은 여자는 지나가는 사람을 손으로 끌기까지 했어. 1970~80년대까지 그런 풍경은 남아 있었지. 지금도 구역 앞엔 허물어진 여관들이 몇몇 남아 있지만 도시가 개발되면서 그런 흔적은 거의 사라졌어. 전국 어디도 그런 모습은 찾아보기 어렵지.

그럴테다. 한 사람의 일생에서 기차역은 분명 많은 희로애락을 같이 하는 장소임에는 틀림없다. 이야기를 듣다가 문득 1941년에 발표된 〈진주라 천리길〉이라는 노래가 생각났다. 아득한 그 기억 속의 옛일이 천 리처럼 멀지만 그 기억의 힘으로 우리는 또 오늘을 사는 것일테니.

'진주라 천리길을 내 어이 왔던고/ 촉석루에 달빛만 나무 기둥을 얼싸안고/ 아~타향살이 심사를 위로할 줄 모르느냐// 진주라 천리길을 내 어이 왔던고/ 남강가에 외로이 피리 소리를 들을 적에/ 아~ 모래알을 만지면서 옛 노래를 불러본다'

cooperation in interviews

임규홍

현 경상국립대학교 국어국문학과 명예 교수. 경상국립대학교 인문대학장과 국어문화원장 그리고 배달말학회장을 역임했다.

허수경 시인과
'누구도 기억하지 않는 역'에서

K는 허수경 시인의 시들을 좋아했다. 특히 그의 첫 산문집 『길모퉁이 중국식당』이 허수경 시인의 감수성이 제일 많이 드러나는 글들이라고 했다.

진주가 고향인 허수경 시인은 유난히 이 '기차역'과 관련된 시를 많이 썼다. 2018년에 타계한 시인의 여섯 번째 시집이자 마지막 시집의 제목도 『누구도 기억하지 않는 역에서』이다. 시인이 사랑한 기차역들은 이방의 작은 나라의 '기차역'에서부터 오래전 고향의 그 기차역까지 많다. 시를 읽으면 1980년대 그러니까 젊은 시절 고향에 있던 진주역에서 '초조하게 시계를 바라보며'(「기차역」) 누군가를 기다리던 모습 그리고 사십이 되어 이방인의 나라, 그 기차역들을 전전하며 연착된 기차를 기다리던 그의 모습도 그려진다.

그래서 시인은 유럽의 작은 나라의 기차역들. 그곳을 '나와' 비슷한 처지의 떠도는 이들이나 난민들이 모였다가 또 어디론가 떠나는 장소라고 했다. 그는 기차를 기다리며 지나온 많은 시간들 속에서 고향 진주와 옛사람들을 소환하기도 하고 오지 않은 시와 오지 않은 사람을 기다렸다.

독일에서 고고학을 공부하며 시와 소설뿐 아니라 많은 산문을 쓴 허수경 시인은 어느 날 잠이 오지 않아 인터넷으로 고향에 있는 '진주역'을 찾았다고 한다. 그러다 그 옛날 진주역은 사라지고 번듯한 한옥으로 지은 역사를 발견하게 되었고 그 사진 앞에서 사라져 버린 자신의 기억을 떠올렸다고 한다. 유년 시절 그가 역까지 가서 앉아 있곤 하던 그 역사(驛舍)가 지금은 이 지상에서 영영 사라지고 없다는 것이 서늘하게 마음이 아팠다고 한다.

시인은 자신이 초등학교와 중학교 그리고 고등학교를 다니고 대학교를 다니던 진주. 낮은 한옥들과 골목들. 그 사이사이 있던 오래된 식당들과 주점들. 강 옆으로 대숲이 있고 눈물이 많은 시인이 있던 그 곳, 그 인간의 도시에서 새어나오던 불빛들이 자신의 정서의 근간이라고 했다. 남강과 촉석루 그리고 개천예술제와 '꽃밥'이라 불리는 비빔밥까지 시인의 글 곳곳에 '진주'에 대한 그리움이 많이 묻어난다. '마음의 지층 아래에서 숨 쉬고 있던 그 모든 것에게 붙일 이름이 있다면 '그리움'이라는 이름 말고 또 어떤 이름이 있을까'라고 했다.

그가 독일에서 공부한 근동 고고학은 시리아나 이라크, 터키를 포함한 근동 지역의 유적이나 유물을 발굴하고 분석하여 인류의 역사와 문화를 해석하는 학문이다. 고고학자들은 인간 사회가 오랫동안 남긴 물질의 흔적을 읽어내고, 인류의 기원까지 거슬러올라가 긴 시간을 다룬다. '독일'이라는 나라에서는 서로 인접해 있는 유럽의 작은 나라들을 주로 기차로 이동했고 시인은 자연스럽게 기차역을 경유할 수밖에 없었을 것이다.

그 기차역에는 고향과 국가를 떠나 전 세계에 흩어져 살아가는 동시대 이산민이나 난민들이 많았다. 그래서 '기차역'과 관련된 시에서는 타인에게조차 타인이 되어버린 그들의 상처를 감싸 안는 비극적인 슬픔이 짙게 드러난다. '수도원 너머 병원 너머에 서서/ 눈물을 훔치다가 떠나버린 기차표를 찢는 외로운 사람이 당신이라는 것을/ 나는 몰라서'(「차가운 해가 뜨거운 발

"아직 도착하지 않은 기차를 기다리다가/ 역에서 쓴 시들이 이 시집을 이루고 있다// 영원히 역에서 서 있을 것 같은 나날이었다'// 그러나 언제나 기차는 왔고/ 나는 역을 떠났다//다음 역을 향하여"
(『누구도 기억하지 않는 역에서』, 〈시인의 말〉)

을 굴릴 때」)라는 시. 이 시에서도 놓쳐버린 기차표를 찢는 외로운 그 누군가의 이름을 생각하고 있다.

첫 시집의 '진주 저물녘'의 시간으로부터 마지막 '아무도 기억하지 않는 기차역'에서의 시간까지. 시인은 지구 반대편 독일과 그 주변국의 수많은 셰어하우스를 전전하며 오래된 도시와 폐허의 유적지를 떠돌았다. '그리움은 네가 나보다 내 안에 더 많아질 때 진정 아름다워진다'(『그대 할 말을 어디에 두고 왔는가』)고 한 시인의 정서에서 이 '기차역'은 고향 진주의 그리움이 머물던 장소이고 내전과 종교 분쟁으로 밀려난 한 존재의 마지막 실존의 현장이었다. 그리고 그는 말한다. "사라지는 모든 것들이 그냥 사라지지 않는다는 것을 짐작했다. 물질이든 생명이든 유한한 주기를 살다가 사라져갈 때 그들의 영혼은 어디인가에 남아 있다는 생각을 했다"고.

영화 속에서 우리가 본 기차역들

'기차역'에는 어떤 기대와 설렘이 있다. 다른 곳으로 갈 수 있다는 막연한 동경과 자유가 있다. 앨리스 먼로의 『아문센』에서 주인공인 '나'에게 청혼을 했던 외과의사는 갑자기 결혼을 못하겠다고 고백한다. 그리고 토론토로 돌아가는 기차역으로 데려다주며 기차표를 사주고 돌아가지만, 기차역 대합실에 앉은 '나'는 그가 다시 돌아오기를 한없이 기다리고 있다.

어떤 도시에 가면 그 도시의 기차역이 오래도록 기억에 남는다. 이 기차역들이 대부분 한 도시의 표정을 담고 있기 때문이다. 외국이나 큰 도시의 기차역에 도착했을 때 우리가 처음 보는 것이 바로 그 도시를 닮은 거대한 출입구와 철제 프레임의 천장 같은 것이다. 그리고 로비를 걷는 분주한 걸음걸이들. 나처럼 기차역의 구조를 빨리 이해하지 못하면 기차 시간이 얼마 남지 않았을 때의 낭패감으로 초조해지거나 뛰는 사람들도 있을 것이다, 무엇보다 기차역 안이나 주변에 있는 작은 상점이나 카페에서의 낭만도 빼놓을 수 없다.

나는 K에게 시베리아 횡단열차 이야기를 했다. 코로나가 오기 전에 우리는 시베리아 횡단열차에 대한 계획을 세웠었다. 아시아의 블라디보스톡을 출발해 우랄산맥을 넘어 유럽의 모스크바까지 공식적인 철도 길이만 9,288km로 지구 둘레의 거의 4분의 1에 해당한다. 거쳐가는 '역'만 60여 개가 되고 시간대가 7번이나 바뀐다. 밤낮으로 달려도 편도만 가는 시간이 일주일 정도가 걸린다. 특히 겨울에는 하얀 설원의 풍경을 끝없이 볼 수 있고 바이칼 호수의 석양에도 푹 빠질 수 있다. 기차 안의 사람들과 커피를 나눠 마시며 이야기를 나눌 수도 있다. 간혹 음악을 듣거나 영화를 맘껏 보고 밤에는 글을 쓰거나 책을 읽을 수도 있을 것이다. 영화 〈닥터 지바고〉에 시베리아 설원을 달리는 열차의 모습이 몇 분 동안 나오기도 한다.

기차역이 나오는 오래된 흑백영화로는 데이비드 린 감독의 〈밀회〉와 비토리오 데시카 감독의 〈종착역〉이 있다. 〈종착역〉의 실제 배경이 이탈리아 로마의 중앙 철도인 테르미니역인데, '테르미니역'이 바로 '종착역'이라는 뜻이다. 베네치아 산타루치아역에서 로마 테르미니역으로 가는 2층 기차도 아주 이색적이다. 이 종착역을 이용한 건물이 바로 프랑스 파리의 '오르세 미술관'이다. 또 KTX를 배경으로 한 한국 영화로 〈그날의 분위기〉가 있다 그리고 핀란드 영화 〈6번 칸〉은 핀란드에서 온 여자와 러시아 남자가 며칠 동안 같은 4인실 객실을 함께 쓰며 서로에 대한 이해를 조금씩 나누며 자신들의 문제를 풀어나간다.

K는 아그네스 발차의 그리스 가곡 〈기차는 8시에 떠나네〉 이야기를 계속 이어갔다. 2차 대전 당시 나치에 대항해 유격대원으로 떠나간 연인이 전쟁이 끝나도 돌아오지 않자 '기차'역에서 매일 애타게 기다린 실화를 바탕했다는 말도.

그리고 이 기차역과 관련된 영화로 빼 놓을 수 없는 작품이 바로 아사다 지로의 소설을 원작으로 한 일본 영화 〈철도원〉이다. 1999년 개봉된 후루하타 야스오 감독의 영화다. 일본의 홋카이도의 작은 시골 마을의 종착역인 호로마이역에서 2대째 철도원으로 근무하는 사토 오토마츠 이야기이다. 최근에 배우 박정민 씨와 이성민 씨 그리고 임윤아 씨가 출연한 한국 영화 〈기적〉도 이 '간이역'을 만들기 위해 고군분투했던 이야기를 다루고 있다.

K는 곽재구 시인의 「사평역에서」 이야기를 다시 했다. 1981년 중앙일보 신춘문예에 당선된 이 시의 '사평역'은 실재 장소가 아니라 자신이 살던 남광주역과 남도의 회진 포구를 모델로 썼다는 것이다. 그러니까 1980년대라는 시대적 배경 속에서 변방의 간이역은 밤늦게 막차를 기다리며 추위에 떨고 있는 지친 군상들을 발견하는 곳이다. '한 줌의 톱밥'과 '한 줌의 눈물을 불빛 속에 던져주'며 그들은 무슨 생각을 했을까. 피곤에 지쳐 조는 사람, 감기에 걸려 쿨럭거리는 사람들 그리고 침묵하고 있는 이들까지. '한 광주리의 사과를 만지작거리며 귀향'하는 이들의 모습을 그리고 있는 이 시는 기차역이라는 장소를 통해 당시 한국시가 도달한 서정의 정점을 잘 보여주고 있다.

그러니까 기차역에는 어떤 기대와 설렘이 있다. 어떤 불안함과 망설임도 있다. 이 현실에서 나를 객관적으로 되돌아 볼 수 있는 장소 중 한 곳이다. 우리의 과거와 현재 그리고 먼 미래의 시간들이 겹쳐 움직이고 있는 곳이기 때문이다.

'에나 진주 사람'
리영달의 사진으로 보는 진주 이야기

관전

진주성과 남강

운명감정사

우리 엄마들

남강 설경

마부

씨름

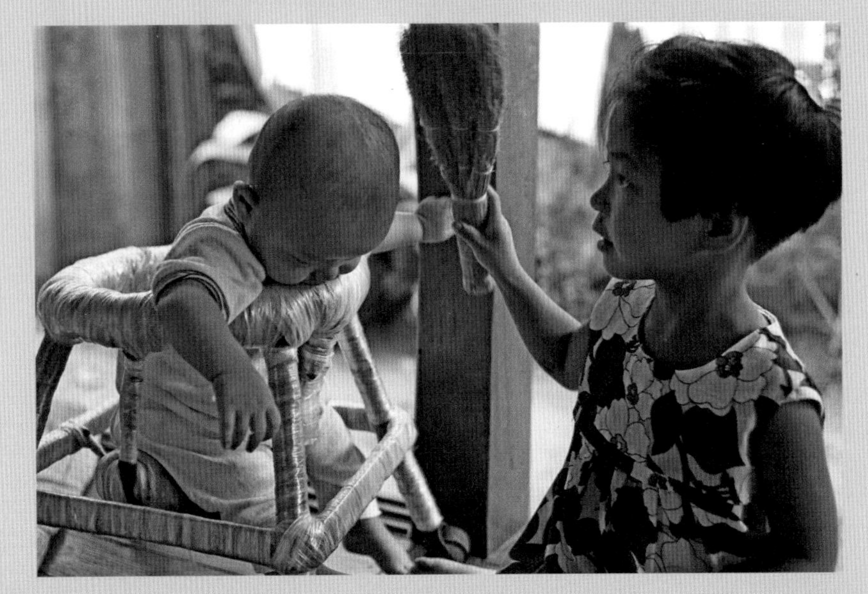

머리빗기

공기놀이

이동 극장

봄바람(춘무)

▲ 엄마와 아들

▼ 투우

▲ 뒤벼리 홍수

▼ 장난꾸러기

내 새끼, 1966

▲ 비오는 죽세시장

▼ 모정

인줄

화내다

▲ 사랑의 남매

▼ 눈 내린 날(영남루 내림길)

어머니, 어머니, 우리 어머니

아버지, 아버지, 우리 아버지

성내(1남성동)

열중

◀ 기다리는 아이

▲ 영준과 할아버지

진주 터줏대감
에나 진주사람
진주 지킴이

1969, 소싸움 경기장에서

cooperation in interviews

리영달

리영달 선생은 서울대 치과대학을 졸업한 의학박사로 진주시문화상(1980), 경남사진문화상(1995) 대한민국예총예술문화대상(2004) 올해의 치과인상(2011) 개천예술제 대회장. 논개제 제전위원장. 이상근 기념사업회 이사장. 정명수 선생 100주년 기념사업회장. 진주남강유등축제제전위원장 등을 역임했고, 현재 진주역사관 건립추진 위원장을 맡고 있다.

넷째 날

강이 흐르는 천년의 도시

매번 다시 태어나는 최초의 강

우리에게 끝까지 남은 이 흰색은 무엇일까요
-「구체적 숭고」 중에서

K는 진주하면 제일 먼저 남강과 촉석루가 생각난다고 했다. 그 옛날 남강 백사장인 스무바다에는 정월대보름이면 진주오광대의 춤판이 벌어졌고 소싸움이 열렸다. 진양호에 댐이 만들어지기 전에 큰비가 오면 남강이 범람해 진주 시내가 물난리였고, 내가 사는 도동도 물에 잠겨 자주 피난을 다녀야 했던 기억이 있다. 초등학교 다닐 때 큰 홍수로 우리 가족들은 큰집으로 피난을 갔다. 어른들은 물에 젖은 세간들이며 갖가지 고민으로 밤잠을 설쳤을 텐

데, 사촌 언니들과 인형 놀이도 하고 이불 덮고 귀신 이야기하던 그런 시절이 있었다.

옛 남강은 진주 사람들이 빨래도 하고 고기도 잡고 멱도 감았던 삶의 터전이었다고 K에게 말했다. 진주는 씨름의 고장으로 옛부터 남강 백사장은 좋은 씨름장이었다. 서장대 밑이나 촉석루 건너편 백사장에서는 자주 씨름판이 벌어졌다. 일제 강점기 때에는 진주 성안과 성 바깥 간의 줄다리기도 격렬하게 펼쳐졌다. 추석이 되면 남강 백사장에서 청룡줄과 황룡줄이 엉켜 마을 대항의 줄싸움이 벌어지기도 했다. 연날리기 또한 유명했다. 남강 백사장과 강둑에서는 섣달 중순 전후로 연날리기가 시작되어 정월 보름에서야 그 막을 내렸는데, 뭐니뭐니해도 연날리기의 묘미는 연싸움, 즉 '연줄 끊기'였다고 한다.

조선 후기에 그려진 '진주성도' 속에는 남강에 배가 떠 있다. 이 그림을 보면 촉석루의 성벽을 따라 흐르는 남강 위에는 뗏목이 있는가 하면 유람배도 있고 나루를 오가는 배도 있다. 그 중에는 돛단배도 있다. 이러한 배들은 바람과 강의 흐름 그리고 인력을 이용해서 움직였는데, 비교적 근대까지 배가 다녔던 것으로 알려져 있다.

또 '남강'은 시와 노래에 많이 등장했다. 박재삼 시인의 「추억에서」라는 시는 '진주 장터 생어물전에는/ 바닷밑이 깔리는 해 다 진 어스름'으로 시작한다. 오누이를 키우기 위해 진주 장터 어느 생어물전에서 장사를 했던 어머니

1940년경 남강 백사장, 예로부터 진주 남강 백사장은 소싸움으로 유명하다. 특히 추석 전후로 진주와 인근에 있던 많은 사람들이 몰려들어 소싸움을 구경하기도 했다. 이런 날에는 '부잣집 뒤주 열어 놓는다'는 말이 들릴 정도로 마을 사람들이 동원되어 솥을 걸고 소머리 국밥과 막걸리를 나누어 마시며 잔치판을 벌였다. 무엇보다 개천예술제 기간에 벌인 소싸움은 최고의 인기 프로그램 중의 하나였다. (사진, 진농관)

의 고달픈 모습이 생생하게 그려진다. '진주 남강'이 흐르고 별이 총총한 밤, 형제를 위해 먼 장터로부터 밤길을 걸어 왔을 '울 엄매'의 힘든 삶의 모습이 진주 남강과 함께 흘러간다.

마음도 한자리 못 앉아 있는 마음일 때,
친구의 서러운 사랑 이야기를
가을 햇볕으로나 동무 삼아 따라가면
어느새 등성이에 이르러 눈물 나고나.

제삿날 큰집에 모이는 불빛도 불빛이지만,
해 질 녘 울음이 타는 가을 강을 보겠네

저것 봐, 저것 봐,
네보담도 내보담도
그 기쁜 첫사랑 산골 물소리가 사라지고
그 다음 사랑 끝에 생긴 울음까지 녹아나고
이제는 미칠 일 하나로 바다에 다 와 가는
소리 죽은 가을 강을 처음 보겠네

– 박재삼 「울음이 타는 가을 강」 전문

바다 가까이 닿아 더 이상 소리조차 내지 않는 가을 강의 모습에서 인생의 달관의 모습을 엿볼 수 있다. 박재삼 시인은 진주와 인연이 깊다. 제1회 영남예술제(지금의 개천예술제) '한글시 백일장'에서 시조 '촉석루'가 차상으로 입상되었다. 당시 장원이었던 이형기 시인과는 그때 친교를 맺게 된다. 그리고 1950년대 진주 농림학교에 다니던 김재선, 김동일과 함께 동인지『군상』을 펴내기도 했다. 이 시에 있는 '울음이 타는' 저 강이 바로 '남강'일 거라고 K와 맞장구를 쳤다.

남강변을 걸으며 가수 이성원이 불렀던 '진주 난봉가' 이야기를 했다. 80년대 언더포크 가수였던 그의 목소리에는 영혼의 깊은 떨림이 느껴진다. 그리고 이 노래를 들으면 왠지 러시아 화가 '일리야 레핀'이 그린 그림 〈아무도 기다리지 않았다〉가 생각난다고 K에게 말했다. 당시 러시아 최고의 사실주의 작가였던 레핀은 민중의 삶을 정확하고 객관적으로 묘사했는데, 그의 그림에서는 인물들의 섬세한 내면 묘사가 돋보인다.

나룻배가 떠 있는 남강, 촉석루 아래에서 빨래하는 아낙의 모습이다.(1936년경, 진농관)

울도담도 없는 집에서 시집살이 삼년만에
시어머니 하시는 말씀, 얘야아가 며늘아가
진주낭군 오실터이니 진주남강 빨래가라

진주남강 빨래오니 산도좋고 물도 좋아
우당탕탕 빨래하는데 난데없는 말굽소리
고개들어 힐끗보니 하늘같은 갓을 쓰고
구름같은 말을 타고서 못본 듯이 지나더라

흰 빨래는 희게 빨고 검은 빨래 검게 빨아
집이라고 돌아와보니 사랑방이 소요하다
시어머니 하시는 말씀 얘야 아가 며늘아가
진주낭군 오시었으니 사랑방에 나가봐라

사랑방에 올라 보니 온갖 가지 안주에다
기생첩을 옆에 끼고서 권주가를 부르더라
이것을 본 며늘 아가 건넌방에 뛰어나와
아홉 가지 약을 먹고서 목매달아 죽었더라

이 말 들은 진주 낭군 버선 발로 뛰어나와
내 이럴 줄 왜 몰랐던가, 사랑 사랑 내 사랑아
화류 객정 삼 년이오, 본댁 정은 백 년인데,
내 이럴 줄 왜 몰랐던가, 사랑 사랑 내 사랑아

너는 죽어 꽃이 되고, 나는 죽어 나비가 되어
푸른 청산 찾아가서는 천년만년 살고 지고
어와 둥둥 내 사랑아, 어화 둥둥 내 사랑아.

-「진주 난봉가」 전문

이 노래는 '진주 낭군가'라고도 불린다. 가난한 시집살이의 애환과 남편의 난봉에다 더군다나 시어머니의 무시는 당시 여성의 삶이 얼마나 고달팠는지 단번에 알 수 있다. 그 옛날 진주남강 빨래터에서 아낙들은 이 노래를 부르며 서로의 시집살이를 위로했다. 기생에게 빠진 남편에게 홀대받은 여성이 결국 목을 매서 자결하는 서사는 인간의 존엄성 문제를 넘어 여성의 노동력 착취와 사회적 억압이라는 복잡한 구조의 문제로 나아가게 한다. 무엇보다 이 노래는 1980년대 군부독재 시절 억압받던 민중들의 애환적 삶에 비유되며 대학가를 중심으로 신민요로 불리기도 했다.

6.25 전쟁으로 파괴되었던 촉석루가 재건된 이후, 1960년대 남강과 촉석루의 모습은 지금과 많이 다르다. 촉석루 주변 퇴적암의 가파른 벼랑 위에는 집들이 빼곡하였다. 말하자면 지금은 철거되고 없지만 당시에는 촉석루 주위에 사람들

1960년대, 재건된 촉석루와 주변 모습 (『개천예술제』, 경상국립대학교 도서관)

이 많이 살았는데 그 시절에도 여전히 남강은 서민들의 삶의 터전으로서의 인생사를 기록하고 있었다.

우리는 강변을 걸으며 「진달래꽃」의 시인, 소월에 대한 이야기도 잠시 했다. 1924년 즈음 소월은 오랜 방황 끝에 고향 영변으로 돌아와 조부가 경영하던 광산 일을 돌보았지만 마음을 다잡지 못했다. 그때 진주가 고향인 기생 '채란'을 만나게 된다. 13세 때 아버지는 정신이상으로 집을 나가고 어머니는 개가를 위해 어린 채란을 행상인에게 팔아넘겼다. 팔도를 이리저리 떠돌며 춤과 노래를 익혔던 채란이 고향을 생각하며 불렀던 노래가 훗날 소월 시 「팔베개의 노래」의 모티브가 되었다.

'영남 진주는/ 자라난 내 고향/ 돌아갈 고향은/ 우리 임의 팔베개'라는 시의 내용처럼 마음 한 켠 의지할 곳 없이 떠돌았던 두 사람은 서로의 팔베개에 의지한다. 소월이 「가는 길」에서 '그립다/ 말을 할까/ 하니 그리워// 그냥 갈까/ 그래도/ 다시 더 한번'이라고 한 불모의 그 자리. 그가 평생 그리움과 설움으로 흔들리며 그 불모의 자리에서 혼신을 다해 피운 꽃이 바로 '시'였을 거라고.

에나길 대숲

애나길 대숲을 걸었다. 대나무 사이사이로 보이는 촉석루와 남강은 더 푸르러다. 남강은 그 모든 시절, 그 모든 이들의 이야기와 함께 오늘도 여전히 깊고 고요하게 이 도시를 가로지르며 흘러가고 있다. 우리는 진주교를 건너 촉석루로 향했다.

남강 오백리 물길여행

촉석루는 우리나라 4대 누각 중의 하나이다. K와 촉석루에 서서 남강을 바라보다가 의암 바위가 있는 쪽으로 내려갔다. 그 옛날 논개가 왜장을 끌어안고 남강으로 뛰어들었다는 바위. 거기서 왼쪽으로 고개를 돌리면 진주교가 보인다. 진주교 교각 상부에 논개의 가락지를 형상화해 황동으로 만든 쌍가락지가 만들어져 있다. 유유히 흐르는 남강을 바라보다 조금전에 걸었던 건너편 대숲을 바라보았다. 동기 이경순 시인의 시비 뒤쪽에는 '동훈서점'이라는 헌책방이 오래도록 있었다. 문청시절 그 서점에서 산 책에 누군가 써 놓은 글귀 때문에 하루종일 마음이 흔들렸던 때도 있었다고 K에게 말했다.

진주 8경 중의 첫 번째와 두 번째가 바로 '촉석루'와 '남강 의암'이다. 그러니까 '진주'의 역사와 정서는 '남강'과 더불어 시작되고 남강과 더불어 흘러온 것이다. 그 강과 함께 진주를 쓰담(쓰고 담다)하고 있는 권영란 선생님을 만났다.

2016년 『남강 오백리 물길여행』이라는 책을 출간하고 2017년 '제1회 한국지역출판대상'을 받으셨는데요. 그동안 '남강'에 대한 기록물이 없었는데 귀하고 값진 책으로 남을 것 같습니다. 이 책이 어떻게 나오게 되었을까요?

40대 후반에 다시 일을 시작하면서 경남도민일보 계약직 기자로 들어가 월간 『피플파워』를 담당하고 있었어요. 경남 18개 시·군 전통시장 취재를 마치고 다음 기획거리를 생각할 때였는데 남강 가를 걷다가 제가 남강에 대해 너무 모른다 싶었어요. 평생 남강을 끼고 살았는데 말입니다. 도심 한가운데 이렇게 넉넉하게 흐르는 강을 두고 지역 주민들조차 관심을 안 두고 있다 싶었어요. 그때 남들이 주목하는 것보다 주목하지 않는 것, 환대받는 것보다 박해 받는 것들에 관심을 두고 기록하고 있을 때라 그제야 남강이 눈에 들어왔던 것 같습니다.

『남강 오백리 물길여행』은 남강 곳곳의 자연과 역사를 톺아보고 남강을 끼고 살고 있는 경남지역 민중들의 생활사와 삶을 기록하자, 그래서 남강을 재발견(?)하자는 의도였습니다. 또 한편으로는 남강 자락에서 토박이 시민 1인으로 살면서 정작 남강에 대해 관심이 없었고 알지 못했던 저의 반성문이기도 했습니다. 2014년 6월부터 〈경남도민일보〉에 격주로 연재를 시작해 2015년 8월에 끝냈는데 1년 2개월이 걸렸네요. 연재 후에 바로 책으로 나왔습니다.

진주에 처음 온 사람들이 감탄하는 것 중의 하나가 도심 가운데를 흐르는 남강입니다. 언제봐도 변함없는 강이죠.

남강은 경남 서북부에서 시작해 경남 동부지역을 타고 흐르는 낙동강까지 경남 내륙을 가로질러 굽이굽이 흐르는데, 첫 물줄기는 경남 서북쪽 끝 남덕유산 참샘(해발 1350m)에서 시작됩니다. 함양군, 산청군을 지나 진양호로 흘러 들어갑니다. 다시 진양호에서 지리산에서 발원한 덕천강을 만나 진주시내로 의령군 함안군으로 흘러 마침내 창녕군 남지 앞 낙동강에 닿는 거지요. 유역면적이 3,467km, 길이가 189km인데 흔히들 '남강 오백리'라고 말합니다. 500리나 되는 물길이 발원지에서 끝자락까지 경상남도 경계를 넘지 않습니다.

남강을 두고 산청군에서는 경호강이라 하고 지역마다 부르는 이름이 조금 다른데, 국가하천청에 공식적으로 등록된 이름은 남강이죠? 남강이란 강 이름은 어디서 유래된 것일까요.

옛 기록에 따르면 남강은 진주를 중심에 두고 붙여진 강 이름임을 알 수 있습니다. 먼저 조선 성종 때 지은 〈신증동국여지승람〉이 이를 뒷받침해 주고 있는데 이 기록에 따르면 '남강: 진주 남쪽 1리에 있다'라 밝히고 있습니다. 또 조선 영조 때 이긍익이 지은 〈연려실기술〉 지리전고 편에 따르면 임진란을 거치면서 남강은 한때 '촉석강(矗石江)'으로 불리었고, 이중환의 〈택리지〉에서는 '영강(濚江)'으로 불리었다는 것을 찾을 수 있습니다. 다시 '남강'이라는 강 이름을 찾은 것은 조선 말 고산자 김정호의 〈대동여지전도〉입니다.

김정호의 《대동여지도》로 인해 '남강'의 이름을 되찾았다는 건 분명 의미있

는 일입니다. 무엇보다 이런 남강은 경남에서 자연적으로나 환경적으로도 가치가 높은 강이지만 경남지역 주민들의 소중한 삶의 터전이기도 하잖아요.

그렇죠. 혹자는 "남강물은 이름난 남덕유산과 지리산 골짝골짝에서 나는 수백 가지 약초 뿌리들이 흘러 내려온 것이니 경남 사람들은 보약을 따로 먹을 필요가 없겠다."고 말합니다. 나고 자라면서 평생 그 물을 식수로 생활용수로 사용하는 경남 사람들을 두고 하는 말입니다. 경남 6개 지역을 타고 흐르고 10개 지역이 식수로 쓰고 있는데 경남 사람들은 남강과 함께 대대로 삶을 이어왔고 희로애락을 함께 해왔다고 할 수 있습니다. 남강과 더불어 살아온 건 모두 경남 사람들이라는 것이지요.

진주는 500리 남강 물길 자락에서 역사와 문화를 꽃피운 중심지역입니다. 한 도시가 천 년이라는 세월을 지탱하는 데는 오랜 세월, 강이 유유히 흘렀기 때문일 텐데요.

실제 '진주남강'은 남강 물길 189km 중 어림잡아 40km에 불과합니다. 그런데도 많은 사람들은 남강이라 하면 진주, 진주라 하면 남강을 떠올립니다. 마치 섬진강하면 하동이요 낙동강하면 부산을 떠올리듯이요. 그만큼 남강 유역에서 가장 혜택을 많이 받은 풍요로운 지역이라는 뜻이겠지요.

이러한 명성에는 남강 가에 있는 진주성과 촉석루가 한몫했지요. 역사적으로나 문화예술적으로나 남강 유역에서 가장 풍요롭고 아름다운 공간이자 증거물이라 하겠습니다. 비록 지금의 진주성이 비운의 역사 속에서 옛모습을 잃었다고 하지만…. 진주성은 일제강점기 때 진주에 들어온 일인들이 대사지를 메우면서 진주성 성곽돌을 무너뜨려 사용하면서 옛 모습을 잃었고, 다시 한국전쟁 때 폭격을 당해 촉석루는 전소되고 진주성도 일부 폐허가 되었지요. 전쟁이 끝난 후 진주성 안에 민가들이 들어서고 1960년 촉석루가 복원됐지요. 1990년대 초반 현재의 모습을 갖추게 됐고 그 후 계속 공원화 사업을 하면서 지금의 아름다운 진주성이 된 것이지요.

남강은 개천예술제와 유등축제로 인해 많이 알려진 것도 사실이고요. 개인적으로 남강이나 개천예술제 관련된 추억이 있으면 공유해 주세요.

안타깝게도, 제게는 유년기 또는 성장기에 겪었음직한 남강의 추억이 별로 없습니다. 진주에서 태어나지는 않았지만 네댓 살부터 진주에서 자랐고 '다운타운키드'라 할 만하지만 기억을 아무리 헤집어 봐도 진주 도심을 휘어 감고 흐르는 남강 물에 발을 담가본 적이 없고 지금은 없어진 남강 흰 모래밭을 밟아본 적이 없습니다. 희미하게나마 남아있는 단편적인 기억이라면 개천예술제 기간에 구경 나왔다가 본 남강과 남강다리(현 진주교)예요. 낮이라 불이 켜지지 않은 유등들이 강에 떠있고 남강 둑을 따라 천막들이 길게 늘어서 있었습니다. 천막 안에서 여성국극을 보거나 어디서 쏟아져 나왔는가 싶을 정도로 많은 사람들 사이에서 어른들 손을 꼭 잡고 떠밀려가다가 야바위꾼이 펼쳐놓는 놀이에 아주 잠깐 정신을 뺏기기도 했지요.

뜻밖입니다.(웃음) 『남강 오백리 물길여행』을 읽으면 남강을 놀이터처럼 드나들던 시절이 있을 거라 여겼는데 아니었군요. 그럼 '촉석루'와 관련된 특별한 추억이 있을까요?

촉석루는 지금처럼 개방되지 않고 함부로 들어갈 수 없는 곳이었습니다.

촉석루(남장대) 기둥과 마루

그때 한시적으로 그랬는지 모르나 평소에는 문을 걸어두고 있다가 외솔 최현배 백일장이나 학예제가 열릴 때면 완전 개방했답니다. 진주 시내 학생들이 촉석루에 집합해 시제를 듣고 글을 썼는데 당일 장원 등 수상자를 뽑아 희비가 엇갈린 곳이기도 합니다. 예전에는 지방 과거시험인 향시를 촉석루에서 쳤다고 해요.

그때 당시 어린 제게는 촉석루의 기둥이나 현판, 받침돌 등이 너무 크게 느껴졌고 알 수 없는 글자들이 곳곳에 있고, 의암 쪽으로 내려가는 길은 너무 가파르고 강물은 시퍼렇게 넘실거렸어요. 왠지 모를 위압감이 느껴져 썩 좋은 느낌으로 남아있지 않답니다. 하지만 촉석루 기둥과 대청마루 위로 부는 바람이 어찌나 시원했던지… 그때 그 분위기는 지금도 생생합니다.

그 기분을 저도 이해할 것 같아요.(웃음) 작년부터 물빛 나루쉼터가 운영이 되고 남강에 '김시민호' 유람선이 운항되고 있는데 타 보셨나요?

얼마 전에 우연한 기회로 한번 탔어요. 잠시 귀국한 가족이 진주시내서 밥을 먹고 진주를 느껴보고 싶다며 인터넷을 검색해서 먼저 제안하더군요. 유람선 개통 소식을 들었지만 탈 생각을 전혀 하지 않았는데, 타의에 의해 생긴 기회였지요. 유람선을 타는 동안은 진주성과 남강, 도심의 밤 풍경이 너무 아름다웠어요. 베트남 호이안보다 훨씬 아름답다는 생각을 했네요.

하지만 생태와 공생의 윤리적 측면에서 조금 더 깊이 생각해야 할 문제들이 있고 또 그런 문제들이 발생할 수도 있을텐데요.

그렇죠. 이 도시의 아름다움을 누리는 방식이 꼭 이래야 할까 싶은 회의가 드는 건 어쩔 수 없더군요. 남강의 생태적인 면을 생각한다면 감탄만 할 수는 없을 것 같아요. 남강을 터전으로 살아가는 건 사람만이 아니니까요. 유등을 띄우고 수변 정비사업을 하고 보를 만들고 유람선을 운행하는 일이 남강에 살고 있는 수많은 물고기와 새들, 수생식물…분명 이들 생태계의 교란 또는 파괴가 일어날 수밖에 없을 겁니다. 이게 이 도시의 윤리적 소비인가 또는 생태공존적 환경인가를 따져본다면 왜 필요한가, 본질적인 물음을 달 수밖에 없어요.

거기에다 강을 낀 다른 도시에도 대개 유람선을 띄우고 있지요. 진주만의 고유하고 독특한 지역성을 띤 게 아니라 엇비슷한 관광상품 만들기, 도시 이미지 만들기라는 생각을 떨칠 수가 없지요. 10년 전쯤 남강 취재할 때 한국수자원공사 관계자가 "진주 남강유등축제도 남강댐관리단에서 진양호 물을 방류하지 않으면 못 합니다. 유등을 띄울 때 적정 수위가 돼야 유등을 띄우지요."라고 했던 말이 생각나네요.

현재 진주 〈지역쓰담〉의 대표로 계신데, 어떤 곳인가요?

지역쓰담은 '지역을 쓰고 담다'는 의미입니다. 신문사 퇴사 이후 역사가 서울 중심이라는 것, 기록이 서울 중앙과 권력 중심이라는 것에 문제 인식을 두고 몇 년 동안 지역 콘텐츠 관련 스토리텔링과 구술채록 작업을 했습니다. 따지고 보면 신문사에 있을 때와 크게 다르지 않는 작업이었지요. 혼자서 작업하기보다는 같이 하는 사람들을 늘려보자는 생각에 2020년 비영리단체로 설립·등록했는데 시민 기록학교나 문화기획, 마을 스토리텔링과 생애사 기록 등 지역 관련 다양한 일을 하고 싶었지요. 몇몇 후배들과 2년 정도 열심히 했는데 2022년부터 이런저런 이유로 집중을 하지 못했어요. 언제 기회가 되면 다시 지역쓰담 이름으로 활동을 재개할 수 있겠다 싶지만 지금은 소강상태라 하겠습니다. 제 개인적으로 지역 관련 콘텐츠 작업을 하는 관련단체 자문을 하는 한편 2016년부터 한겨레신문에 지역을 중심에 두고 지역이야기를 풀어내는 칼럼을 쓰는 정도입니다.

지역 콘텐츠와 관련된 스토리텔링과 구술채록 작업은 상당히 의미있는 작업인데, 기대됩니다. '남강'은 박재삼 시인의 시 「추억에서」와 「울음이 타는 가을 강」의 배경이 되는 곳이죠. 이 '남강'과 관련된 문학 작품을 꼽으라면요.

남명 등 선인들의 시도 있고 가까이는 남강변에 세워진 시비로 설창수 시인의 '남강가에서' 변영로의 '논개' 등이 있습니다. 가장 최근에는 타 지역 시인의 발표작 중에 손택수 시인의 '애나'가 있고 박순원 시인의 '흰 빨래는 희게 빨고 검은 빨래 검게 빨아'라는 시가 있어요. '애나'는 진주 토박이말 '애나(에)나'를 진주 풍경 속에서 그려낸 시입니다. '흰 빨래는 희게 빨고 검은 빨래 검게 빨아'는 널리 알려진 노래 '진주난봉가' 중의 한 대목을 제목으로 잡은 거지요. 민중적이라든지 이런 거는 없어요. 1박2일 진주 여행에서 진주 곳곳의 풍경이 건조하게 들어있어요. 마치 홍상수의 초창기 영화처럼요. 암튼 재밌는 시예요. 아래는 '흰 빨래는 희게 빨고 검은 빨래 검게 빨아'에서 발췌했습니다.

진주 남강 빨래 가니 산도 좋고 물도 좋아
우당탕탕 빨래하는데 난데없는 말굽 소리
고개 들어 힐끗 보니 하늘 같은 갓을 쓰고서
구름 같은 말을 타고서 못 본 듯이 지나더라
흰 빨래는 희게 빨고 검은 빨래 검게 빨아
집이라고 돌아와 보니 사랑방이 소요터라 (중략)

진주에 다녀왔다 성선경을 만나서 어디에나 있는 뼈다구해장국에 진주막걸리 한 통 딱 두 잔씩 나누어 마시고 진주성을 한 바퀴 돌았다 촉석루 의암 논개사당 국립진주박물관 서장대 북장대 외국인 관광객 남강은 잔잔하고 군데군데 깃발들도 잔잔하고 금요일 오후 햇살은 나른하고 벤치에 앉아 커피도 마시고 성선경은 내년이 환갑이다

– 박순원, 「한 빨래는 희게 빨고 검은 빨래 검게 빨」 부분

아, 박순원 시인의 시집 저도 재미있게 읽었어요.(웃음) 2014년에 경남의 대

표 전통시장을 스토리텔링한 『시장으로 여행가자』를 출간하셔서 많은 사랑을 받았는데요. 간단한 책 소개 부탁드려요.

『시장으로 여행가자』는 사라져가는 지역 고유의 생활문화와 동시대를 살아가는 우리 삶에 대한 기록입니다. 경남지역 18개 시 · 군의 전통시장 20곳을 뽑아, 지역과 시장이 이어온 이야기를 찾아내고, 시장을 지켜온 또는 지켜오고 있는 토박이 상인들과 주민들의 인터뷰를 통해 시장의 옛 시간과 현재를 톺아갔지요. 시장 한곳을 취재할 때마다 적게는 20여 상인들과 주민들을 인터뷰 했으니 사람 이야기에 시장이라는 공간 이야기라 하겠습니다. 2012년 8월부터 2014년 5월까지의 경남 18개 시·군을 돌며 취재했으니 그 당시 전통시장의 변화와 현재를 알 수 있습니다. 벌써 10년이 지났으니 각 지역의 전통시장도 많은 것들이 변화됐겠다 싶습니다. 이 취재를 끝내고 바로 다음 기획으로 들어갔는데 2014년 6월부터 시작한 『남강 오백리 물길여행』이 그것입니다.

오랜 기간 힘든 작업들을 하셨는데요. '진주'는 선생님에게 어떤 곳인가요? 오랫동안 지역에서 기자로 활동하시고 계시잖아요. 보람된 일도 많을 테고 힘든 점도 많을 것 같아요. '진주'라는 도시가요.

한마디로 정의 내리기 쉽지는 않네요. 뒤늦게 아주 우연한 기회에 기자가 됐지만 기자로 활동하기 전에 이 도시에 사는 저임금의 20대 노동자였고 백수였기도 했지요. 뭘 하며 살아야 할지를 고민할 때는 진주라는 이곳이 너무나 무미건조하고 갑갑한 도시였다가 수십 년을 살아도 정치적으로는 변화가 없어 빈정대고 조롱하고 싶은 도시였다가… 마치 지긋지긋하지만 뗄 수 없

진주중앙시장 새벽장. 매일 진주 인근 지역에서 농사지은 것들을 가지고 나온다.
오전 9시가 되면 감쪽같이 사라진다.

는 가족 같아요. …… 인생의 시기마다 제가 겪는 일에 따라 이 도시에 대한 마음이 그랬던 것 같아요.(웃음) 족쇄이고 한편으로는 울타리이기도 했던 것 같아요. 하지만 지금은 '그까이꺼'라 여기지요. 이제는 이 도시로부터 자유로워졌다고 할까요.

맞아요. '그까이꺼', 참 좋은 말이죠.(웃음) 진주 곳곳에는 정겨운 곳이 많아요. 지역 이곳저곳을 많이 다니시는데, 제일 좋아하는 장소는 어디일까요.

계절에 따라 좋아하는 장소가 다른 것 같아요. 봄에 물이 오를 때는 내동면과 대평면으로 이어지는 진양호 일주도로에 가요. 진양호 습지 물버들이 연둣빛으로 꽉 차오르는 것을 보면 왠지 나도 새로 태어나고 싶은 느낌. 여름에는 촉석루에 올라요. 남강에서 불어오는 바람은 한낮 더위를 식히기에 충분하고 눈 아래 펼쳐지는 남강과 도심 풍경에 멍하니 앉아있을 수 있어요. 가을이면 가좌동 경상대학교 단풍든 캠퍼스가 생각나요. 망경동 봉수대에도 자주 갔어요. 오후 다섯 시께 남강 윤슬은 반짝이고 6시가 넘어 천왕봉과 남강을 배경으로 노을이 지는 것을 볼 수 있어요. 얘기하고 보니 남강을 바라보기 좋은 곳들이네요.

하지만 겨울이면 진주중앙시장 새벽장을 가요. 시장이 서기에 좋은 계절은 봄가을이지만 겨울 새벽 추위에도 진주 인근지역에서 농사지은 것들, 삼천포 시장에서 떼온 생선들을 들고 컴컴한 새벽 4시부터 중앙광장에서 광미사거리로, 중앙광장에서 옛 동명극장으로 이어지는 대로변에 전을 펼쳐요. 점포 상인들이 문을 여는 아침 9시까지 사고팔아요. 박재삼 시인의 '추억에서'가 수십 년이 지났는데, 그 시 속의 어머니들이 아직도 진주중앙시장 새벽장에 쪼그리고 앉아있어요. 이유를 꼬집어 얘기할 수는 없지만 진주중앙시장 새벽장은 제 마음이 가장 끌리는, 얘기하다보면 뭐라 말할 수 없이 눈물겨운 그런 장소인 것 같아요.

저도 조만간 새벽 시장에 가보겠습니다. 앞으로의 계획이 있으시다면요.

계획 같은 걸 딱히 하지는 않습니다. 모든 일들이 내 뜻과 상관없이 일어나더라고요. 그저 눈앞에 닥친 일을 해나갈 뿐이지요. 지금 들어간 책 작업이 있는데, 문학 속에 쓰인 경상도 낱말이나 문장을 수집해서 그와 관련된 산문을 쓰는 것인데 2024년 3월까지 끝낼 예정입니다. 그 후에는 체력과 경제적 여유가 되면, 좀 여러 지역으로 다닐까 합니다. 최근 관심을 갖게 된 주제를 어떻게 풀어볼까 싶어서요.

그렇다. 모든 일들이 내 뜻과 상관없이 일어난다는 말에 한 표! 문학 속에 쓰인 경상도 낱말이나 문장과 관련된 산문이 또 어떤 책으로 엮일지 많이 기대된다. 경상도와 진주의 방언들을 기록하고 기억하는 일은 그 자체로 중요하고 또 가치있는 일이다. 그 일들을 묵묵히 그리고 꼼꼼하게 잘해 나가리라 믿는다.

cooperation in interviews

권영란

2005년~2007년 진주신문 편집국장을 지냈고, 2012~2017년 경남도민일보, 단디뉴스에서 일했다. 한국문화예술위원회 도서관상주작가로도 일했다. 2016년부터 한겨레신문 필진으로 활동, 현재 칼럼 '서울 말고' 필진이다. 저서로 『시장으로 여행가자』(2014, 도서출판 피플파워), 『남강 오백리 물길여행』(2016, 도서출판 피플파워)이 있다. 『남강 오백리 물길여행』으로 2017년 제1회 한국지역출판대상을 받았다.

미라보 다리에서 생각하는 남강

K와 망경동 강변의 대숲에서 남강을 한참 바라봤다. 10년 전 파리에 갔을때 제일 처음 생각했던 것이 '이 도시도 내 고향처럼 도시를 가로지르는 아름다운 강이 있구나'였다. 남강보다 몇 배 큰 이 '센 강'에는 저마다 개성과 사연이 다른 30여개의 다리가 있다. 파리의 예술과 역사를 함께한 센 강의 다리들은 세계 문화 유산으로 등재되어 있다. 제일 먼저 생각나는 건 퐁네프의 다리다. 그리고 비라켕 다리도 빼놓을 수 없다. 영화 〈파리에서의 마지막 탱고〉에서부터 〈인셉션〉에 나왔던, 무엇보다 에펠탑이 가까이서 보인다. 파리에서 가장 걷기 좋은 다리는 '예술의 다리'인 퐁데자르 다리다. 노을이 지면 젊은 예술가들의 무대가 되고 사르트르와 랭보 그리고 카뮈가 흐르는 강물을 보며 작품을 구상했던 강이기도 하다. 그리고 여행객들이 가장 많이 찾는 노트르담 사원과 먹자골목 라탱거리, 강변 산책이 낭만적인 말라케 강변 또한 오래 기억에 남는다.

그리고 우리는 '기욤 아폴리네르'를 떠올렸고 '미라보 다리 아래 세느강이 흐르고'를 동시에 말했다. 아폴리네르는 폴란드 출신의 어머니와 이탈리아 장교인 아버지 사이에서 사생아로 태어났다. 남프랑스에서 살다가 19세에 파리로 와서 생활을 위해 가정교사와 은행원, 출판 보조원 등의 일을 했다. 여러 잡지에 시를 발표하며 시인으로 활동했던 그는 비평가이자 예술이론가이기도 하다.

미라보 다리는 1893년에 공사를 시작하여 1896년에 완성된 다리로 그 이름은 프랑스 시민혁명의 지도자인 '미라보'라는 사람의 이름에서 유래되었다. 탑 중간의 철제에 있는 배 모양은 파리 시의 공식 마크이다.

그 무렵 그는 무명의 화가 피카소를 알게 되었고, 가난한 예술가들의 공동 작업실은 몽마르트의 허름한 건물 '세탁선'을 드나들며 마리 로랑생을 만나게 된다.

27살의 젊은 시인과 24세의 발랄한 여류 화가의 사랑은 그 자체로 아름다운 만남이었다. 더구나 그들은 사생아란 공통점이 있어서인지 쉽게 가까워질 수 있었다고 한다. 서로의 작품에 많은 영향을 주었고 기염은 많은 작품을 마리 로랑생을 위해서 썼다. 이들의 사랑을 알게 된 앙리 루소는 '시인에게 영감을 주는 뮤즈'라는 제목의 그림을 그리기도 했다.

19세기 말부터 파리는 세계문화예술의 수도로 여겨졌던 곳이었고 때문에 많은 이방인들이 모였다. 파리에서 '이방인'을 '에뜨랑제'라고 하는데 예술가들은 스스로를 에뜨랑제로 자처하며 활동을 했다. 이 시기에 고흐, 피카소, 달

화가이자 시인이었던 마리 로랑생은 파리의 유력한 인사의 사생아로 태어나 어머니의 영향을 받으며 자랐지만 그녀의 반대에도 불구하고 그림을 공부하여 화가의 길을 걷게 된다, 1905년에 '세탁선'에서 많은 화가와 시인들을 만나게 된다. 그리고 운명처럼 1907년 그녀의 첫 개인전에서 피카소의 소개로 기욤 아폴리네르를 만나게 된다.

리와 우리나라 이응노 화가도 있었다. 헤밍웨이나 파울 첼란 그리고 장콕도와 릴케, 코코 샤넬, 서머셋 몸까지 정말 쟁쟁한 이들이 이 시기에 파리에서 활동했다. 아폴리네르는 시인이었지만 미술평론가였고, 마리 로랑생은 화가이자 문필가였다. 그들은 5년간 문학과 미술 그리고 예술에 대해 많은 이야기를 나누며 사랑을 불태웠다.

하지만 그 사랑은 5년을 넘기지 못했다. 1911년 루브르 박물관에서 레오나르도 다빈치의 그림 '모나리자'가 도난당하자 당국은 일주일 동안 박물관 문을 닫고 평소에 루브르 박물관에 대해 좋지 않은 말을 하던 피카소와 기욤 아폴리네르를 의심하여 여러 가지 조사를 하게 되었다. 2년 후 진짜 범인이 나타나고 피카소와 아폴리네르의 혐의는 풀렸지만 그 과정에서 마리는 그에게 결별 선언을 했다. 그는 마리의 결별 선언을 듣고 놀라 미라보 다리를 건너 집으로 돌아오면서 다리 위에서 쓴 시가 '미라보 다리 아래 세느강이 흐르고'이다.

아폴리네르는 모나리자 그림을 훔친 진범이 밝혀졌지만 그 과정에서 실추된 명예 때문에 무척 힘든 시간을 보냈다. 도난 사건 이후 아폴리네르의 삶은 완전히 뒤바뀌게 되었다. 피카소와 절교하고 연인과도 헤어지는 과정에서 자신의 불명예스러움을 만회하기 위해 프랑스군에 입대하여 1차 세계대전에 참전하게 된다. 하지만 머리에 총상을 입고 고생하다가 1918년 스페인 독감으로 안타깝게 생을 마감하게 된다. 그때 나이가 38세였고, 그가 죽고 3일 후에 1차 세계대전이 종전되었다.

마리 로랑생은 아폴리네르와 헤어지고 바로 독일인을 만나 결혼하지만 결국 이혼하였다. 아폴리네르가 38세의 나이로 세상을 떠났다는 소식을 듣고 큰 충격을 받게 된다. 그 후 로랑생은 38년을 더 살며 평생 아폴리네르를 잊지 못했다. “죽은 여자 보다/ 더 불쌍한 여자는/ 잊혀진 여자// 잊혀진다는 건/ 가장 슬픈 일”이라는 「잊혀진 여자」라는 시를 썼다.

프랑스 파리 생제르맹 거리에는 아폴리네르의 흉상이 있고, 그 앞에는 카페 ‘레드마고’라는 100년이 넘는 카페가 있다. 이 카페는 파리의 많은 예술가들이 즐겨 찾았던 곳으로 아폴리네르는 이곳에 딸린 작은 방에서 집필 활동을 했다. 그는 19살에 파리에 와서 39살 죽을 때까지 20세기 초 당시 전위예술 즉 아방가르드와 모더니즘의 선구적 위치에서 전통적인 예술 규범에 반대하며 당시 전위와 모더니즘의 어떤 전조를 알렸다.

그러니까 나는 황현산 선생님이 번역한 아폴리네르의 『알코올』 시집을 읽으면서 나 자신이 마치 저 멀리 외딴 섬처럼 느껴졌다고 K에게 말했다. 그 말을 듣고 K는 무슨 의미인지 이해했다는 듯 고개를 끄덕였다.

『알코올』은 아폴리네르의 첫 시집이다. 파격적이지만 ‘심장에 꽂혀 있는 광기’들이 안으로 미끄러지고 또 미끄러져 들어오는 것 같은 시집이다. 그의 전위적 사유 특히 떠돌이 광대 이야기의 「저녁 어스름」이나 「변두리」 그리고 「달빛」 과 같은 작품들은 얼마나 매력적인가.

시월의 진주는
축제의 장

진주가 가장 분주한 달은 시월이다. 진주를 대표하는 개천예술제, 코리아 드리마 페스티벌 그리고 진주남강유등축제 등이 모두 시월 한 달에 열린다. 그리고 나는 지난 2009년에 개천문학상을 받은 이야기를 K에게 했다. 개천문학상은 이형기 시인과 박재삼 시인 그리고 안도현 시인이 거쳐 갔다. 어떻게 보면 이 상이 내가 문학을 하게 된 첫 출발인 셈이다. 당시 시제는 '사진첩'이었고, 시제를 받고 곧바로 '아버지'를 떠올렸다. 미안하지만 당시 개천문학상의 상금이 제일 많을 때였다. 그때 모 신문사와 인터뷰를 하면서 상금으로 무엇을 할 거냐는 질문에 제일 먼저 운동화를 사고 열화당 사진문고 전집을 살 거라고 했다. 도로시아 랭, 외젠 앗제 그리고 낸 골딘, 베르너 비숍과 유진 리처드 그리고 최민식이나 강운구 등의 작가들의 사진집, 까만색 표지에 흑백 사진을 넣은 작은 크기의 그 전집을 너무 갖고 싶었던 시절이었다.

매월 시월이면 진주는 유등축제로 남강 위에 유등이 화려하게 떠 있다. 그야말로 시월의 남강은 아름다운 유등으로 울긋불긋하다. 학창시절 단체로 등을 만들어 남강에 띄우던 때도 있었다. 촉석루와 진주교 아래 떠 있는 유등이 어우러진 남강은 더 한층 아름답다. 전국에서 모인 수많은 사진가들이 불꽃놀이와 유등을 카메라에 담기 위해 야간 촬영을 하기도 한다. 진주성과 남강 일대에서는 제각기 사연과 소원을 적은 소망등을 달기도 한다. 임진왜란 진

개천예술제 야시장은 언제나 사람들로 북적이고 먹거리와 볼거리가 풍성하다

주성 전투 당시 진주성에 고립된 김시민 장군과 병사들이 2만 왜군을 맞아 싸울 때 군사 신호용과 통신 수단용으로 왜군의 도하를 막기 위해 성 밖의 지원군과 군사신호로 풍등을 올리며 횃불과 함께 남강에 등불을 띄운 것이 유등의 기원이라고 알려져 있다.

또한 파성 설창수 선생은 "문화 예술은 민중과 함께하는 들꽃이어야 한다"라는 말로 개천예술제를 창시하고 자리 잡는 데까지 헌신했다. 식민지 시절 항일운동을 하다 두 번의 옥고를 치르고 언론인과 정치인 그리고 문화운동가로 살았던 그는 시 전문지 『등불』과 『영문』을 발간하기도 했다.

해마다 유등축제와 개천예술제가 있는 남강의 가을은 울긋불긋한 볼거리들과 추억들로 생각이 많아진다. 7살 무렵 부모님 손을 잡고 가장행렬을 따라나서던 기억에서부터 초등학교 저학년 무렵 빽빽한 사람들 틈에서 엄마의 손을 놓쳐 몇 시간 미아가 된 기억까지.

개천예술제의 행사 또한 매우 다채롭다. 가장행렬과 백일장, 음악과 미술, 무용의 경연과 각종 전시회와 강연회, 연극과 웅변대회 등이 있었고, 남강 유등과 소싸움 대회 등 많은 행사들이 있었다. 누가 뭐래도 개천예술제의 백미는 '가장행렬'이었다. 가장행렬은 예술제의 정체성과 대중성 그리고 진주시가 가지고 있는 역사성과 충절의 고장다운 면모를 퍼포먼스로 나타내는 가장 전통성 있는 행사였다.

무엇보다 개천예술제하면 북적거리는 야시장 또한 빼놓을 수 없다. 야시장에는 볼거리와 먹을거리가 가득하다. 찰옥수수와 파전과 동동주. 진주의 특산물과 신나게 춤을 추며 엿을 파는 아저씨들. 남강을 가로지르는 부교는 휘황찬란한 유등들로 불야성을 이루는데 비틀비틀 그 위를 건너기도 했다. 남녀노소 할 것 없이 야시장 거리에서는 보고 먹고 마시고 즐긴다. "없는 거 빼고 다 있"는 곳이다. 뽑기와 번데기, 동동주와 탕후루와 같이 다양한 음식 가게들이 즐비하다. 사주와 점을 보는 곳 앞에서 서성거리는 사람들도 있다.

한마디로 야시장은 먹고 즐기고 살 거리로 가득하다. 전통 곡예와 마술 등도 있고 추억의 향수를 불러오던 동춘 스커스도 있다. 뽕짝 음악을 틀어 놓고 온갖 약을 파는 약장수들의 공연 앞에는 언제나 많은 구경꾼들이 몰려 있었다. 설치미술이나 조각과 같은 다양한 전시회를 마음껏 볼 수 있다. 그리고 초상화를 그리는 사람들까지.

interview

개천예술제와 청동다방

개천예술제는 한국 현대축제의 포문을 연 축제로 70여 년 이상의 역사를 가지고 있다. 대한민국 정부 수립 1주년이 되던 1949년 제1회 때 영남예술제라는 이름으로 시작하여 1959년 개천예술제로 명칭이 바뀌었다. 한국전쟁 중이던 1950년과 10·26 사태가 있던 1979년에 쉬었고 나머지는 매년 개최되었다. 오랜 전통의 개천예술제는 구성과 내용 면에 있어 많은 변화가 있었지만, 그 규모나 역사적인 면에서 전국적으로 가장 성대한 종합예술축제이다. 오랫동안 지역에 대한 연구를 묵묵하게 해 오고 있는 연구자가 있다. 우리나라 최초의 현대축제인 '개천 예술제'를 '역사 · 공간 · 주체 · 문화로 분류하여 지역축제 재맥락화' 라는 차원으로 연구하고 있는 안영숙 경남지역문화사 연구가이다.

'개천예술제'를 주제로 한 우리나라 최초의 박사 논문을 쓰셨는데요. 자료조사와 정리부터 준비 기간이 상당히 길었을 것 같아요. '개천예술제'를 논문으로 쓰게 된 이유가 있었을까요.

개천예술제는 '진주'라는 공간을 예술의 공간과 예술가들의 창조 공간 기능을 강화하는 역할을 한다고 판단했고, 연구를 시작할 때는 경남문화사에서 개천예술제는 어떤 위치에 있는지 그 정체성을 밝히는 것이 목적이었어요. 연구 대상으로서 개천예술제는 유감스럽게도 매력적이지 못했는지 제가 박사학위를 받기 전까지 단 한 편의 박사학위 논문이 배출되지 않았습니다. 저는 개천예술제를 기존의 관점과 달리 경남문화학이라는 큰 틀에서 하나의 문화원형으로 보아야 한다는 입장이어서 개천예술제의 정체성과 축제다움을 규정하고 아카이브 방법을 다양하게 연구했습니다. 그 결과 문화원형으로서 개천예술제, 아카이브 대상으로서의 개천예술제, 축제이론으로서의 개천예술제, 향유 대상으로서의 개천예술제로 담론을 세울 수 있었습니다. 연구자는 고독해야 한다는데 개천예술제에 대해 리영달선생님이나 (고)박노정선생님, (고)김수업선생님, 김장하선생님, 하미혜선생님, 조영실선생님께서 중요한 증언을 수시로 해 주셔서 외롭지 않게 개천예술제를 깊이 연구할 수 있었습니다. 개천예술제가 전국의 문화예술 영역 성장에 영향을 주지 않은 곳이 없다는 것을 확인했습니다. 학술연구교수 아젠다도 '학으로서의 축제 정립'에 목적을 두고 개천예술제를 연구했습니다. 2022년에 한국축제만으로도 축제이론 정립이 가능하다는 것을 개천예술제를 통해 증명했습니다. 덕분에 저는 개천예술제 연구 1호 박사, 한국축제만으로 주체 · 공간 · 역사 · 문화라는 구조를 세워 한국축제이론을 제시한 첫 번째 연구자라는 타이틀을 갖게 되었습니다.

제1회 '영남예술제'라는 이름으로 시작해서 1959년 제10회 때 '개천예술제'라는 이름으로 명칭이 바뀌었는데요. 이 이름이 가지고 있는 의미는 예술제의 취지와도 연결될 것 같습니다. 개천예술제에 대한 간략한 소개 부탁드립니다.

개천예술제 기간에는 진주 시내 거리가 온통 화랑이며 야외 전시공간이 되었다. 구 진주시청 담벼락을 활용한 미술작품 전시 모습이다.(개천예술제 40년사)

앞서 말씀드렸듯이 축제 연구 목적을 '정체성'과 '다움' 실천이 어떻게 이루어지고 있는가에 두고 있습니다. 그렇다 보니 연구자의 입장에서 근본적으로 영남예술제와 개천예술제가 추구해 온 정신사 측면에서 축제의 의미와 역사는 달리 보아야 한다는 입장입니다.

우선 영남예술제기에는 문화예술이 주체였고 전쟁에 희생당한 사람들의 희생을 기리는 제사의 기능을 통해 축제 정신을 만들어 간 시기였습니다. 반면에 개천예술제는 '개천'이라는 신화적 요소를 강조하면서 축제정신을 만들어 간 시기입니다. 역사적으로도 신화를 강조한 시기 특징을 살펴보면 정치적 이념이나 신념을 강조하는 경향이 강합니다. 이것은 축제에서 아주 중요한 '다름'이라고 할 수 있습니다.

영남예술제 명명기에는 일제강점기와 민족전쟁이라는 아픔을 치유하는데 축제를 통해 문화예술을 이용했다고 할 수 있습니다. 반면에 개천예술제 명명기의 시작은 전후 복구기는 새롭게 등장한 정치적 이념 내지는 신념을 전달하기 위해 축제에서 문화예술을 활용하는 성향을 보입니다. 이것은 프랑스 혁명기의 축제와 유사한 전형을 보이는데 영남예술제가 시작되었던 진주극장이나 진주성 안 창렬사, 야외 특설 무대가 가설되었던 진주성 어디에도 영남예술제 시작지라는 푯말을 찾기 어렵고 의곡사나 문건다방이라고 불렸던 청동다방의 터 어디에도 영남예술제가 시작되었다는 상징물을 세우지 않았습니다.

하지만 개천예술제는 개천예술제탑도 세우고 때에 따라서는 기념 식수도 남겼습니다. 국가 수장이 연설을 하고 기념식수나 거대한 탑을 세워 축제를 상징화하는 것은 프랑스 혁명축제의 전형과 비슷하다고 하겠습니다. 영남예술제가 영남을 대표하는 문화예술 축제로 그야말로 "궁정 속에 머물던" 순수예술을 예술제를 통해 일반인들도 누리게 하는 것이 목적이었다면, 개천예술제는 단군 국조의 개천 의미를 강조하면서 문화예술을 활용하는 것이 목적이었습니다.

전국 최초로 문화예술 재단을 설립하여 예술 단체가 만들어지면서 예술의 대중화와 더불어 예술을 이용하여 조직화하고 체계적으로 축제를 주도하기에 이르렀습니다. 개천예술제가 공연, 경연, 각종 전시, 심지어 스포츠 경기까지 펼쳐지는 문화난장의 성격을 갖게 된 데는 바로 이러한 조직화로 정치력을 발휘하면서 가능해진 것이라 하겠습니다. 덕분에 미술공모전은 전국으로 확대되어 개천예술제의 공모전을 시작으로 전국으로 축제가 확산되는 과정에서도 축제의 모델이 되어 현재에 이르렀습니다. 무엇보다 축제의 의외성을 가장 잘 볼 수 있었던 것이 바로 한국현대축제의 효시 개천예술제가 되겠습니다.

'개천예술제'가 '진주'라는 장소에서 시작된 필연적인 이유가 있었겠죠.

그렇습니다. 축제는 기본적으로 축제다움과 정체성을 필요로 합니다. 대표적으로 들 수 있는 것이 축제 개최 공간, 축제 주체, 축제 역사, 축제 개최를 통해 파생되는 문화인데 이것들이 축제의 성격을 결정한다고 할 수 있습니다. 이때 축제에서 지리적 특수성과 역사적 사건은 떼려야 뗄 수 없는 관계가 있다고 생각을 합니다. 도청소재지로 역할을 했던 1925년까지의 진주가 누렸던 문화 향유의 잔상이 남아 있는 곳이었고, 일제강점기인 1930년대에도 조선 시대에서부터 지속해 온 논개 제사가 있었습니다. 1949년 영남예술제라는 이름으로 개천예술제가 시작되고 1년 뒤에 6.25가 일어나고 수도 서울이 함락되면서 부산이 제2의 수도 역할을 하게 됩니다. 이때 문화예술인들도 부산 등 경남으로 피난을 하게 되고 국립국악원이 그 당시 경남지역이었던 부산으로 이전하게 됩니다. 자연스레 진주도 그들의 활동무대가 됩니다.

전란 속에서도 개천예술제가 개최되었고 전국의 문화예술인들은 상처를 치유하고 치유받기 위해 개천예술제가 개최되는 진주라는 공간에 모이게 됩니다. 축제가 개최되는 공간에 사람이 모이면서 자연스럽게 진주는 예술을 통한 치유의 공간 기능과 삶의 터전을 잃은 수많은 예술인 중심 노마드들의 임시 정착지 역할을 하게 됩니다. 잠잘 곳이 없어도 진주에만 오면 어떻게든 잠잘 곳이 마련되고 먹거리가 제공되는 터였습니다. 자연스레 창작 활동이 가능하여 예향의 역할을 함과 동시에 문화예술 사조가 만들어져 전국으로 확산하기도 하였습니다. 시대적인 상황과 사통팔달 교통 중심지라는 지리적 특성이 사람을 모이게 했고, 자연스레 개천예술제는 전국 최초의 지방지라 일컫는 경남일보의 도움 속에 성장을 했던 것 같습니다. 여러 요소들이 합쳐져서 진주에서 개천예술제가 시작되었다고 하겠습니다. 시대적인 상황과 지리적 특수성이 진주에서 개천예술제가 시작되는데 일조했다고 하겠습니다.

70년이 넘는 동안 개천예술제는 많은 변화를 거쳐왔습니다.
그 과정들 또한 방대하고 그만큼 중요할 텐데요.

맞습니다. 예술제 자체의 변천은 개천예술제의 변천 역사와 맥을 같이 하기 때문에 개천예술제의 흐름을 이해하면 한국에서의 예술제 변천 과정을 쉽게 이해할 수 있습니다. 예술제 도입기는 영남예술제 명명기라 할 수 있는데 1949년부터 1957년이며 이때는 문화예술제의 목적이 명료했습니다. 예술제의 성장기를 개천예술제 명명기인 1958년부터 제22회였던 1971년까지로 볼 수 있는데 이때는 문화예술제가 전국으로 확산하는데 개천예술제가 지대한 역할을 했습니다. 그리고 제1성숙기는 23회부터 40회로 보는데 이때 예술재단이 한국 최초로 생기면서 개천예술재단은 문화예술축제를 체계화하고 지역성을 이때부터 적극적으로 반영하게 됩니다.

제2성숙기는 41회부터 53회까지로 볼 수 있는데 이때부터 유등대회가 민속경연으로 격상되면서 자료아카이브를 시작하게 됩니다. 유등의 세계 축제화 시도가 본격화된 시기입니다. 그리고 정체기는 54회부터 60회로 보는데 개천예술제의 제2창제기를 선포했지만 유등축제 독립으로 인한 실질적인 영향 관계가 확연히 드러난 시기라고 하겠습니다. 개천예술제의 자기 정체성이 약화되어 축제다움을 잃어가던 시기여서 안타까움이 많습니다. 유등축제 10주년 행사의 후폭풍이 예술제를 쇠퇴기에 이르게 하는데 61회부터 68회(2011~2018)가 되겠습니다. 개천예술제 자체의 명예 회복을 위한 노력이 이후에 시작되는데 저는 그것을 변화모색기라고 명명합니다. 제69회부터 현재까지인데 시대적 흐름과 문화를 누리고자 하는 사람들의 욕구와 기대를 반영하기 위해 노력하는 과정에 있습니다.

'개천예술제' 하면 떠오르는 분들이 많이 있으실 것 같아요.

개천예술제 연구를 하면서 지역문화가 어떻게 지역정체성으로 안착하는지 확인하는 과정이 있었습니다. 문화조직과 주체들의 축제 개최 방향성에 따라 성격이 달라지기도 하지만 개인의 노력이 또다른 문화를 만든다는 것을 확인하였습니다. 대표적인 인물이 바로 설창수 선생님이신데요, 예술의 대중화를 위해 노래까지 지어 계모임에서 부르게 했을 정도입니다.

제가 설창수 선생님이 작사 · 작곡한 음원을 발굴하여 '진주계가'라는 이름을 붙여 복원했으니 개천예술제는 역시 설창수 선생님을 빼놓을 수 없을 것 같습니다. 그리고 발기인으로 참여했던 박생광, 오제봉, 이경순, 이용준, 설창수, 조영제, 홍민표, 박세제 등 여덟분의 선생님을 잊을 수 없고 잊어서도 안 된다고 생각합니다. 개인적으로는 한분 한분 모두 소중해서 그 무게를 같게 여기는지라 한꺼번에 연구를 하고 있습니다. 지금은 촉석루를 사랑했던 촉석루의 화가 조영제선생님을 연구하고 있어서 조영제선생님을 살짝 언급해 봅니다.

개천예술제와 '청동다방'은 떼려야 뗄 수 없는 관계인데요. '청동다방'은 어떤 장소인가요? 최근의 청동다방 라운드테이블이 새롭게 부각되고 있고요.

청동다방은 진주의 화가들에게는 나눔의 문화공간이었다. 당연히 개천예술제를 개최하기로 공식적으로 결정한 최초의 공간이기에 축제의 씨앗이 발아한 곳이다.(개천예술재 40년사)

청동다방은 현대의 진주 사람들에게 과거의 역사를 반추하는 상징의 문화공간이라고 할 수 있습니다. 개천예술제가 다가오면 누가 말하지 않아도 청동다방에 모여 행사 진행 정보를 교류하고 다양한 기획 실험을 하게 됩니다. 개천예술제가 개최될 때 진주중앙시장 2층 공간 전체를 미술작품 전시 장소로 연출했습니다. 그 결과 전국의 많은 화가들이 참여하여 100여 점 이상의 작품을 한 공간에서 전시할 수 있었습니다. 그 힘이 바로 청동다방에서 나왔습니다.

그 당시 진주지역의 다방은 문화예술인들의 교류가 활발한 가운데 문화예술 작품 거래가 이루어지기도 하고 전시 기능을 하던 화랑 기능을 하였습니다. 카나리아 다방, 은전다방, 돌집다방, 조영제가 일본에서 귀국해서 진주에 처음으로 세웠던 예성다방 등은 진주의 문화살롱 기능을 하고 있습니다. 그리고 청동다방은 박생광이 운영하던 다방으로 한때는 문건다방이라고 불리기도 했습니다. 이중섭이 봉래동 산중턱에서 하숙을 하면서 청동다방에서 은지화를 그렸을 정도로 전국의 내로라 하는 화가들이 많이 모이는 문화나눔의 공간이었고 설창수와 오제봉, 박생광 등이 이곳에서 개천예술제 개최를 확정하게 됩니다. 물론 그전에도 문화예술들이 여러 다방에서 개천예술제 개최에 필요한 논의를 했습니다. 심지어 의곡사에까지 설창수 등이 찾아가서 오제봉을 만나 예술제 개최 논의를 했고, 오제봉은 자금을 마련하기 위해 서예를 두어 보따리 써 주었을 정도여서 진주시내 많은 장소들이 개천예술제 개최와 관련이 있습니다. 청동다방의 정신을 이어서 문화도시진주를 추진하면서 시민들이 청동다방을 다시 부활시켰습니다. 진주문화관광재단이 전략적으로 청동다방의 역사와 가치를 재맥락화해서 지역의 문화예술인들이 소통할 수 있는 기회를 마련했는데 그것이 바로 청동다방 라운드테이블입니다.

현재 개천예술제에서 우리가 어떤 지점들을 가장 중요하게 생각해야 할지, 그 방향성에 대해서도 많은 고민을 하시죠?

개천예술제는 한국 최초로 비예술인과 예술인이 함께 만든 축제이고 삼대의 추억이 사대로 이어지는 과정에 있는 대표적인 축제라고 생각을 합니다. 하지만 현재의 개천예술제는 역사성만 있지 그 가치를 제대로 조명하거나 특성화하지 못하였습니다. 제1세대는 개천예술제를 만든 우리의 할아버지 세대라고 할 수 있습니다. 그들은 어떻게든 개천예술제를 정착시키기 위해 노력하였고 그것을 오롯이 우리의 아버지 세대인 2세대에게 물려 주었습니다. 2세대는 1세대의 정신을 잇기 위해 노력했고 공신력과 권위있는 축제로 만들기 위해 물질적, 정신적 희생을 감내해야 했습니다. 하지만 그들의 희생을 보고 성장한 3세대인 우리 세대는 그들의 희생을 한 번도 기려 본 적이 없습니다. 1세대를 위해 2세대가 회갑연을 열어 준 것을 계승하지도 못했고, 2

과거세대-현재세대-미래세대가 손잡고 각자의 역사를 만들어 간
살아있는 축제의 공간 진주(개천예술제 40년사)

세대가 마련했던 공간에 1세대가 작품전시를 할 수 있게 한 것도 기리지 못하고 있습니다. 아니 어쩌면 외면하고 있는지도 모르겠습니다. 이것이 우리의 현실이라는 점을 직시할 필요가 있습니다. 이제는 제1세대인 우리의 할아버지들이 남긴 개천예술제의 역사문화자산을 기리고 또 남기기 위해 무엇을 해야 하는지 고민할 필요가 있습니다. 제2세대인 우리의 아버지 세대가 개천예술제를 운영하기 위해 자금을 지원하고 모금했던 것들은 아예 기억하지는 못하지만 그들이 추구했던 정신을 되살려야 할 것입니다. 제3세대인 우리는 우리의 다음 세대에게 물려줄 것이 많음에도 불구하고 개천예술제를 외면하고 있고 특수한 영역만 관심을 갖고 있어서 그들만의 리그로 비춰지는 것이 현실입니다. 우리가 제4세대인 다음 세대를 위해 심혈을 기울여야 할 것은 개천예술제 경연의 고급화 전략, 그리고 개천예술제를 기록으로 남긴 우리 할아버지세대와 아버지세대가 개천예술제에 걸었던 기대를 되짚어야 합니다. 우리 세대를 중심으로 이제는 한국에도 외국처럼 100년이 넘는 축제 전통을 만들어야 한다고 생각합니다. 그 한가운데 개천예술제가 있음은 부정할 수 없습니다.

청소년들에게 꿈과 희망을 키운 개천예술제 대회

지금 우리 세대가 해야 할 일들에는 어떤 것이 있을까요?

우리가 할 수 있는 방법으로 1, 2세대가 남긴 것들을 재정립해야 할 것입니다. 그 대표적인 것이 개천예술제 기록물의 유네스코 등록 시도라고 생각합니다. 그나마 2세대 일부가 생존해 계시고 증언을 확보할 수 있어서 살아있는 개천예술제 박물관이라고 생각하고 그분들의 증언을 들어서 정리해야 합니다.

그리고 개천예술제 40년사 원본을 찾아서 그것을 유네스코 기록유산으로 등록할 필요가 있는데 1947년 영국 에든버러 축제가 시작될 때 한국의 개천예술제처럼 치밀하게 기록을 남기지는 않았습니다. 이러한 것은 제가 개천예술제의 권위를 어디에서 찾아야 하는가를 조사하는 과정에서 확인한 것입니다. 세계적으로도 현대축제의 등장이 어땠는지 확인할 수 있는 것이 바로 개천예술제 서제문이고, 프로그램 진행방식, 참석자, 수상자 명단입니다. 세계적으로 현대축제가 시작된 이후 70여 년 동안 수상자의 기록을 남긴 것은 현재에는 발견되지 않고 있으므로 인류문화유산으로서도 보존가치가 있는 것이 바로 개천예술제 70년의 기록물이고 대중들 앞에서 낭독한 서제문입니다. 원본을 찾고 체계화하는 작업을 현재세대가 해야 할 것입니다. 프로그램을 어떻게 구성하고 어떤 운영이어야 하는지에 대하여 언급하지 않는 이유는 축제는 기존의 것을 지키려는 강력한 문화의지와 현대의 문화를 적극적으로 반영하려는 시대의지가 공존하기 때문에 시대에 따라 다르게 대응할 필요가 있기 때문입니다.

선생님에게 '진주'는 어떤 곳인가요? 다른 도시와 다른 '진주'만의 특징이 있다면 무엇일까요. 가장 애착이 가는 장소도 있으시죠?

진주는 제가 태어난 곳입니다. 8살에 진주를 떠나 진양군으로 이사를 갈 때까지 진주 시내 한복판에서 살았습니다. 어렸기 때문에 조부모님의 사랑을 듬뿍 받으면서 부모님 대신 진주 시내 여러 곳을 구경 다녔고 주요 모임이 있을 때면 할머니, 할아버지 손잡고 맛있는 음식을 먹으러 다니기도 했습니다. 식당에서 무희들이 춤을 추는 모습도 그때 처음 보았고 가끔 금녀의 집이나 마찬가지였던 진주향교에 어리고 철없다는 이유로 할아버지께 떼를 쓰면서 따라가기도 했었고 낯모르는 분들이 큰집에 와서 할아버지와 이야기를 나누시기도 하는 모습을 보면서 성장했습니다. 그 당시만 해도 그분들이 지역에서 지역문화 발전에 얼마나 큰 노력을 하신 분들인지 저는 알아차리지 못했었던 시절이었습니다. 수정동에 요릿집이 많았던 것을 기억하고 중앙시장 맛집, 옥봉에 기와집이 많았던 것을 기억하는 이유는 이 시기에 이 지역에 살면서 조부모님 손을 잡고 따라다니면서 경험했던 아름다운 기억이 파편처럼 남아 있기 때문입니다. 그만큼 진주는 제게 선대 어른들의 삶을 목격한 공간이며 문화 향유 방식을 보고 자라게 한 공간입니다.

좋아하는 많은 장소들이 있지만 한 곳을 소개한다면 담산고택을 소개하고 싶습니다. 생각이 막히고 아이디어가 떠오르지 않을 때면 제게 도움 주신 어른들을 생각하며 인근 지역을 많이 다니는 편인데 진주에서는 지수승산마을 효주공원과 단목 담산고택을 갑니다. 담산고택은 공개하고 싶지 않은 비밀의 화원 같은 공간이라서 하루 종일 머물 때가 많습니다.

cooperation in interviews

안영숙

경상국립대학교대학원 철학과에서 비트겐슈타인의 확실성 개념연구로 석사 졸업, 레비나스 타자윤리학을 결혼이주여성과 청소년문제에 접목하여 연구 후 박사수료하였다. 동대학원 문화콘텐츠학과에서 박사학위를 취득했다. 경남지역문화사 연구로 지역정체성과 다움을 규정하여 경남문화융합아카이브를 구축하고 있다. 대표저서는『한국 현대축제의 효시 개천예술제』등이 있으며 한국연구재단학술연구교수로 선정되어 결혼이주여성 문제, 한국축제학 연구, 인문학대중화 연구로 논문 성과를 내고 있다.

Naked(세르비아) 2022

K는 나보다 훨씬 재즈에 진심인, 말하자면 '재즈 오타쿠'다. 우리가 재즈를 말할 때는 무라카미 하루키 이야기부터 시작한다. 『재즈의 초상』, 『포트레이트 인 재즈』와 같은 책을 언급하지 않더라도 하루키에게 재즈는 그의 소설적 상상력을 청각적으로 확장시켜 작품의 분위기나 느낌을 독자에게 극적으로 전달하며 흡입력을 이끌어낸다. 하루키는 자신이 글 쓰는 법을 음악의 리듬 특히 재즈의 리듬에서 배웠다고 고백했다. 그리고 그는 말한다. '재즈를 들으면 다시 사랑하고 싶은 마음이 생겨난다'고. 아사히 신문에 따르면 그의 소설에 나오는 재즈는 무려 3,442곡이다.

내가 알고 있는 어떤 시인도 재즈와 더불어 한평생을 살았다. 직유의 비유와 다를 바 없는 재즈의 중고역들의 음들은 마음의 전후좌우를 자극하며 어떤 통점을 느끼게 하고 그 통점이 바로 시를 불러온다는 것. 그리고 우리는 그 시를 통해 어떤 위로를 받게 된다. 진주, 진주에 이 재즈라는 매력적인 장르로 음악의 서사를 새롭게 쓰고 있는 반가운 이들이 있다.

원지연 선생님, 잘 지내셨죠? 진주국제재즈페스티벌이 올해로 7회를 맞이하는데요. 그동안 많은 변화와 발전을 거듭하며 크게 성장하고 있습니다. 진주국제재즈페스티벌을 어떻게 소개하고 싶으세요.

진주국제재즈페스티벌은 '진주재즈'라는 지역문화콘텐츠를 소재로 한 경남 지역을 대표하는 글로컬음악축제입니다. 2018년에 중소 · 중견기업의 문화예술 후원을 통해 지역에 필요한 공공형 문화예술프로젝트를 발굴하는 〈지역특성화 매칭펀드〉에 선정되었어요. 사회공헌기업의 후원, 한국문화예술위원회와 한국메세나협회의 국비 매칭, 경상남도·진주시가 후원하고 진주국제재즈페스티벌 조직위원회와 경남문화예술진흥원이 공동 주관하고 있어요. 매년 12월 경남문화예술회관을 메인 공간으로 펼쳐지고 국내외 아티스트와 지역의 재즈 아티스트가 참여하고 3500명이 넘는 시민이 참여하는 페스티벌입니다.

페스티벌의 규모나 질적인 면에서 많은 발전을 이루고 있어 무척 반가운데요. 진주는 우리나라 재즈 1세대인 손목인, 이봉조를 비롯해 정민섭, 이재호 등 이름난 음악인을 많이 배출한 대중가요 산실의 도시입니다. 그런 측면에서 '국제재즈페스티벌'이 진주에서 개최되는 것은 너무나 자연스러운 일이라고 할 수 있는데요.

맞습니다. 처음 이 축제를 시작할 때 가장 많이 들었던 질문이 '진주에서 무슨 재즈냐'라는 말이었어요. 남강이 흐르고 한국가요의 고향인 진주시에 제대로 된 음악축제 하나 없는 것이 지역문화 기획자로서 부끄럽기도 하고 안타까웠죠. 진주 사람들은 재즈를 진주와 별개의 장르로 생각했고 그것을 바로 잡는 데 3년 정도 걸린 것 같아요. 2018년 시작할 때 첫 무대에서 웅산이 이봉조 선생님의 '밤안개'를 재즈 5가지 장르로 불러주면서 재즈에 관한 이야기를 들려주셨어요. 그날 시민들은 진주 재즈에 대해 알게 되었고 동시에 사랑에 빠졌다고 할까요.

그리고 2019년에 세계적인 재즈 아티스트 나윤선이 진주에 오게 되면서 진주 재즈라는 브랜드에 힘이 붙기 시작했죠. 이제는 연말 진주국제재즈페스티벌에 가는 것이 행복하다고 하는 시민이 생겼고 진주에서 이런 공연을 접할 수 있게 되어 감사하다고 전하는 분들이 많습니다. 문화예술의 베이스가 탄탄한 진주시민다운 참여와 응원으로 여기까지 올 수 있었고 늘 감사하죠.

무엇보다 진주국제재즈페스티벌 조직위원회에서도 처음부터 함께 해주신 분들에게 매년 가장 먼저 오픈 인사로 보답하고 있어요. 올해는 라인업이 강력해지면서 서울, 부산, 순천 등 타지역 시민들의 참여도 확대되고 있고요. 특히 팬클럽을 중심으로 지역의 식당, 숙박시설을 이용하면서 지역경제에도 도움이 되고 있어 뿌듯합니다.

'재즈'라는 장르가 가진 많은 매력 중의 하나가 바로 경직된 사고나 마음을 자유롭게 무장해제 한다는 것이죠. 저는 아주 늦은 밤이나 새벽에 재즈를 많이 듣는 편인데요, 특히 글을 쓸 때도 많이 들어요. 선생님에게 '재즈'는 어떤 음악인가요.

국카스텐(한국) 2023

재즈는 자유와 포용력입니다. 가끔 그런 말을 하시는 분들이 있어요. 심수봉, 윤시내가 무슨 재즈냐고? 시대가 다를 뿐 그분들의 음악도 재즈라고 생각해요. 우리나라 재즈 1세대인 손목인, 이봉조, 정민섭의 음악과 다르지 않죠. 이 축제를 처음 시작할 때 많은 음악 장르 중 재즈를 선택한 이유도 다양성과 자유를 가장 잘 표현할 수 있기 때문이었죠. 진주는 전통과 현대가 혼재하는 문화를 가지고 있어요. 이런 진주를 가장 잘 나타낼 수 있는 장르가 재즈라고 생각해요.

국내 라인업에서도 세대와 장르를 구분하지 않는 포용력을 추구하고 있고 해외 라인업에서도 마찬가지예요. 나라를 구분하지 않고 고유의 색깔과 대중성을 가진 아티스트를 발굴해 초청하고 있어요.다행히 진주시민들이 해를 거듭할수록 해외 아티스트에 대한 사랑을 많이 표현해 주셔서 저희도 기쁘죠. 전 세계 음악을 들어볼 수 있는 장이 진주국제재즈페스티벌이 되기를 희망해요.

가장 중요한 질문일 수 있는데, 진주국제재즈페스티벌만의 특징 그리고 앞으로 키워나가고 싶은 것이 있다면 무엇일까요.

'대중적 재즈'는 우리 라인업을 보면 충분히 이해할 수 있습니다. 인순이부터 나윤선, 카더가든까지 모든 장르와 세대를 아우르는 음악축제를 지향하고 있어요. 이봉조의 밤안개를 재즈 장르로 들을 수 있는 음악 축제는 진주국제재즈페스티벌 밖에 없을 거예요. 스윙을 밤안개로 알게 된 진주시민은 그날 밤 스윙 리듬의 밤안개에 맞춰 춤을 출 수 있었어요. 이것이 우리가 추구하는 대중적 재즈의 모습입니다. 해마다 진주재즈 곡을 다양한 아티스트가 연주하는 즐거움이 있는 것이 특징이죠.

앞서 말씀하신 것처럼 진주가 가진 문화예술의 자산들 중에는 음악이 가진 자장이 크다고 봅니다. 그중 재즈는 음악 장르 중에서 가장 포용력이 큰 장르인데, 개인적으로 어떻게 재즈와 관련된 일을 하게 되었을까요.

재즈와 직접적인 일을 하지는 않았어요. 지역 문화기획자로 축제, 공연기획, 단체 운영 등 다양하게 일을 해왔죠. 진주의 문화가 너무 전통적인 것에 치우치는 것이 싫었고 힙하게 놀고 싶어서 시작하게 됐어요. 의외로 저랑 생각을 같이 하는 파트너들이 많아 힘을 얻게 되었어요. 무엇보다 이순경 집행위원장을 만나 국제적인 음악축제로 시작할 수 있었죠. 그리고 지역문화기획자로 활동하면서 쌓은 지역의 네트워크가 처음 시작할 때부터 지금까지 많은 힘이 되어주었어요. 지역의 파트너들과 함께 성장하는 축제를 만들고 싶고 만들어 가고 있는 중입니다. 최근에는 4차 산업 기술을 축제과 어떻게 잘 만나게 할까를 고민하고 다양하게 시도 중이에요.

4차 산업기술과 연계하는 재즈페스티벌, 벌써부터 새로운 에너지가 느껴집니다. 무엇보다 진주국제재즈페스티벌은 라인업이 좋기로 유명한데 자랑 좀 해주세요.(웃음)

뮤직페스티벌은 라인업이 꽃이고 생명입니다. 2018년 시작할 때부터 가장 많은 노력과 비용을 들인 것이 라인업이고 앞으로도 그럴 것입니다. 2018년은 웅산, 인순이를 비롯해 Trio Laccasax, Muzzart 외 50여 명(해외 20명, 국내 20명, 지역 10명), 2019년은 나윤선, 샘김, 심수봉, The Cuban Golden Club(쿠바), Bryatz Guys Band(러시아) 외 60명 (해외 25명, 국내 20명, 지역 15명), 2020년은 코로나로 인해 온라인 페스티벌로 해외 아티스트를 확대하면서 56명 (해외 35명, 국내 18명, 지역 3명), 2021년은 오프라인과 온라인 혼합형식으로 진행해 박정현, 하동균, Naked 외 77명 (해외 28명, 국내 34명, 지역 15명), 2022년은 재즈위크 진행으로 나윤선, 최백호, 알리, Jazzlag, 허원무퀼텟, 황보종태 외 71명 (해외 11명, 국내 47명, 지역 13명), 2023년은 카더가든, 국카스텐, 윤시내, Black Ball Boogie, A.L.O, Loyco Trio 외 100명(해외 40명, 국내 50명, 지역 10명)이 출연했다. 라인업 중에서도 해외 라인업이 갈수록 좋아지는 것은 6회를 거치면서 해외 아티스트 사이에서 진주국제재즈페스티벌이 입소문이 나기 시작해 아티스트들이 메일로 프로필을 보내오고 있습니다. 2023년에는 특히 많은 아티스트 중 선택하는 것이 힘들 정도로 숫자가 늘고 있어 진주시를 세계적으로 알리는 역할을 하고 있어요.

정말 엄청난 라인업인데요. 그만큼 페스티벌에 초청된 아티스트들의 초청 기준에도 신경이 많이 쓰일 것 같아요. 기준이 있다면 무엇일까요.

가창력이 1번입니다. 모든 가수들이 다 나름의 가창력을 가지고 있지만 누구나가 인정하는 가창력을 가진 아티스트를 선호합니다. 두 번째는 우리 축제와 결이 맞아야 해요. 진주재즈에 대한 이야기를 했을 때 가치를 알아주는 아티스트와는 두 번 세 번 라인업하기도 합니다. 나윤선, 웅산, 최백호, Four On Six, Loyco Trio 가 그런 아티스트들이죠. 진주국제재즈페스티벌에 한 번 왔다 간 해외 아티스트들은 다시 오고 싶어 할 만큼 진주를 사랑해서 돌아갑니다. 지속적인 네트워킹을 통해 아티스트를 소개받기도 하고 그 나라 축제에 초청을 받기도 하죠.

모든 예술이 그렇지만 특히 음악은 장소가 중요하잖아요. 여행을 누구와 함께 가느냐가 중요하듯이 음악 또한 누구와 어떤 장소에서 듣느냐에 따라 같은 음악도 다르게 다가오는데요. 날짜별로 다른 장소에서 재즈위크 방식으로 진행되는 것이 이색적이었어요.

진주재즈위크 프로그램은 말 그대로 일상에서 진주재즈를 즐길 수 있게 기획된 프로그램으로 슬재권(슬리퍼 신고 재즈를 들을 수 있다)는 컨셉이다. 민간의 복합문화공간(카페, 갤러리, 호텔 등)에서 재즈 공연을 하고 있어요. 2021년부터 진행해 오면서 시민들의 참여가 높아지고 새로운 공간 발굴의 역할을 하기도 하죠.

2023년에 브라운핸즈 진주엠비씨점은 시민들이 잘 알지 못했던 방송국 재생 공간이었는데 진주재즈위크를 통해 시민들이 알게 되어 공간주에게도 경제적으로 도움이 될 수 있었어요. 공연장이 부족한 진주에도 새로운 공연공간이 마련되는 순기능의 역할을 하죠. 공간마다 특색을 살린 공연 연출과 좀 더 자유로운 형식으로 시민들이 음료를 마시거나 식사를 하면서 편하게 재즈

Black Ball Boogie(이탈리아) 2023

를 즐길 수 있게 되었어요.

4년째 진행해 오면서 재즈 공연을 하는 공간이 많이 확대되어 보람을 느낍니다. 1년 내내 재즈가 흘러넘치는 진주를 만들고 싶었는데 그렇게 되고 있어요.(웃음) 올해 시도했던 다이닝재즈 컨셉은 이후에도 다양한 공간에서 시도할 계획이고 제대로 재즈 살롱을 한번 할 생각도 있어요.

해외 아티스트들과 학생들이 만나는 '마스터클래스'는 아주 의미 있는 것 같습니다. 지역에서 음악을 하는 학생들에게 해외 아티스트들을 만나 클래스를 받을 수 있는 기회를 제공한다는 것은 교육적인 차원에서도 아주 신선한 기획인 것 같아요.

지역에서 문화예술을 전공하는 학생들이 해외 아티스트를 만나서 친구처럼 지내면서 글로벌문화예술 체험을 할 수 있게 기획한 프로그램입니다. 처음에는 경남고성음악고등학교에서 시작해 경남예술고등학교까지 확대하게 되었어요. 학생들의 만족도도 높지만 해외 아티스트의 만족도도 높았죠. 한국의 학생들과 함께 클래스와 연주를 하는 즐거움이 크다고 해요. 학생들과 해외 아티스트는 온라인 친구가 되어 클래스 이후에도 교류를 하고 있고 심지어 해외여행에서 만나기도 하는 등 우리가 생각했던 것 이상으로 성과를 남기는 의미 있는 프로그램입니다. 악기별 클래스 이후에 즉흥으로 해외 아티스트와 학생들의 재즈 연주는 감동 그 자체였죠. 이후 더 많은 학생들이 해외 아티스트 공연 관람을 할 수 있는 청소년 페스타를 계획 중이에요. 교육기관과 협력해서 진행할 계획입니다.

그동안 축제 준비를 하면서 기억에 남는 일들도 많을 것 같고요.

많은 것이 기억에 남지만 그중에 나윤선님을 처음 초청할 때 일입니다. 2019년이면 진주국제재즈페스티벌이 겨우 2회째였으니 당연히 나윤선님은 우리 축제를 알지 못하고 진주시 자체를 잘 몰랐어요. 처음부터 초청 거절했고 해외 일정 등의 이유로 하여간 안된다를 계속 이야기하셔서 직접 서울로 찾아갔어요. 몇 번을 찾아가서 진주국제재즈페스티벌의 가치와 비전으로 설득했죠. 다행히 알아주셔서 경남에서는 처음으로 진주에서 나윤선님의 음악을 들을 수 있게 되었고요. 그 해 때마침 나윤선님이 해외에서 큰 상을 받고 JTBC 뉴스에 나오면서 티켓이 막판에 난리가 난 기억이 있어요. 가장 힘들었지만 가장 행복했던 기억이에요. 나윤선님은 지금은 진주를 너무 사랑하는 세계적인 재즈 아티스트이고 이봉조의 '꽃밭에서'를 직접 우쿨렐레로 연주를 해주셨죠.

나윤선(한국) 2022

흥미롭고 감동적인 이야기네요. 그만큼 숨은 노력들이 있기 때문이겠죠. 코로나 시대에는 어떻게 공연을 했을까요. 그런 점에서 온라인 공연이나 홍보도 중요할 것 같은데요.

맞습니다. 특히, 2020년은 참으로 힘들었지만 그 덕분에 온라인 페스티벌을 경험할 수 있는 소중한 시간이기도 했어요. 코로나가 오기 전에 이미 라인업이 다 준비되어 있었고 급하게 온라인 페스티벌을 준비하면서 재정적으로도 관객을 직접 만날 수 없다는 것 때문에 많이 힘들었어요. 하지만 8천 뷰가 넘는 관객들이 온라인으로 참여를 해주셨고 덕분에 힘을 낼 수 있었죠. 선우정아는 온라인 관객들과 적극적인 소통으로 반응이 폭발적이었어요. 오프라인에서는 경험할 수 없는 관객과의 소통방식에 놀라고 새로운 사업 방식을 고민할 수 있는 계기가 되었죠. 페스티벌을 준비하는 조직위에서도 새로운 온라인 페스티벌을 경험할 수 있었어요. 그 후로 온라인 공연 사업을 추진하고 2021년 페스티벌은 온라인과 오프라인 융합형으로 진행했어요. 해외 아티스트를 집중 발굴할 수 있는 좋은 기회가 되기도 했습니다. 해외 아티스트 30팀이 참여할 수 있게 되는데 온라인이라 가능한 일이었습니다. 코로나 덕분이라고 할 수 있겠죠.

그렇군요. '기회가 위기라는 말'이 실감 나네요. 그만큼 보람도 클 것 같고요. 진주국제재즈페스티벌, 앞으로의 계획도 무척 기대됩니다.

진주시를 세계적인 음악도시로 만드는 마중물이 되는 축제로 성장할 겁니다. 6회를 거치면서 '진주재즈'라는 문화콘텐츠의 가치과 발전가능성이 충분함을 알게 되었고 그 과정에서 시민들의 참여와 지지가 결정적이었어요.

12월 실내 축제도 좋았지만 남강에 누워 진주재즈를 들을 수 있는 야외 페스티벌로 확장하고 싶어요. 진주가 가진 자연환경이 진주재즈와 만나 더 큰 시너지를 내는 것이 궁극적인 지역발전이 아닐까요.

뮤직페스티벌은 문화산업에서 부가가치가 가장 높고 지역브랜딩으로로 효과가 큽니다 진주국제재즈페스티벌을 진주를 대표하는 글로컬뮤직페스티벌로 만들려고 노력 중이에요.

일 년 내내 진주재즈가 흘러넘치고 페스티벌 기간에는 남강에 누워서 나윤선과 해외 아티스트의 음악을 들을 수 있고 전 세계인들이 진주로 페스티벌을 즐기러 오는 것이 목표예요. 스위스의 몽트뢰재즈페스티벌이 롤모델인데요. 진주시가 가진 자연경관과 진주재즈가 만나면 아마도 몽트뢰를 넘어서지 않을까요?

일년 내내 남강에 누워서 재즈 음악을 들을 수 있는 도시, 말만 들어도 벌써

부터 가슴이 뛰네요. (웃음) 곧 그런 날이 오리라 생각합니다. 마지막으로 선생님에게 '진주'는 어떤 도시인가요?

문화기획자로 살게 해준 도시. 부산에서 진주 경상국립대로 왔을 때는 이렇게 진주 사람이 될 줄 몰랐어요.(웃음) 경상국립대를 다니면서 문화예술에 눈뜨게 되어 여기까지 오게 되었죠. 가끔 답답할 때도 있지만 진주가 가진 매력을 좀 더 힙하게 만들고 싶은 과제를 던져주는 도시이기도 하고요. 아직은 만족스럽지 않은, 대한민국에서 문화를 선도하는 도시로 만들고 싶어요. 말하자면 힙하고 글로컬하게요.

cooperation in interviews

원지연

지역문화기획자로 살아오면서 늘 새로운 영역을 개척해왔다. 문화예술분야 사회적 기업 운영, 장르와 이념을 넘어서는 지역예술인 네트워크 운영 및 공연예술축제 집행하고 있다. 4차 산업혁명 기술과 예술을 융합한 공연 제작과 재원 조성 영역에서 활동 중이다.

다섯째 날

문화의 탄생이란

박생광의 '반가사유상'으로
'그리움'을 잠재우던 시절

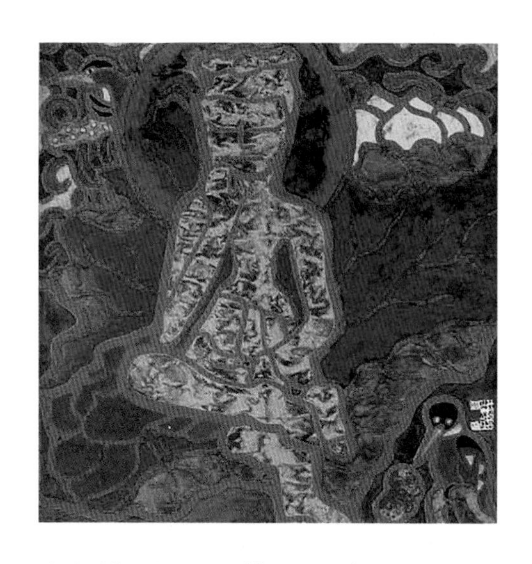

입 속에/ 뱀을 숨기고// 입 속에/ 물방울을 숨기고// 불을 껐어// 촛불은 흔들리면서 커지고/ 입 속의 새를/ 후, 불어 껐어// 죽은 새를 귀에 넣고// 입 속의 뱀을 꺼내/ 접시 위에 올려 놓았어/ 하나는 구슬이라 불렀고/ 둘은 달팽이라 불렀어// 나머지는/ 아무도 모르게 삼켰어

-「소녀」 중에서

K는 대학 시절 박생광 그림을 너무 좋아했다고 한다. 그러고 보면 K와는 많은 부분이 닮았다. 나도 오래전 박생광 화보를 중고 서점에서 구입해서 시가 되지 않을 때마다 보던 때가 있었다. 처음에는 무섭기도 했던 그 그림들을 자꾸 보면 왠지 모르게 몸이 뜨거워지는 느낌이 들었다. '비명을 지르는 순간

나는 가장 낯설고 강해졌다'(「그 후, 폭염 속에서」)는 시를 쓸 때처럼 비명을 지를 이유를 찾는 순간과 비명을 지르지 않으려고 애쓰는 순간 그리고 낯설고 강해지고 싶은 순간과 낯익고 나약해지고 싶은 순간이 매 순간 공존하던 그때. 이미 주어진 질서에 불편한 질문을 던지며 먼저 간 죽음에 대한 미안함과 죄책감에 울컥하던 때였던 것 같다.

박생광은 진주에서 태어났다. 그의 아버지 김기준은 동학교도로 동학농민운동이 실패하자 박해를 피해 진주로 와 정착했다. 교토예대를 졸업하고 일본에서 활동하다 귀국한 박생광은 수련기, 추상화 시기, 구상적 시기, 한국적 소재의 추구 시기 등을 거치며 자신만의 독특한 조형 세계를 찾는다. 진주에 칩거하던 그는, 한때 자신이 그렸던 일본화 풍에서 벗어나 우리나라의 샤머니즘, 불교, 설화, 민속, 민화와 역사 등을 주제로 폭넓은 정신세계를 전통적 색채로 표현했다.

말년에 그렸던 〈투우도〉, 두 마리 소가 머리를 맞대고 뻗대는 모습에서는 그의 예술적 투혼이 깊이 느껴진다. 시대성과 철학성으로서의 강렬한 오방색은 가장 한국적인 색깔이며 천년 진주의 예술적 비밀이 담긴 색채이기도 하다. '토함산 해돋이', '명성황후', '국사당' 그리고 '무당'까지. 그중에 내가 가장 좋아하는 그림은 '반가사유상'이다. 나는 왜 그 그림 속의 반가사유상이 불에 활활 타는 불상이라고 생각했을까. 왜 그 그림을 보고 '서 있는 불'을 떠올렸을까. '얼음보다/ 뜨겁게 떨어지는/ 불의 살점// 심장에 구겨 넣는 불'(「서 있는 불」)이라고 썼을까. 그리고 '마지막 불꽃'을 삼키려고 신발을 가지런히 벗어 놓은 그 누군가를 떠올렸을까.

그의 화려한 원색 그림 이면에는 생명의 광기와 쓸쓸함 그리고 천진난만함이 있다. 특히 나는 거의 '무속' 소재의 그림들을 좋아한다. 언젠가 그는 황

해도 출신 김금화의 굿에 심취해서 김금화가 신딸에게 하는 신내림 굿을 사흘 밤낮을 잠도 안 자고 지켜봤다고 했다. 157cm의 키에 몸무게 40kg의 박생광은 한 손에 붓을 들고, 기는 자세로 엎드리다시피 한 자세로 한쪽 무릎을 세우고 쪼그려 앉아 큰 화폭에 그림을 그렸다. 그의 나이 80 무렵에 그린 '명성황후' 같은 걸작이 대부분 그렇게 탄생한 것이다. 세상이 흘러가는 대로 '그대로' 자신을 내맡긴 채, 사랑도 고통도 온전히 느끼는 삶을 살았다. 그것이 예술이고 예술인이라는 듯 그리고 '죽는 날까지 정진하라!'는 절친이었던 청담 스님의 말을 항상 실천했다.

내가 그의 그림에 다가갔던 이유 중의 하나는 중학교 때의 경험 때문이기도 하다. 그 무렵 우리 동네에는 아픈 사람이 있는 집이 많았고 그 집들은 종종 굿을 했다. 아침부터 시작한 굿은 저녁이 되어야 끝나는 경우가 많았다. 그때 우연히 본 무당의 눈빛에 놀랐던 기억, 그 눈빛에서 받았던 이상한 느낌을 잊을 수가 없었다. 사람이면서 귀신같고, 남자도 여자도 아닌, 분노하면서 유혹하는 냉정하고도 아름다운 눈빛. 신들린 몸짓과 살기가 느껴지는 그 감정들은 연민이나 공감 같은 학습된 감정이 아니라 위태롭고 무질서한 느낌들이었다.

K는 박생광의 '모란'을 좋아했다. 박생광의 모란에는 꽃을 바라보는 화가의 흔들리는 마음이 읽힌다고 했다. 나는 박생광의 그림에서 피터 한터케의 〈관객 모독〉을 읽었을 때 느꼈던 두려움과 불편함 속에서 정신을 놓을 수 없게 만드는 이상한 황홀감이나 죄책감 같은 것을 느낀다고 했다. 그런 후에 밀려드는 어떤 부끄러움도. 그러니까 그런 감정들은 말이나 이성보다 훨씬 더 직접적이고 순간적인 느낌을 준다. 그 뒤 첫 시집을 내고 나는 시인의 말을 이렇게 썼다.

'종종 죽었다 살아나는 꿈을 꾼다. 흔들리며 흔들리며 나를 견딘 둥근 적막을 다시 '처음'이라고 쓴다'.

interview

임진왜란 박물관, 국립진주박물관

나는 때때로 글이 잘되지 않을 때 박물관엘 자주 간다고 했다. K도 그 말에 맞장구를 쳤다. 박물관엘 가면 그곳에서만 느낄 수 있는 공간의 신비스러움과 특유의 냄새가 어떤 생각과 상상을 불러온다. 가끔은 박물관에서 정해 놓은 동선이 아닌 이곳저곳을 미로처럼 거닐며 자유롭게 생각하고 느끼는 것도 좋다.

국립진주박물관은 진주와 경남의 역사적 의미를 탐구하여 과거의 흥미로운 이야기를 보존하고 제시하는 장소이다. 또한 미래 세대를 위한 귀중한 문화유산은 과거에 대한 더 깊은 이해를 바탕으로 변화하는 세계의 흐름 속에서 역사 보존의 당위성을 제시하고 있다. 옛것과 새것의 공존은 국경과 시대를 초월한 소통이며 문화유산의 지속적인 가능성으로서의 지혜의 보고이다. 그러니까, 대중과 끊임없이 소통하며 살아있는 박물관을 위해 열일하고 계시는 국립진주박물관 장상훈 관장님과의 대화는 그래서 언제나 즐겁다.

진주성 안에 있는 국립진주박물관은 1984년 11월 우리나라에서 일곱 번째로 개관한 경상남도 최초의 국립박물관이라고 알고 있습니다.

맞습니다. 국립진주박물관은 1984년에 경상남도의 첫 국립 박물관으로 개관했습니다. 개관 당시에는 가야 문화를 주제로 했지만, 개관 이듬해에 개최한 〈임진왜란〉 특별전이 큰 성공을 거두면서 박물관이 진주대첩의 역사적 현장인 진주성에 자리 잡고 있다는 장소성에 주목하는 계기가 되었습니다. 1998년 금관가야의 터전이었던 김해에 가야문화를 주제로 하는 국립김해박물관이 개관하면서, 국립진주박물관은 임진왜란 특화 박물관으로 성격을 바꾸게 되었습니다. 2008년에는 경남 지역의 역사와 문화에 대한 전시를 추가했습니다. 다시 2018년에는 임진왜란사에 집중하는 박물관으로 성격을 조정했습니다. 향후 이전 건립 사업을 추진하여 2027년 새롭게 선보일 국립진주박물관은 경남의 역사와 문화 전시관을 다시 갖추게 될 것이고, 현재의 임진왜란 전시는 전통시대의 전쟁과 외교를 총망라하는 전쟁·외교 전문 전시관으로 확대 개편될 것입니다. 장차 두 개의 굵직한 주제를 다루는 박물관이 되는 것이죠. 지역에 소재한 국립박물관으로서 지역의 문화정체성을 다루는 전시관과, 전쟁과 외교로 특화된 전국 단위의 전시관을 함께 갖추는 것입니다. 한편 국립중앙박물관의 소속 기관인 국립진주박물관은 개관 이래로 서부 경남 지역의 발굴·발견 문화재를 보관하는 임무를 수행하고 있으며, 이전 개관 후에는 이러한 문화재들이 경남 역사문화 전시관에서 본격적으로 소개될 것입니다.

많이 기대 되는데요. '지역의 문화정체성'을 다루는 전시관이라면 구체적으로 어떤 모습일까요.

이 지역에서 살아온 사람들이 자신들에게 주어진 환경과 조건을 나름의 방식으로 헤쳐오면서 가지게 된 삶의 빛깔을 잘 찾아 드러낼 수 있으면 좋겠다고 생각해요. 삶과 역사의 보편성에 더해 이 지역의 개성이 어우러져 생겨난 특성들을 잘 살피는 것이죠. 이러한 특성들이 어우러져 지역의 정체성을 이루고 있다고 하면 무리가 없을 것입니다. 예컨대 2023년 상반기에 저희 박물관이 진행한 박물관 강좌의 제목이 "시대의 변화를 꿈꾼 경남"이었습니다. 실제로 진주민란이나 경남일보의 창간, 형평운동, 소년운동 등 이 지역 사람들이 앞장서서 주장하고 실천한 일들은 이 지역의 특성이 되고 나아가 자랑거리가 되고 있다고 생각합니다. 요컨대 오늘날 진주나 서부 경남이라고 하는 단위 공간에 살고 있는 사람들이 하루하루의 삶을 좀 더 나은 것으로 바꾸기 위해 하고 있는 고민들을 앞서 이 땅에 살았던 사람들은 과연 어떻게 풀어갔는지를 효과적으로 드러내서 대중들과 공유하는 공간을 만들고 싶습니다.

너무 멋진 생각이신 것 같아요. 사실 역사라는 것도 하루하루의 삶이 모여서 이루어지는 것이라면 그것에 대한 고민들을 같이 공유한다는 것은 정말 의미 있는 일인 것 같아요. 최근에 박물관과 관련하여 많은 것들이 이슈화되고 있습니다. 그만큼 다양한 기획들에 힘을 쏟고 계시다는 말일 텐데요. 비교적 최

근의 이슈들이라면 어떤 것들이 있을까요.

먼저 국립진주박물관의 전통 무기 및 전쟁 관련 동영상 제작 사업의 성과를 말씀드리고 싶습니다. 저희 박물관의 유튜브 채널 총 조회수는 878만 회로 국내 박물관 중 상위권을 달리고 있습니다. 구독자도 4만 명을 넘어섰습니다. 이러한 성과는 〈화력조선〉이라는 이름을 붙인 영상 콘텐츠의 성공에 힘입은 것입니다. 지난 2019년 조선시대의 소형 화약무기에 대한 종합보고서의 성과를 대중 친화적인 콘텐츠로 전환하고, 또한 코로나 시대의 새로운 소통 방법을 모색하던 과정에서, 2020년부터 조선시대의 화약무기를 소개하는 〈화력조선〉이라는 영상물을 제작하게 되었습니다. 이러한 콘텐츠가 밀리터리 덕후(줄여서 밀덕) 층의 큰 호응을 얻을 수 있었어요. 올해로 4년째를 맞고

국립진주박물관의 대표 영상 콘텐츠인 "화력조선"의 2022년 판 포스터이다. 1619년 조명 연합군과 후금군이 맞서 싸운 사르후전투를 당시 사용된 화약무기(조총)를 중심으로 재현했다. 패배한 전투를 조명함으로써 국제관계에 대한 대중들의 진지한 성찰을 도모하기도 했다.

있는 이 사업의 성과는 꽤 훌륭한 것이어서, 1619년 조명 연합군으로 파병되어 후금군과 맞서 싸운 전투를 다룬 단편영화 〈사르후〉는 220만 회 조회의 성과를 올렸습니다. 아울러 작년에 개최한 〈병자호란〉 특별전과 연계해서 제작한 일련의 영상들은 384만 회의 조회수를 기록하고 있습니다. 이로써 국립진주박물관은 대중들과 소통할 수 있는 영상물의 성공 가능성을 확인했을 뿐만 아니라, 기존 임진왜란 특화박물관에서, 이제 병자호란까지 포괄하는 전통시대 전쟁 및 외교 박물관으로서의 성장 가능성도 확보하는 성과를 거두었죠. 특히 유튜브 영상 시청자들의 수많은 댓글은 박물관 콘텐츠에 대한 평가와 비평의 기능을 충분히 가지고 있어서, 향후 박물관과 대중의 소통의 장으로도 유용한 공간이 되고 있습니다.

국립진주박물관은 '임진왜란 특화 박물관'으로 큰 가치를 가지고 있는데요. 박물관의 특징이나 소장하고 있는 유물들을 소개해 주세요.

진주성에 자리 잡은 임진왜란 특화 박물관으로서 가장 먼저 내세울 유물은 〈김시민장군공신교서〉(보물)입니다. 1592년의 진주성 제1차 전투를 승리로 이끌고 순국한 김시민 장군에게 1604년 선조가 내린 문서입니다. 이 유물이 일본의 경매에 나왔다는 안타까운 소식을 들은 시민들이 모은 성금으로 구입해서 국립진주박물관에 기증된 것입니다. 유물의 역사적 가치뿐만 아니라, 시민들이 정성을 모아 국립박물관에 기증될 수 있도록 노력해 주셨다는 점에서 그 가치가 더욱 높다고 생각합니다. 두 번째로 말씀드릴 것은 조선시대의 각종 화약무기들입니다. 고려 말 최무선의 화포 개발 이래로 조선왕조는 화약무기를 개발하기 위해 끊임없는 노력을 기울였습니다. 화약무기는 조선 전

기에 북방의 여진인들을 몰아내고 북방을 개척하는 데 큰 역할을 했고, 임진왜란 때도 일본군을 물리치는 데 크게 기여했습니다. 국립진주박물관에 오시면, 조선 전기 이래로 조선에서 개발한 다양한 화약 무기가 크기 별로 일목요연하게 전시되어 있습니다. 가장 크기가 큰 천자총통부터 지자, 현자, 황자총통 같은 대형 화약무기들은 대부분 국가지정문화재로 지정된 것들이고, 개인화기라고 할 수 있는 삼총통, 사전총통, 신제총통, 승자총통 등 화약무기의 기술적 발전을 보여주는 무기들이 망라되어 있습니다.

시민들이 박물관을 쉽게 찾을 수 있는 열린 공간으로 만들기 위해 필요한 것이 있다면 무엇일까요? 사실 현재 진주성 안에 있는 박물관의 위치가 시민들이 쉽게 접근할 수 있는 곳은 아니거든요.

그렇습니다. 국립진주박물관이 가진 가장 큰 문제점은 낮은 접근성입니다. 진주대첩의 역사적 현장이라는 장소성에도 불구하고, 진주성 깊숙이 입지한 박물관이어서 관람객들의 접근성이 크게 떨어집니다. 현대의 한국인들이 방문지 선택에서 가장 중요한 요소로 보는 주차장이 확보되어 있지 않습니다. 날씨가 좋지 않을 경우 이러한 문제는 더욱 부각됩니다. 청사 이전 때까지는 이러한 점들을 해결할 수 없지만, 전시 콘텐츠의 매력을 높이는 방향으로 이를 극복하려고 합니다. 국립진주박물관은 작년에 〈병자호란〉 특별전, 〈한국채색화의 흐름〉 특별전을 개최했고, 사단법인 진주목문화사랑방이 기획한 〈회화소록: 진주미술사정립전〉을 유치하기도 했습니다. 이처럼 다양한 주제의 특별전은 임진왜란을 주제로 한 상설전시와 함께 관객들의 방문 의사를 높일 것이라고 생각합니다. 또한 앞서 말씀 드린 대로 조선시대 무기와 전쟁 관계 영상물의 제작은 저희 박물관 콘텐츠에 대한 온라인 접근성을 크게 높이는 데 기여하고 있다고 생각합니다. 박물관 안에는 진주성 전투(1차 및 2차 전투) 3D 입체영상 체험관, 승자총통 체험 코너, 어린이를 위한 임진왜란 체험 코너 등 전시 관람을 돕는 여러 체험 콘텐츠도 제공되고 있습니다. 또한 올해 봄에는 시각장애인을 위한 점자 설명판과 촉각 체험 전시물을 비치했습니다. 이처럼 신체적 장애를 가진 분들이 박물관을 찾아 여러 콘텐츠를 즐기실 수 있도록 노력하겠습니다.

지금 박물관의 애로사항과 개선점을 동시에 말씀해 주시니 이해가 쏙쏙됩니다. 개인적으로 박물관과 관련된 일을 어떻게 하시게 되었는지, 이와 관련된 일을 하면서 제일 기억에 남는 에피소드도 공유해 주세요. 제가 여행을 좋아해서 지도를 보면 가슴이 쿵쾅거리던 때가 있었어요.(웃음) 고지도를 연구하신다고 하셨는데, 어떤 분야인지 많이 궁금하네요.

중학교 다닐 무렵부터 전통문화에 대한 관심을 갖게 되었습니다. 구체적인 이유는 떠오르지 않지만, 옛 건물이나 물건들에 대한 호기심과 애착이 생겼습니다. 그 무렵 어머니가 사주셨던 학생용 역사 사전, 지리 사전, 국어 사전이 그런 계기가 되었을까 하고 생각해 볼 때가 있습니다. 고등학교 때부터는 박물관 취직을 마음에 두었습니다. 지도는 사람들이 사는 공간에 대한 이해를 돕는 아주 효과적인 매체입니다. 공간을 이해하다 보면 결국 그 공간 속에 살면서 그 공간의 모습을 만들어낸 사람에 대한 관심을 갖게 되고, 또 공간에 남아있는 인간 사회의 흐름을 보게 됩니다. 그래서 제가 2018년에 기획한 지도 관련 특별전("지도예찬")의 부제를 "조선지도 500년, 공간·시간·인간"의 이야기라고 붙였습니다. 지도 연구에 입문한 뒤로, 미국의 유명한 한국사 연구자인 미국 컬럼비아대학 명예교수셨던 레드야드(Gari Ledyard, 1932-2021) 선생이 쓴 한국 전통지도 개론서를 번역한 일이 오래 기억에 남습니다. 무척 좋은 글이어서 한 단어 한 단어 뜻을 새겨가면서 한글로 옮겼습니다. 업무가 아니라 개인 연구로 진행했기에 출간까지 5년 정도 걸렸습니다. 레드야드 선생이 역서에 붙인 저자 인사말에 "제 연구의 가치를 인식해 주신 데 대해, 그리고 많은 노력을 기울여 번역서를 준비해 주신 데 대해 감사한다"는 글을 쓰셨는데 그 말씀에 제가 또 깊이 감사했습니다.

지도에 대한 예찬은 결국 '공간과 시간 그리고 인간에 대한 탐구이고 이야기'라는 말씀이시네요. 공간에 대한 연구를 지속적으로 하고 있는 저로서는 무척 공감되는 반가운 말씀입니다.(웃음) 무엇보다 지도 개론서 번역도 참 매력적으로 다가오네요. 현재 박물관의 위치는 임진왜란 격전지이자 조선후기 경상우병영이 주둔했던 진주성내 관아와 일제강점기 경남도청이 있는 지역에 세워졌는데요. 앞으로 (구)진주역 부지로 신축이전을 진행 중인 것으로 알고 있습니다. 이전 배경과 진행 사항에 대해 말씀해 주세요.

저명한 건축가인 김수근(1931-1986) 선생이 설계한 현 국립진주박물관은 진주성의 경관 속에 잘 어울리는 훌륭한 건축물입니다. 하지만 개관 이래로 40년이 지난 지금, 현 박물관의 규모는 오늘날의 문화 수요를 따라갈 수 없습니다. 또한 진주성 안에 위치하는 탓에 관람객들의 접근성이 크게 떨어집니다. 주차를 하고 바로 박물관에 입장할 수 있는 여건을 제공할 수가 없습니다. 유사시 대형 소방차가 진주성 내로 진입할 수 없는 것도 작지 않은 문제입니다. 그래서 제가 "현재의 박물관은 너무 예쁜 옷인데, 이제 몸이 커져서 입을 수 없다."는 비유를 드리곤 합니다.(웃음)

오랜 노력 끝에 진주시의 전폭적인 협조를 얻어 구 진주역 부지 내에 새 박물관 청사의 부지를 구할 수 있게 되었습니다. 지난 2019년 국립중앙박물관과 진주시가 이 사안에 대한 업무협약을 체결했고, 2022년에는 정부의 타당성 조사를 통과하는 데 성공했습니다. 올해는 확정된 799억 원의 예산으로 지을 새 박물관 건물에 대한 국제설계공모를 진행해서, 지난달 최종 당선작을 발표했습니다. 한국의 범 건축사무소와 미국의 STL Architects의 컨소시엄 작품입니다. 공모에 지원할 건축가들이 참고할 건축 지침을 정할 때부터 건물의 개방성을 강조했습니다. 누구나 마음 편안하게 드나들 수 있는 문턱 없는 박물관을 모색한 것입니다. 실제로 구 진주역 부지는 평지여서 물리적으로도 이런 구상을 실현할 수 있습니다.

이번의 당선작은 미래의 콘크리트라고 불리는 CLT(Cross Laminated Timber) 구조를 채택해서 나무의 편안하고 따뜻한 느낌을 공공건축에서 펼쳐내려고 하는 점이 심사위원들의 높은 점수를 받았다고 들었습니다. 새로운 박물관 청사가 일대의 도시 경관을 혁신적으로 바꾸어 나가는 데 기여하고, 또한 진주시의 철도문화공원과 연계하여 구 철로로 가로막혔던 이 지역의 소통과 왕래를 크게 증진할 것으로 기대하고 있습니다. 내년까지 기본 및 실시 설계를, 2025~2026년에 건립 공사를 진행해서, 2027년에 전시 작업을 마치고 2027년 말에 개관할 예정입니다.

박물관뿐 아니라 요즘 공공시설들의 트랜드가 복합문화공간으로의 전향인데요. 앞으로 박물관이 진주 시민들에게 어떻게 다가가야 할까요? 그리고 시민들에게 박물관이 어떤 장소가 되었으면 하시는지.

지금도 지향하고 있고 또 앞으로 짓게 될 새 박물관의 지향도 시민들이 손쉽게 이용할 수 있는 복합문화공간으로서의 정체성입니다. 문화재 전시뿐만 아니라, 각종 공연, 강연, 학습, 실습 등의 다양한 문화 체험이 가능한 공간으로 기능을 확대하는 것입니다. 내용 면에서도 전통시대의 문화재만을 다루는 것이 아니라, 문화재의 시공간적 보편성을 기반으로 박물관 콘텐츠가 오늘날의 문화 체험으로 연계될 수 있도록 하는 것이 중요해요. 같은 맥락에서 박물관의 콘텐츠가 그저 과거에 대한 학습이나 추체험에 머물러서는 안 됩니다. 인간이 남긴 유물이나 흔적에는 시공간을 넘어선 삶의 보편성이 녹아 있기에, 오늘을 사는 사람들의 관심사와 이어질 수 있고 그래서 그렇게 될 수 있도록 박물관이 노력해야 합니다. 또 한 가지 중요한 것은 이러한 노력이 박물관 운영진만의 것이어서는 안 될 것입니다. 시민들이 박물관 운영과 활동에 좀 더 깊이 간여하는 것이 중요합니다. 지난해에 국립진주박물관이 유치한 특별전 〈회화소록: 진주미술사정립전〉은 진주지역 시민사회의 역량이 잘 드러난 사례였습니다. 사단법인 진주목문화사랑방이 자체 기획한 수준 높은 전시를 국립진주박물관의 전시 공간에서 펼쳐낼 수 있었던 것은 시민사회와의 협업을 고민하던 저희 박물관에 단비와도 같은 것이었습니다. 앞으로 이러한

새로 건립하는 국립진주박물관은 문턱 없는 박물관을 지향한다. 평지 위에 자리 잡는 새 박물관은 계단 하나 오르지 않고도 드나들 수 있는 접근성 높은 박물관이 될 것이다. 그리고 누구라도 한 번은 꼭 가서 보고 싶어 하는 전시 콘텐츠를 갖추고 관객들을 맞이할 것이다.

사례들이 점점 더 늘어났으면 해요. 저희 박물관에서는 진주 지역 여러 단체들이 기획한 문화 행사들이 열립니다. 문화 향유와 진흥이라는 목적에 부합하는 행사에 대해 저희 박물관이 강당 공간을 제공하는 것입니다. 최근 점점 이러한 사례가 늘고 있어서 고무적입니다. 향후 새 박물관 청사에서는 좀 더 넓은 강당 공간에서 영화, 연극, 음악회, 무용 등의 행사를 개최할 수 있을 것이고, 시민들의 자발적인 문화 활동을 지원할 여러 공간을 마련할 것입니다.

말씀을 들으니 새 박물관 청사는 지리적 위치뿐만 아니라 내부 공간들 또한 다양한 문화 콘텐츠가 가능한 곳이어서 정말 많은 기대가 됩니다. 개인적으로 앞으로의 계획이 있다면 말씀해 주세요.

현재 관장직을 수행하고 있지만 저는 역사 연구자이기도 합니다. 그래서 진주 지역, 더 나아가서는 경상도 지역의 역사와 문화를 어떻게 대중들에게 소개할 것인지가 가장 큰 관심사입니다. 2027년 국립진주박물관이 새롭게 단장하고 상설 전시를 대중들께 선보일 때, 어떻게 하면 좀 더 참신한 구성과 서사로 이 지역의 역사와 문화를 효과적으로 표상할 것인가 하는 것이 제게 가장 중요한 과제입니다. 특히 최근 유튜브 영상으로 주목을 받다 보니, 전시에 영상을 효과적으로 활용하는 방법에 대한 관심이 많아졌습니다. 또한 영상을 포함해서 다양한 전시 연출기법을 도입하려고 합니다. 아예 전시에 영화적 구성을 도입할 수는 없을까 하는 고민도 하고 있습니다. 궁극적으로 수년 후 새로 선보이는 전시가 지역사 전시의 모범이 될 수 있도록 준비하려고 합니다. 지역민들이 전시를 매개로 자신의 모습을 되돌아보고 미래에 대한 지향을 고민할 수 있는 그런 전시이면 좋겠네요. 진주와 서부 경남 지역에는 그런 전시를 구현할 수 있는 많은 이야기들이 있다고 생각합니다. 저희 박물관 직원들과 하나하나 그런 이야기를 찾아내고 의미와 가치를 부여해서 소개하려고 합니다.

이전할 박물관에 새롭게 단장하여 선보일 상설 전시를 기대하고 있겠습니다. 학생들에게도 박물관 유튜브 이야기 많이 하고 있습니다. 영화적 구성은 어떤 스토리를 콘텐츠화한다는 말씀으로 들리는데요. 새로운 기획에 대한 고민들이 엿보입니다. 마지막 질문이에요. '진주'는 선생님에게 어떤 곳인가요? 특별히 좋아하는 장소도 있을 것 같고요.

저 개인적으로만 보면 진주는 직장의 발령을 받아 일하게 된 도시입니다. 하지만 저희 가족사로 보면 적지 않은 인연이 있습니다. 서부 경남의 중심에

1940년쯤 진주공립농업학교 교문 앞의 진농 학생들(아랫 줄 좌측이 선친.) 학창 시절에 사천까지 마라톤을 하는 학교 행사에 참가했었는데 무척 힘든 일이었다는 말씀을 하셨다. 당시의 기념사진이 여러 장 남아 있는데, 대개 동창생의 전학이나 결혼 기념 사진. 이후 선친은 경성공립농업학교로 편입해서 나머지 2년을 수학하고 졸업했다.

있는 좋은 학교를 찾아 저희 집안 여러분들이 이곳을 찾았습니다. 저희 할아버지는 1925년에 경상남도공립사범학교를 졸업하셨고, 저희 선친은 1937년에 진주공립농업학교에 입학해서 3년을 다니셨습니다. 지금도 경상국립대학교 칠암캠퍼스에 남아있는 교문을 배경으로 찍은 선친의 사진이 남아있습니다. 선친과 함께 진주를 방문하지 못했던 것이 아쉽게 느껴집니다. 저희 숙부도 진주사범학교 졸업 후 진주사범 병설 중학교에 재직하셨습니다. 진주에 부임한 지 만 3년이 되어가는 지금은 진주가 제 삶에 큰 자리를 차지하게 되었습니다. 아직도 진주에 대해 아는 것이 그리 많지 않지만, 진주의 풍성한 문화적 자산에 큰 매력을 느낍니다. 거의 대부분의 시간을 서울에서 근무했기에, 제게 이런 기회가 없었다면 제 박물관 생활이 참 단조로운 것이었음을 깨닫지도 못했겠구나하는 생각을 합니다. 이러한 고장에서 새로운 지역 국립

박물관을 기획하고 설계한다는 일이 꿈만 같습니다. 대단히 도전적인 일이어서 큰 매력이 있습니다. 저희 집안 어른들이 청운의 꿈을 품었던 곳에서 또 큰 사업을 진행해 나갈 수 있어서 참 기쁘고 가슴 벅찹니다.

저는 촉석루를 품은 진주성을 모두 바라볼 수 있는 남강 나만의 전망대를 자주 찾고 또 진주를 찾는 손님들에게 소개합니다. 그리고 이렇게 이야기합니다. 이곳이 "중세 성곽도시의 경관을 잘 보존한 명소"라고요. 비록 촉석루가 1960년에 재건된 건물이고, 또 성벽도 1970년대의 재현품이긴 하지만 말이죠. 실제로 전망대에서 보면 진주성 너머로 현대식 건물이 거의 보이지 않습니다. 시가지에 고도 제한을 해서 경관을 지켜온 덕분이지요. 재산권의 제약에도 불구하고 이렇게 경관을 지켜오신 진주 시민들께 특별히 감사드릴 일이라고 생각합니다.

cooperation in interviews

장상훈

국립진주박물관 관장. 서강대학교 사학과를 졸업하고, 영국 University of Leicester 박물관학과에서 박사학위를 받았다. 1995년 국립중앙박물관에 입사하여, 국립중앙박물관 전시과장(2017~2019)과 국립중앙박물관 어린이박물관과장(2020)을 역임했다. 2021~현재 국립진주박물관 관장, 저서로 『A representation of nationhood in the museum (London: Routledge)』과 『지도예찬: 조선지도 500년, 공간·시간·인간의 이야기』가 있다.

현실의 장벽 뚫고, 우주를 노래한 '동녘의 대사' 이성자 미술관

이 글은 지난 2019년 〈이성자 화백 100주년〉 기념으로 이규석 학예사와 인터뷰를 통해 기고한 무크지 『통』의 내용들을 재정리한 것임을 밝힌다.

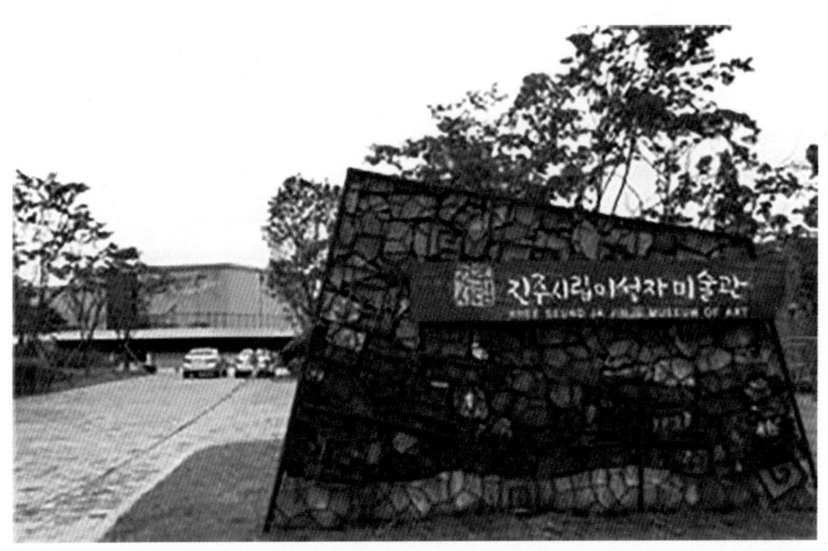

이성자 미술관은 2007년 시립미술관 건립을 위한 '진주시민 모임 발기인 대회'를 시점으로 시작되었다. 문화도시 진주를 일으키고 새로운 예술 창조를 위한 도약에 매진하자는 취지로 이 화백이 기증한 376점의 작품을 기반으로 2015년에 개관하였다.

K는 작년 7월부터 대전 이응노미술관에서 두 달간 열렸던 '파리의 마에스트로-이응노 & 이성자' 기획전을 눈여겨봤다고 했다. 1951년에 도불한 이성자의 작품과 1958년에 도불한 이응노의 작품은 한국 추상 미술의 태동기

를 대표한다. 두 화가의 예술적 전략이나 작가의 정체성 그리고 서구적 추상의 완성 등 여러 면을 비교하며 관람했다고 했다.

일무(一無) 이성자 화백은 이응노, 김환기 등과 함께 유럽을 중심으로 70여 차례의 개인전과 300여 회의 단체전을 열었다. 그는 광복 이후 전업 화가로 유럽에 정착한 첫 세대로 동양을 알되 서양에 빠지지 않았고 서양을 배우되 동양을 잊지 않으려 노력했다. 또한 모든 화가들이 꿈꾸었던 프랑스 3대 화랑 중의 하나인 '샤르팡티에'가 초대한 유일한 동양의 여성 화가이기도 하다.

K와 같이 김시민 대교를 지나 충무공동에 위치한 진주시립 이성자 미술관에 도착했다. 주중이어서 비교적 한산한 미술관 옆으로 조용히 강이 흘렀다.

대지 위에 빛나는 별

이 화백은 생전 본인의 미술관이 고향 진주에 건립되기를 희망하며 작품 376점을 기증하였다. 하지만 부지와 예산 확보로 상당 시간 고전하였다. 그때 당시 한국 토지주택공사가 공원관리사업소 부지를 이성자 미술관으로 기증하여 오늘날의 미술관이 탄생되었다. 이 화백은 평생 회화, 판화, 도자기, 모자이크, 입체조형, 공공미술 등 여러 장르의 작품을 14,000여 점을 제작하였는데, 미술관에 기증한 작품들 또한 그 가치가 매우 높다고 한다.

미술관의 주위 경관이나 내부 공간이 조금 특이하다. 혁신도시에 자리잡고 있어서 다른 도시와의 인접성이 뛰어나고, 원래 공원부지여서 뒤편으로 영천강이 흘러 산책하기도 좋다. 생전 이 화백은 미술관 부지는 태양과 얘기할 수 있는 지질이어야 한다고 가끔 말씀하셨다고 한다. 또한 진주에 미술관이 세워진다면 사천, 하동, 산청의 중간에 위치해 문화운동의 중심 역할을 할

수 있을 것이라는 것도.

사실 이성자 미술관뿐만 아니라 많은 미술관들이 강을 끼고 있다. 국립현대미술관, 경기도미술관, 대전시립미술관, 제주도립미술관, 경남도립미술관, 대구미술관 등. 한국의 많은 미술관 입구와 주변에는 연못 또는 작은 강이 있듯이 미술관과 물은 건축에서 뗄 수 없는 관계이다. 프랑스 뚜레뜨에 있는 이 화백의 작업실 '은하수'에도 회화 공간과 판화 공간(음과 양) 사이에 작은 개울이 흐르고 있다. 이 화백은 생명의 원천으로서 이 '물'에 대한 자신의 철학을 '은하수'를 통해 더 여실히 보여주었다.

가자, 파리로 죽으러 가자. 나는 파리로 가서 죽을 것이다.

이 화백은 일제 강점기의 나혜석 못지않게 해방 이후 남성 위주의 한국 사회에 저항하며 자신의 삶을 개척한 원조 페미니스트다. 그는 같은 시기의 김환기나 이응노 화가와도 교류가 있었다. 하지만 당시 미대를 나오지 않았다는 이유로 한국 유학생들에게 종종 무시 당하기도 했다. 그렇지만 그의 작품은 그 후 1965년 서울대학교 교수회관에서 전시되었고 국립현대미술관에서 네 번의 개인전이 개최되었는데, 이러한 전시는 당시로서는 이 화백이 처음이었다.

남편과의 이혼 그리고 아들 셋을 두고 홀로 이국땅을 밟을 수밖에 없었던 그 절박함으로 그는 항상 말한다. '나는 여자이고, 여자는 어머니이고, 어머니는 대지이다'라고. 때문에 그는 그림을 그리지 않으면 살아갈 이유도 살길조차 없다는 절박함으로 붓을 들었을 것이다. 자신을 낳은 어머니와 고국에 대한 애정 그리고 세 아들에 대한 모성애가 그림을 그리는 이유이자 삶의 목적이었으므로.

돈 한 푼 없이 자식을 모두 고국에 두고 프랑스로 간 그는 불어 한 글자도 모른 채 언어와 생활고에 시달렸지만, 그에게 가장 힘든 고통은 두고 온 자식에 대한 그리움이었다. 그처럼 호락호락하지 않았던 프랑스 생활에서 예술가로의 터닝 포인트가 있었다. 의상디자인을 공부하려 했지만, 교수의 권유로 순수미술로 전향했고 그랑드 쇼미에르 아카데미에서 미술 공부를 시작했던 것이다.

이 화백은 구상, 추상, 조각 등을 공부하며 퐁 파르나스에서 한 평 남짓한 다락에서 4년을 거주하며 작업을 했다. 또한 고예츠의 도움으로 여러 갤러리와 국제적인 작가들과 교류했다. 1956년 보자르 국립조형예술협회에 보자르 거리의 '설경'을 출품하여 평론가 조르주 부아이유에게 호평을 받고 본격 데뷔하게 되었다. 이후 기요메 갤러리 전시를 시작으로 라라 뱅시 갤러리 전시까지 이 화백은 점점 명성을 얻었다. 불과 프랑스 유학 5년 만에 거둔 대단한 성과였다.

이성자 화백은 모든 장벽을 넘고 반세기 만에 유럽 화단에서 우리나라 1세대 여성화가가 되었다.

그런 이 화백이 예술에서 가장 중요하게 생각한 것은 바로 '자연'이었다. 그것은 생성과 소멸로서의 순환과 회귀 그리고 우주의 본질을 직관했음을 의미한다. 이 화백이 첫 창작에서부터 고향 진주에 자신의 작품을 기증하기까지 모든 것이 하나의 서사로 이어진다. 작업의 처음과 끝이 세상에 대한 대서사시로 '자연'에 대한 경의가 짙게 드러난다는 것이다.

이러한 모습은 목판화에서도 그대로 드러난다. 실제로 이 화백은 숲을 산책하다 주운 나무에다 무언가를 새기기 전에, 양 손으로 어루만지고 나뭇결을 더듬으며 나무와 대화를 하며, 나무속에 아직 남아 있는 생명에 빠지기도 했다고 한다. 까뉴 미술관 끌레르그 명예 관장은 "그녀는 나무의 심장에 음각한, 그래서 심장과 심장이 만나는, 그 나무의 길이를 따라 자연의 흔적을 제시하였다. 그 흔적들 위에는 대자연과의 사랑에 빠진 이성자 씨가 자신의 시를, 자신의 기호를, 수액에 바쳐진 그 노래의 악보를, 새겼다."라고 했다.

특히 이 화백은 60년대 후반 어머니의 죽음 이후 좀 더 자유로운 예술세계의 면모를 보인다. 그 무렵 이 화백의 작업은 전환기를 맞이한다. 그 이유를 딱히 어머니라고 하기는 어렵다. 하지만 어머니가 돌아가시고 난 다음 해 이 화백은 미국을 여행하며 새로운 시각으로 예술에 몰두하게 된 것은 사실이다.

1958 파리에서 첫 개인전 포스터 라라뱅시갤러리 / 1965 한국에서 첫 개인전 포스터 서울대학교 교수회관 / 2007 서울 개인전 포스터 갤러리현대

무엇보다 이 화백은 모든 것을 참고 이름 없이 '누구 어머니'라고 불리는 삶 대신, 홀로 '이성자'라는 이름으로 살기를 선택했다. 그런 점에서 작품 「장애가 없는 세계」는 당시 우리나라 여성들에게 가해졌던 모든 관습에 대한 은유적 표현일 것이다. 그림에서 느껴지는 반복적 작업 행위 또한 무념, 무상의 행위이며 그 이면에는 자식에 대한 기원과 기도가 숨어있다. 모성적 본능과 예술적 본능 사이에서 늘 부딪칠 수밖에 없는 마찰들을 다스리고 또 다스렸던 것이다.

프랑스에서 반세기를 넘게 살며 모더니즘을 비롯해 68혁명과 페미니즘 시기를 거쳤는데, 당시 그도 이러한 시대 사조로부터 자유로울 수는 없었을 것이다. 그 시기 프랑스에서 화려하게 데뷔한 그는 4년 동안 체류했던 다락방을 나올 수 있을 만큼의 경제력을 가질 수 있었다. 하지만 이 화백은 세상의 이야기나 사조에 귀 기울이기보다는 자신과 인간, 특히 자연에 더 관심을 가졌다.

당시 그는 '여성과 대지'라는 주제에 몰두해 있었다. 한국 여성이 길쌈을 하듯, 밭고랑을 일구듯 붓의 터치를 계속 반복하여 중첩하는 방식이다. 이것은 '땅'에 대한 주제로써 여성을 이야기했던 시기로 작업의 방식과 태도 또한 모더니즘적이라 할 수 있다. 이처럼 68년은 화가 이성자에게 새로운 도전의 시기였다. 이처럼 이 화백의 작품 속에는 표현의 방법이 조금씩 다를 뿐, 이러한 시대정신이 자연스럽게 녹아 있다고 할 수 있을 것이다.

음양오행 그리고 지구 반대편으로 가는 길

이규석 전 학예사는 이 화백의 작품세계를 한 마디로, '음양오행'이라고 했다. 그리고 동양적 사고방식과 동양철학의 정수인 '음양오행'적 작품세계를 구체적으로 설명하였다. '대지 위에 빛나는 별'은 앞에서 말했듯이 우주의 삼라만상을 의미하는 시적 타이틀이라는 것이다. 초기의 조형 학습기 이후 추상 작업의 주제는 대지와 여성이다. 농부가 밭을 가는 심정으로 한 줄 한 줄의 붓질이 중첩되어 대지를 이루는 형식의 작품들이 여기에 해당한다. 자식에 대한 애정과 그리움이 묻어나는 시기로 이 시기를 '음'의 영역으로 해석하고 있다.

그 이후 세상을 바라보는 시점이 조금 변화되었다고 한다. 음과 양이 상생과 상극으로 만들어 중복의 작업들이 그것이다. 1965년 유학 이후 처음으로 고국 방문을 하였고 그 이후 수없이 프랑스와 한국을 오가는 즉 대척점을 오가는 시간을 보냈다는 것. 그래서 1980년대의 주제가 바로 '대척지'였다. 이 시기의 작품들이 '양'에 해당하는 부분이라고 한다. 그 이후의 작업은 우주의 별과 은하수를 주제로 작업하였다. '은하수에 있는 나의 오두막', '화성에 있는 나의 오두막' 같은 작품들이 그것이다. 이처럼 이 화백의 지금까지의 모든 작업을 총체 할 수 있는 주제가 '우주'이며, 한 마디로 이 '우주'는 이성자 화백의 처음과 끝이라는 것이다.

비교적 후기 작품이라 할 수 있는 '지구 반대편으로 가는 길'과 '극지로 가는 길'의 연작에서 보이는 신비한 색감과 한국 문양들도 인상적이다. 그런 점에서 서정주 시인은 이성자 화백을 어느 나라에 가서 살든 조국 한국의 전통과 그 정신을 잃지 않을 신화적 인물이라 했다.

한 작가의 작품세계에서 표현 방식은 쉽게 변할 수 있지만 작품 내면에 흐르는 기조는 변하기 어려운 것이 사실이다. 그것은 작가가 일생을 통해 고민한 삶의 원초적 사고 때문일 것이다.

이 화백의 부친은 지방 군수를 지낸 인물이며 상당히 높은 지위와 학식을 갖춘 분이다. 이 화백은 어려서부터 전통적인 교육을 받았고, 짓센 여자대학에서 가정학을 공부할 만큼 집안의 교육열 또한 높았다. 많은 작가들은 유년의 기억을 작업에 옮겨와 자신의 예술세계를 표현한다. 특히 어린 시절 아버지 손을 잡고 김해 수로왕릉에서 제사를 지낸 기억과 창녕의 군수 관저에서 바라보고 느낀 전통가옥에 대한 기억이 오랫동안 이 화백의 작품에 영향을 미쳤다고 추측해 볼 수 있다.

이 시기 작품들에서 반복적으로 드러나는 동양적인 기호와 패턴들은 어쩌면 극단적인 모더니스트였던 스승 고예츠의 세계에서 벗어나려는 시도였을지도 모른다는 것. 고예츠의 도움을 받았지만, 정신적 영향력이 있었는지는 아직 물음표다. 그가 이 화백에게 도움을 주었던 스승인 것은 본인도 이야기했지만, 그렇다고 작품세계의 영향 관계에 대해 말하기는 조심스러운 부분이다. 앞에서 말했듯이 기호와 색채는 이 화백의 내면적 기억과 경험에서 연유된 것이기 때문이다.

미술관을 천천히 관람하고 나왔다. K는 유달리 미술관의 건축에 관심이 많았다. 좋은 미술관은 건축물과 사람과 소장품이 조화롭게 움직이는 곳일 테다. 일본의 세계적인 건축가 안도 다다오는 공공시설은 건물 건립 후 운영이 더 큰 문제이고, 지역 주민들의 생활 속에서 어떻게 상생할 것인가를 생각해야 한다고 했다. K와 함께 미술관 옆 강을 따라 이어진 산책로를 걸으며 이곳이 살아있는 문화공간으로 거듭나기 위해 공간이 자연과 사람들 사이에 어떻게 위치하고 움직여야 하는지를 함께 고민하며 더 자연스럽게 시민에게 다가가야 한다고 했다. 귀를 더 기울이면 강물 소리가 아주 낮게 더 들리는 것처럼.

보라색 등꽃 아래
시립 연암도서관, 그 시절

뒤를 돌아본 얼굴과 말이 없었던 사람들 뒤에 남은 것은 무엇일까요. 왜 그렇게 살고 있느냐는 말 어디쯤에서 뜨거워져야 하는지 한 장씩 찢은 책을 삼킬 때마다 또 묻습니다. 그때 누군가 손가락으로 가리킨 곳과 생략된 문장은 같은 뜻인지. 자신을 다 버린 자들과 아무도 모르게 사라진 사람들의 기록은 어디에서 끝나는지. 나는 귀신을 쫓아준다는 부적을 붙이고 꽃잎처럼 가벼워졌는데

–「멀리서 온 책」 중에서

K에게 전화를 걸면 세 번 중에 한 번은 도서관에서 받는다. 책을 빌리거나 책을 읽고 또 때로는 책 속에서 멍하게 있을 때도 있다고 한다. 나도 그런 도서관을 너무 사랑하고, 사랑했던 때가 있었다.

진주의 시립 연암도서관은 비교적 최근에 리모델링하여 재개관했다. 기존의 폐쇄적이고 정적인 공간에서 독서과 휴식을 함께 할 수 있는 독서 문화공간으로 재탄생 하였다. 북카페와 영어도서 코너, 연속간행물실 그리고 동화구연 공간 등이 신설됐고, 포토존이라고 하는 빨간 전화부스도 눈에 띈다. 외부 진입로에는 산책로가 있고 곳곳에 쉼터 공간을 확대했다. 한때 이 도서관은 봄의 벚꽃과 가을의 낙엽 때문에 많은 연인들의 데이트 장소였다. 우거진 등나무 아래 멀리 남강을 내려다보며 멍때리기가 유일한 낙일 때도 있었다. 되돌아보면 내 인생의 많은 시간을 이 도서관에서 보낸 것 같다.

진주 시립 연암도서관은 1968년 故 연암 구인회 회장이 진주성 내에 신축 기증한 도서관으로 1985년 지금의 모덕로 자리로 이관하였다. '연암'은 구인회 회장의 호다. 2019년 9월에 시작한 리모델링은 2020년 7월에 재개관했다.

호르헤 루이스 보르헤스는 『픽션들』에서 우주를 육각형의 진열실로 가득한 도서관이라고 하였다. '아득히 먼 곳으로 내려가거나 올라가'는 우주, 그곳을 바벨도서관이라고 했다. 그리고 자신은 이 육각형의 어느 방에서 태어났고, 얼마 떨어지지 않은 공간에서 죽을 준비를 하고 있다고 했다. 자신이 죽으면 계단 난간으로 던져져 무한 높이의 육각형 진열실 사이를 낙하하며 바람에 풍화되어 사라질 것인데, 그래서 허공이 자신의 무덤이 될 것이라고 했다. 이러한 생각을 하며 읽기와 쓰기의 해체를 추구한 보르헤스의 글을 해석하기가 쉽지 않다. 실제 그는 1937년부터 약 9년간 부에노스아이레스 시립 도서관에서 사서로 근무했고, 1955년 아르헨티나 국립도서관 관장으로 취임했다. 엄청난 독서광이었고 애서가이자, 독특한 구조의 소설을 쓰며 포스트모더니즘의 지평을 열었다. 한마디로 그에게 이 '도서관'은 '무한한 우주'였다.

도서관에 들어가면 어떤 서늘하고 신성한 기운을 느낀다. 빽빽이 꽂혀 있는 많은 책들의 저자는 이미 이 세상 사람이 아니다. 그곳은 산 자와 죽은 자가 가장 평화롭게 공존하는 공간이다. '작가는 그 자신이 쓴 책에 묻힌다'는 말을 가장 실감할 수 있는 장소이기도 하다. 움베르트 에코와 인터뷰를 한 장 클로드 카리에르는 책이 많은 어떤 방에 가서 거기에 있는 한 권의 책에도 손을 대지 않고 그저 바라만 본다고 한다. 그때 뭐라고 설명하기 힘든 강한 흥미나 어떤 안도감을 느낀다고 했다. 아마 책을 사랑하는 사람들이라면 그의 말이 어떤 의미인지 단박에 알 것이다.

'도서관이 우주'라는 말은 생각할수록 의미심장하다. 우주 안의 모든 사물들은 서로 연결되어 있다. 우주에 존재하는 보이는 힘과 보이지 않는 그 힘들은 모든 존재를 서로 끌어당기고 밀어내면서 영향을 주고 받는다. 책의 우주도 마찬가지다. 책은 독립적으로 존재하지 않는다. 한 권의 책은 다른 책이 가진 여러 힘의 작용에 의해 탄생하고, 그 책은 후일 또 다른 책에 영향을 미치기 때문이다. 도서관은 이렇게 영향을 주고받은 책들끼리 분류해 둔다. 과학책은 과학책들끼리 여행서는 여행서대로 그리고 외국 소설은 외국 소설대로 서로 영향을 주고받는다. 그리고 새로 나온 시집들. 그 시집들의 세계는 또 얼마나 무한한가.

도서관을 내려오며 나는 K에게 천운영의 네 번째 소설집 『그녀의 눈물 사용법』이 처음 나왔을 때 이 세계의 극소수만 읽었으면 좋겠다는 생각을 했

발터 벤야민은 허름한 하숙집과 도서관을 오가며 방대한 자료들 속을 매일 여행했다. 우리가 '지금 살고 있는 이 세계가 어떻게 만들어졌을까'하는 질문에 답하기 위해 19세기 파리로 눈을 돌린 그는 『아케이드 프로젝트』를 착수하기 시작한다. 1933년 베를린을 떠나 파리로 이주한 뒤 스스로 생을 마감하기 직전까지 그의 주된 거처는 파리 국립도서관이었다. 그는 파리의 과거를 알기 위해 하루가 멀다고 국립도서관의 문서고를 드나들었다.

다고 했다. 30대 초반, 하는 일이 아무것도 되지 않아 거의 자포자기로 살던 그때, 하루 종일 멍하니 있다가 꾀죄죄한 모습으로 연암도서관을 드나들던 시절. 그때 내 눈에 들어왔던 책이 바로 페터 빅셀의 『책상은 책상이다』였다. "언제나 똑같은 책상, 언제나 똑같은 의자들, 똑같은 침대, 똑같은 사진이야. 그리고 나는 책상을 책상이라고 부르고 사진을 사진이라고 하고, 침대를 침대라고 부르지. 또 의자는 의자라고 한단 말이야. 도대체 왜 그렇게 불러야 하는 거지?" 그 시절 나에게는 빅셀의 말처럼 세상의 모든 것이 '어처구니'로 생각되었다. 그런 생각들을 가득 안고 매일 오르내렸던 길.

우리는 말년에 도서관에 파묻혀 살았던 발터 벤야민의 이야기도 했다. 그의 어린 시절에 대한 가장 내밀한 이야기를 비밀 속 미로처럼 보여주고 있는 『베를린의 어린시절』, 그리고 '문학이 중요한 효과를 거둘 수 있는 것은 오직 실천과 글쓰기가 정확히 일치하는 경우 뿐이다'라는 문장이 있었던 『일방통행로』. 도시 곳곳을 걸으며 독특한 사유와 슬픈 감성으로 자본주의에 대한 가장 독창적이고 창조적 해석을 했던 벤야민. '주유소', '계단주의', '응급처치', '113번지' 그리고 '지하공사'와 같은 제목들과 그 내용은 얼마나 유쾌했던가.

문방구와 도서 등을 팔았던 '십자사서점'(1936년경, 진농관)

K에게 1930년대 진주에 도서관 대신 있었던 '십자사서점' 이야기를 했다. 책뿐만 아니라 문구류까지 팔았는데, 지금 서점의 모습과 비슷했다. 도서관과 서점은 글을 쓰는 우리들에게는 언제나 설렘이 가득한 장소다. K는 이자벨 코이젯 감독의 영화 〈북샵〉을 보고, 언젠가 그런 서점을 열고 싶다고 했다. 주인의 취향이 고스란히 배어있는 책들의 물성과 질감들을 보고 느끼면 그 누구도 서점에서는 외롭지 않을 거라는 이야기도.

interview

진주문고와 책 이야기

K의 두 번째 소설이 나왔을 때, 나는 두근거리는 마음으로 서점으로 달려갔다. 인터넷으로 주문할 수도 있었지만 서점에서 직접 사고 싶었다. '책은 넓디넓은 시간의 바다를 가로지르는 배'라는 말을 언급하지 않더라도 한 사람에게 책은 아주 큰 의미로 다가온다. 그리고 지금 나에게 가장 필요한 책이 지금 나에게 가장 많은 것을 생각하게 한다는 것.

좋은 서점은 우리의 욕망을 언어화한다. 욕망에는 언어화된 영역과 언어화되지 않은 영역이 있다. 언어화된 욕망은 이미 무엇을 바라고 있는지 알고 있으므로 스스로 그 무엇을 찾을 수 있게 한다. '진주문고'는 내가 고등학교 때부터 드나들었던 서점이다. 서점에 놓인 책들을 보며 시인을 꿈꾸던 때도 있었다.

오늘은 친구와 같이 왔어요. 우리 지역에서 '진주문고'는 어떤 장소인지, 〈진주문고〉의 역사가 궁금하다고 하네요.

진주문고는 서부 경남을 대표하는 거점서점입니다. 여태훈 대표가 1986년 경상대학교 앞 인문사회과학서점 '개척서림'을 열고 이후 1988년 출판문화정보공간 '책마을'을 운영하다가 1992년부터 '진주문고'라는 상호를 쓰기 시작했어요. 1997년에는 '진주문고 어학, 컴퓨터 전문서점'을 1년 동안 운영했고 IMF 시기를 지나며 1999년 지금의 자리, 평거동에 자리 잡았습니다. 2004년에는 가좌동에 '진주문고 MBC점'을 개점하면서 ㈜진주문고로 사업자를 법인으로 바꿨습니다. 2010년에는 갤리리아 백화점이나 탑마트, 중앙동 지점을 운영, 정리했어요. 2018년에 진주문고 리뉴얼이 있었는데 이때 브랜드 로고, 공간을 전면적으로 바꾸는 과정이 있었습니다. 2019년 북카페 '진주커피'와 문화관 '여서재'를 열었고 이듬해에 서점 내부 공간을 조정해 생활갤러리 '아트스페이스 진주'를 열었습니다. 코로나 시기인 2021년에 '진주문고 혁신점'을 개점하고 2022년 '진주문고 초전점'을 개점해 현재 진주 동서남북에 각 1개의 매장을 운영하는 지역 대표 서점으로 자리매김하고 있습니다.

제가 고등학교 다닐 때 지금 갤러리아 백화점 부근에 있었던 책마을을 자주 드나들었어요. 그때 『창작과 비평』이나 『외국문학』 같은 잡지들도 봤었는데. 아마 문학에 대한 막연한 꿈을 키웠던 것 같고요. 그런 점에서 서점은 한 사람의 삶에 있어서 중요한 역할을 한다고 볼 수 있겠죠

우리동네 문화공간, 책과 사람이 만나는 동네서점, 지역 문화를 기록하고

1988년 겨울 오픈한 출판정보문화공간 '책마을' 입구 사진

축적하는 곳, 여러분의 첫 마음을 응원하는 장소… 그동안 여러 의미로 진주문고를 소개해 왔지만 다른 무엇보다 이웃과 함께 **오늘의 서점**을 고민하는 장소라고 부를 수 있을 것 같아요. 서점의 역할과 필요가 계속해서 달라지고 있지만 새로운 것들, 필요한 것들을 소개하고 추천하는 서점이 있고 이용자들이 서점에 기대하고 요청하는 것들이 있어서 함께 오늘의 서점을 만들어 간다는 생각입니다. 그런 의미에서 **함께 성장하고 함께 경험을 만들어 가는 공적인 장소죠**.

언제나 느끼는 것이지만 진주에서 책과 문화와 사람을 어떻게 연결하고 상생할지를 고민하는 지점들이 귀해요. 본인이 현재 하고 있는 일을 소개해 주세요. 그리고 서점이나 책과 관련된 일을 하면서 가장 중요한 것이 무엇이라고 생각하시는지요.

2017년 겨울에 진주문고 입사해 서점 리뉴얼을 준비하고 진행하는 과정을 함께 했습니다. 매장에서 팀장으로 일하며 도서 분류와 공간 구성에 대한 리뉴얼과 함께 서가 구성, 도서 큐레이션, 서점 업무 매뉴얼 작업을 맡았습니다. 이후 2019년 진주문고 문화관 여서재가 만들어진 이후에 여서재 팀장으로 일하며 진주문고에서 진행되는 문화 프로그램의 기획과 진행을 맡아 하고 있습니다.

서점의 전반적인 북큐레이션과 프로그램을 기획하면서 작가, 출판사와 소통하고 각종 지원사업과 외부 공모 사업을 기획, 집행하고 있습니다. 하고 있는 일들을 기록하고 홍보하는 SNS 채널 운영과 홍보, 홈페이지 관리 업무를 함께 하고 있고 외부에서 오는 제안들을 검토하고 협력하는 일도 맡아 하고 있습니다. 최근에는 진주문고와 함께 프로그램을 진행하고자 하는 다양한 단체들이 있어 학교, 기업, 지자체와 협력 중입니다.

이외에도 매달 진행하는 서점 독서 모임과 한국서점인 조합연합회에서 기획하는 공동 큐레이션의 콘텐츠 기획에도 참여하고 있습니다.

서점 기획 업무 전반을 맡아 하게 되면서 가장 중요한 건 **의사소통 능력**이라고 생각합니다. 혼자서 하는 일이 아니고 서점과 책에는 다양한 주체와 참여자가 얽혀있는데 각각의 이야기를 이해하고 정리하기 위해서 필요한 박학다식의 영역이 있어요. 그 연장선상에서 여러 주제와 책, 인물, 동향에 대한 관심과 업데이트가 늘 필요합니다. 서점에는 늘 사람들의 관심과 필요를 충족시키기 위한 새로운 책들이 들어오니까 이런 정보들과 함께 여러 뉴스레터와 SNS를 눈여겨보는 편입니다.

책에 대한 기획이나 다양한 정보들을 실시간으로 업데이트해야 하는 일들이 만만찮았을 것 같습니다.
책과의 인연은 어떻게 이어졌는지, 책'은 자신에게 무엇인가요?

2021년 10월, 이명현 과학자의 〈지구인의 우주공부〉 북토크. 프로그램 내내 날카로운 질문을 쏟아내던 최연소 참가자는 과학자가 꿈이라고 밝혔다. 프로그램 후 사인회가 진행되는 동안에도 참가자와 작가, 둘만의 대화가 이어졌다.

책을 좋아했어요. 근사한 이야기, 모르는 장소, 사람, 장면을 만날 수 있잖아요. 어릴 때부터 학급문고, 도서관에 있는 책을 죄다 읽었던 기억이 나요. 부활동은 도서부, 대학 전공도 소설을 읽고 쓰는 공부를 했습니다. 졸업 후에는 잡지교육원 취재기자 과정을 수료하고 잡지사에서 일했어요. 잡지도 책이니까 직접 원고를 쓰고 책이 만들어지는 과정을 살펴볼 수 있었어요. 매달 잡지를 인쇄하니까 파주 인쇄소에 가서 윤전기가 돌아가는 모습, 책이 묶여져 나오는 모습도 보고 그랬지요. 그러다 서점에 취직해서 책을 소개하고 판매하는 일을 하고 있습니다.

서점에 일하게 되면서 좋아하는 작가의 책, 좋아하는 책의 작가, 책을 읽고 대화하는 사람들을 만나며 좀 더 입체적으로 책을 생각하게 되었어요. “**우리**

가 책을 읽을 때, 책에 씌여진 것이 아니라 내 속에 씌여지고 있는 것을 읽는다"라고 박준상 철학자의 『빈 중심』에 나오는 문장인데요. 책은 그렇게 자기를 읽는 일이자 세계를 읽는 일인 것 같아요. 밖에 있는 이야기를 안에서 받아쓰는 일. 받아쓴 내면의 문장으로 세계를 다시 읽고 고쳐 읽을 수도 있구요. 아직 모르는 일, 알 수 없는 일, 알고 싶은 일, 어쩌면 영영 알 수 없는 일들 앞에서 귀를 기울이는 일, 안경을 고쳐쓰는 일이 책, 책을 읽는 일이 아닐까요?

사실 요즘 어디서나 너무 많은 강연들이 넘쳐요.
그런 점에서 차별화되는 강연 기획이 중요하다고 봅니다.

원칙적으로 진주문고의 프로그램은 서점을 이용하는 사람들에게 필요한

2023년 6월, 중소벤처기업진흥공단 시민인문강연으로 진행된 김영하 작가의 "인공지능 시대의 창의성" 강연은 열띤 호응에 힘입어 만석으로 진행되었다. 재치있는 입담으로 연신 웃음이 끊이지 않는 시간이었다.

이벤트, 추천하고 싶은 이벤트로 기획됩니다. 서점 이용자들, 독자들의 추천이나 요청을 받아 기획하는 프로그램과 출판사, 작가들의 요청을 받아 기획하는 프로그램이 있고 지원사업 기획 공모를 통해 의미 있는 기획을 진행하거나 외부 단체들과 협력하여 프로그램을 기획하기도 해요.

진주문고는 서부 경남의 거점서점으로 인근의 문화 자산을 기록하고 축적한다는 책임감과 자부심을 가지고 있습니다. 로컬 크리에이터나 우리이웃 우리작가, 동네서점, 우리이웃 탐구생활을 주제로 한 기획 프로그램을 꾸준히 이어오고 있습니다.

기억에 남는 강연이 있을 것 같아요. 섭외가 힘든 경우도 있을 테고요.

섭외가 어려웠던 프로그램으로 김영하 작가와의 만남이 생각나요. 2년 동안 매니지먼트 업체와 일정을 조율해서 성사했는데 이용한 분들의 관심도 뜨거웠고 강연도 인상 깊었어요. 기획과 진행 과정이 모두 인상적이었던 건 독서모임의 요청으로 섭외한 황보름 작가와의 만남 프로그램이었어요. 독서모임이 직접 진행에 참여해주기도 했고 출판사와 작가님도 호응해 주셔서 서점의 역할을 제대로 하고 있다는 실감이 났습니다. 개인적으로 가장 인상 깊었던 프로그램은 2019년의 심야책방 프로그램으로 진행했던 이제니 시인의 낭독회예요. 당시 서점을 우연히 방문한 중학생이 프로그램에 참여해 제가 추천한 시를 낭송했어요. '발 없는 새'라는, 청춘의 막막함을 이야기한 시였는데 어린 학생의 물기 어린 목소리가 새로운 울림으로 다가왔어요. 준비되거나 기획된 일이 아니었는데 현장에서 벌어진 우연한 사건이어서 아직도 기억에 남습니다.

이제니 시인 낭독회 때 참 좋았죠. 많은 분들이 오셔서 분위기가 더 좋았던 것 같아요. 서울 중심권에서 생활하다 현재는 직장 일로 지방에 내려왔는데, 서울과 지방의 문화 차이를 실감하나요.

학교는 경기도였고 직장은 서울이었지만 당시에 활발하게 문화 생활을 즐긴 편이 아니어서 서울과 지방-진주의 문화적 차이를 이야기하기 저어스러운 게 사실입니다. 마음먹으면 즐길 수 있는 다양한 문화—강연, 공연, 전시, 영화가 가까이 있기는 했지만 당시 제가 관심이 있는 부분이 좀 더 소박한 부분이어서 지금과 큰 차이가 없다는 생각도 듭니다.

인프라와 인재 풀을 생각하면 큰 차이가 난다고도 생각할 수 있지만, 그것보다는 네트워킹, 관심 있는 주제와 이벤트를 함께 이야기할 수 있는 사람들의 규모와 다양성이 크지 않다는 점을 생각하게 되네요. 재미난 작당 모의를 할 수 있는 다양한 그룹을 만날 수 있는 다채로움이 부족하다는 생각은 하지만 그건 문화적 차이라기보다는 절대적인 수, 인구와 자원의 편중 때문에 벌어진 일 아닐까요?

그렇다면 현대인에게 '책'은 무엇일까요?

여전히 **교양**은 중요하다고 생각합니다. 배워야 할 것, 새로운 것을 받아들이는 방법으로서의 책도 중요하지만, 자신을 드러내고 정리하고 소통하는 방법으로서의 책도 마찬가지로 유효한 수단입니다. 아무리 영상이나 다른 미디어 매체가 발달한다고 해도 인간이 언어로 사유를 풀어내는 이상 생각을 정리하고 풀어내고 전달하는 과정에서 책의 존재는 필수 불가결합니다.

최근엔 **윤리**라는 생각도 해요. 일정 시간의 노동과 사유를 담아낸 책에는

진주문고 프로그램 2023 양다솔 작가와 함께 글쓰기

맥락이 담기게 되는데요, 책에 씌여지지 않는 것들—행간과 함께 타인의 이야기와 삶—서사를 상상하는 힘을 가능하게 하는 게 독서입니다. 일시적인 자극, 단편적인 정보, 편리한 메시지가 가득한 세계에서 하나의 주제를 들여다보고 이해하고 질문하는 힘은 책을 통해서 길러진다고 생각합니다.

정말 책을 좋아하게 된다면 느낄 수 있는 **재미**도 있습니다. 판형과 레이아웃, 디자인과 종이처럼 책 그 자체가 가지는 아름다운 만듦새를 즐길 수도 있고 작가와 출판사, 시리즈의 특색과 분위기를 즐기고 영화의 엔딩 크레딧처럼 판권면 정보를 눈여겨 보기도 하구요.

책이 '윤리'라는 지점은 전적으로 동의해요. 책에 쓰이지 않은 행간을 읽어내는 일이란 대체로 의미 있지만 쉽지 않은 일이죠. 그런 책을 통해 사람 그리고 사회와 소통하기 위해 좋은 강연뿐 아니라 복합문화공간으로 거듭날 필요가

있을 것 같고요. 앞으로 진행하고 싶은 기획도 많을 것 같네요.

지금 진주문고에서 진행되는 프로그램을 분류해 보면 크게 네 가지로 나뉘는 것 같아요. 작가와의 만남, 북토크처럼 작가와 함께하는 프로그램, 인문학 강연, 철학 아카데미 같은 생활 인문학 프로그램, 그림이나 글쓰기 등의 워크숍 프로그램, 독서모임이나 독서토론 프로그램 같은 커뮤니티 프로그램입니다. 서점 안에서만 프로그램을 진행하는 것이 아니라 외부 단체와 연계해 다양한 시도를 하고 있어요.

지금 모델에서 얼마든지 확장이 가능한 것 같아요. 작가 북토크와 달리기 워크숍을 함께 하기도 하고 독서 모임과 영화 상영회를 묶을 수도 있고 비건 모임과 요리 클래스를 함께 하기도 하구요. 내년엔 진주의 청년 문화를 조명하는 다양한 프로그램을 하고 싶어요. 함께 이야기하고 싶은 주제, 사람을 중심으로 커뮤니티를 활성화하는 게 목표입니다.

개인적으로 하고 싶은 일들이 있을 것 같아요.

새로운 곳, 여기가 아닌 다른 곳으로 지평을 넓혀가는 삶을 지향합니다. 책과 서점 이야기만 잔뜩 하고 있지만 다음엔 또 다른, 새로운 이야기를 할 수 있으면 해요. 그게 어떤 것일지는 비밀입니다.

(웃음) 비밀 좋아요. 새로운 이야기가 다채롭게 펼쳐지길 기대하며, 비밀인 그 계획들이 이루어지길 기다릴게요. 진주는 선생님에게 어떤 곳인가 그리고 제일 좋아하는 장소가 있다면 어디 일까요.

진주는 차분한 도시, 제겐 조금 심심한 도시입니다. 그래서 제가 할 역할이 있을 수 있다는 생각도 들어요. 주위에서 편안하고 살기 좋은 도시라는 이야기를 하는데 남강을 따라 천천히 걸을 땐 그 의미를 알 것 같아요. 동서로 이어진 강변의 산책로를 걸으며 마주하는 사람들, 사람들의 풍경을 보고 있으면 무해하다는 표현을 실감할 수 있어요. 제겐 진주가 고향이 아니다 보니 향수라는 감각이 아니라 일상이라는 안도감에 가까운 감각인데 마음이 차분해지는 걸 느낄 수 있어요.

좋아하는 곳은 진주 남강댐 아래에 있는 남강습지원입니다. 오후에 남강변 산책을 시작해 서쪽으로 걸으면 강의 마지막, 댐 아래에 공원이 조성되어 있어요. 댐 바로 아래 수량이 많지 않은 곳이라 잔잔한 수면이 거울처럼 풍경을 담고 있고 시간이 멈춘 것 같은 착각을 느끼게 됩니다. 해가 지기 전까지 천천히 기우는 석양을 받은 나뭇가지, 징검다리의 그림자, 멀리 앉은 새들의 고갯짓을 보고 있으면 내가 아는 도시가 아닌 것 같다는 생각이 들어요.

cooperation in interviews

이병진

현재 진주문고 여서재팀장으로 근무하며 서점 기획과 큐레이션을 담당하고 있다. 잡지사, 스타트업 미디어 취재기자를 거쳐 동네책방과 서점에서 일하기 시작했다. 한국서점인협의회 콘텐츠팀 기획위원으로 활동 중이다.

여섯째 날

중앙시장,
치열한 그 삶의 현장에서

지금이
내 인생의 화양연화야

헤드라이트 불빛이// 달린다 시속 180킬로 빗속을// 바퀴에서 튕겨나간 어둠 속으로// 라산스카, 라산스카// 해안 끝까지 달린다// 보이지 않는 지평선 위에// 위험하게 걸쳐 있는 달// 나는 눈을 감고// 그래도 괜찮다고 정말 괜찮다고// 라산스카, 라산스카/ 전속력으로 울었다는 것.

-「그래도 괜찮다고」 중에서

그러니까 한 도시에 살고 있는 사람들의 성향과 분위기를 알려면 그 도시에서 가장 큰 시장을 가봐야 한다는 것이 내공 있는 여행가들의 암묵적인 룰이라고 K는 말했다.

K와 중앙시장을 돌며 몇 년 전 두 계절 동안 중앙시장에서 만난 상인들의 이야기를 했다. 새벽 일찍부터 장이 서는 이곳의 상인들은 삶의 군더더기도 센치멘탈한 이상이나 환상도 없다. 찌개백반을 먹다가도 손님이 오면 벌떡 일어나야 하고, 감기몸살에도 이불을 둘둘 말고 앉아 가게를 지켜야 한다. 말하자면 그들은 위기의 순간에 기가 막히게 자기감정을 탈수할 줄 아는 진정한 리얼리스트들이다.

진주는 물산이 풍부할 뿐 아니라 주변 도시의 물자들이 모이는 곳이었기에, 많은 보부상들이 찾으면서 자연스럽게 시장이 형성되었다. 140년에 가까운 역사를 지닌 중앙시장은 이미 1930년대 당시도 이용객과 규모가 상당했고, 전국의 시장 중 다섯 번째로 큰 시장이었다. 해방 이후, 1948년도에 개설한 천전시장과 함께 경상남도 서쪽 지방의 중심 시장으로 자리 잡았다. 6·25 전쟁과 큰 화재를 겪었지만 여전히 진주 사람들의 굳건한 삶의 터전으로 자리매김하고 있다. 같은 장소에서 터를 잡고 몇 대를 살고 있는 사람들. 생존이라는 내적 힘으로부터 소통과 연대의 외적인 힘까지 그들이 현재를 살아가며 다양한 모습들로 이룬 기억공동체의 힘은 세다. 사시사철 똑같은 장소에서 겪는 시간은 견고하게 그 무엇을 만들기도 하지만 잊혀지거나 사라지는 것들을 떠나보내기도 한다. 삶은 살아온 날들과 살아갈 날들로 계속 이어진다. 새로운 계절은 또 오고 가겠지만 오늘도 시장 골목은 여전히 부산하다.

진주 영정거리, 현재 중앙시장 남북방향의 좁은 길로
'종로길'이라고도 한다. (1933년, 진농관)

중앙시장은 예부터 비단전과 생선전이 유명하고 그릇전과 계란전 그리고 채소전도 이름나 있다. 말린 채소와 불린 채소, 싱싱한 김치들이 즐비한 시장의 골목골목은 언제 가도 풍성하다. 시장의 그 골목 사이사이 자리잡고 있던 식당들은 또 어떤가. 돼지 뼈에 우거지를 넣어 끓이던 화덕 위의 무쇠솥도 정겨운 풍경이다.

이른 아침 도착한 트럭에서 내리던 갖가지 채소와 생선들. 그것들을 지게에 지고 가던 짐꾼들. 그들 사이로 밥과 반찬이 담긴 커다란 쟁반을 머리에 이고 활보하던 앞치마의 아주머니들까지. 그 오랜 비빔밥 식당들에서는 흰 쌀밥 위에 예쁜 색깔의 나물과 육회를 고명으로 얹어 주곤 한다.

소규모 자본의 재래시장 점포들과 대형 기업과의 경쟁, 저녁에 주문하면 아침 식탁에서 주문한 음식을 먹을 수 있는 시대다. 거대 자본과 대형 온라인 상권으로 점점 소비자들이 이동되고 있음에도 아직 시장을 떠나지 못하는

이들. 그들은 이 인생이 자신들이 원하는 대로 흐르지 않는다는 걸 진작부터 알고 있다. '일상'은 큰 횡재를 바라는 것이 아니라 같이 밥을 나눠 먹고 매일 같은 시간에 나와 문을 열고 닫는 것이라는 것. 병원에 갔다 올 동안 잠시 가게를 봐주며 함께 걱정하는 것이다. 그러니까 행복이란 너무 크고 거창한 것이 아니라 작고 사소한 것에서 비롯된다는 것. 매일매일 약간의 행복과 약간의 불행이 조금씩 비켜 가는 그 하루하루 일상의 고마움을 그들은 너무나 잘 알고 있기 때문이다.

《하동복집》
전국 100대 음식점입니다

중앙시장 한복 주단 거리를 지나 옆 골목으로 조금 들어가면 하동 복집이 나온다. 이 복집은 현재 사장님의 어머니인 고(故) 변순악 여사가 1957년 개업한 복집이다. 동그란 간판의 10평 남짓한 작은 음식점이 바로 '하동복집'이다. 농림수산식품부가 '전국 100대 음식점'으로 선정한 맛집이다. '복어'는 중국에서 천하일미로 여겨왔는데, 송나라 시인 소동파(蘇東坡)는 '사람이 한번 죽는 것과 맞먹는 맛'이라고 극찬했다. 알려진 것처럼, 이 복어에는 테트로도톡신(Tetrodotoxin)이라는 독성이 있는데, 복어 한 마리의 독이 성인 13명의 생명을 위협할 수 있다고 한다. 난소와 간장에 가장 독이 많고 배와 피부, 정소, 혈액, 살 등에는 상대적으로 적다고 한다. 감기몸살 기운이 있거나 술을 많이 마신 뒷날, 어김없이 생각나는 음식이 복국이다. 복국을 한 그릇 먹고 나면 몸의 피로가 풀리고 보양이 되기도 하는데, 그런 효능으로 오랫동안 국민 음식으로 자리 잡고 있다. 지금 복집이 있는 자리는 66년 시장에 큰 화재가 나고 나서 다시 이사 온 곳이고, 처음에는 6평 정도 조그마한 곳에서 장사를 시작했다고 한다.

알겠지만 복어는 손질과 요리가 참 까다로운 물고기예요. 지금도 먹다가 죽는 사람도 있고 그래서 꺼리는 사람도 사실은 많아요. 그래도 전국 각지에서 찾아오고 텔레비전이나 신문에 광고도 많이 나왔어요. 이번에 KBS 2TV 생생정보에 소개되면서, 한 3개월 정도 엄청 바빴어요. 복어는 유난히 철을 많이 타는데, 늦가을부터 끝눈 내리는 이월까지가 가장 맛있다고 알려져 있지만, 요즘은 1년 내내 비슷해요.

우리 외할아버지가 일본으로 징용 가셨는데, 그때 복요리를 배워왔어요. 엄마가 그걸 배워서 이 식당 문을 연 거죠. 엄마의 손맛이 워낙 좋기도 하고 한번 배우면 그대로 맛을 냈다고 해요. 몇 년 전에 돌아가셨는데, 지금은 저하고 동생하고 같이하고 있어요. 동생이 원래 가정주부였는데, 한 10년 전부터 여기 나와서 같이 일을 하고 있어요. 동생이 있으니, 제가 좀 든든하기도 하고, 어쩔 수 없이 일이 생겨 자리를 비워야 할 때도 마음이 조금 편해요.

주현숙 씨는 원래 큰 병원에 근무했었고 직책도 꽤 높았다. 이 일을 하던 친정어머니가 갑자기 아픈 바람에 다니던 병원을 그만두고 가게로 온 것이다. 당시에는 고민이 컸을 것이다. 직장 일에 자부심을 가지고 잘 하고 있었고, 나름 인정을 받고 있었으니. 하지만 친정어머니가 이 가게를 혼자 운영하는 것은 위험하다 싶어 가게로 내려왔다는 것이다. 병원에서 간호사 일을 하던 사람이 식당에 와서 어떻게 일을 했을까. 아니나 다를까 처음에는 좌충우돌 너무 힘들었다고 한다. 적응도 잘 안 되고, 손님에게 주문받는 것도 어색하고. 그래도 어렸을 때부터 어머니 등 뒤에서 보던 것도 있고, 음식을 많이 먹어봤기 때문에 복요리를 하는 것은 생각보다 수월했다고 한다. 손맛이 어머니를 닮기도 했고 어릴 때부터 먹던 맛을 입과 뇌가 기억하고 있었기 때문이라고 한다. 요즘 말 그대로 어머니의 DNA를 물려받았다는 뜻이다.

손님이 많을 때는 번호표를 받아 기다리기도 해요. 우리 집에 오는 손님들 연령층도 다양해요. 20대부터 80

음식의 맛은 재료에서 나온다고 한다. 아침에 6시 정도 가게 문을 열어 통영이나 여수에서 오는 복어를 받는다고 한다. 손님들이 음식을 맛있다고 하는 이유가 바로 원재료 때문인데 재료가 싱싱하고 좋으면 다른 것을 넣지 않아도 맛있다는 것이다. 여기 들어가는 콩나물과 미나리 모두 마찬가지. 맛과 식감을 좌우하는 것이 바로 재료이고 모든 재료가 다 싱싱해야 전체적인 맛도 조화를 이룰 수 있다는 것이다.

대까지. 숙취 해소 손님부터 몸보신 그리고 계 모임 하러 오는 주부들까지 각양각색의 사람들이 각처에서 와요. 요즘에는 부쩍 젊은 층의 손님이 많아요. 제일 바쁜 시간은 점심시간인데 주로 11시 30분부터 2시 정도까지예요. 정말 눈코 뜰 새 없이 바빠요. 어떨 때는 손님이 너무 많아서 번호표를 받아 기다려야 할 때도 있어요. 특히, 점심시간이 되면 손님들이 너무 몰려서 저기 골목까지 줄을 서서 기다리는 경우도 많았어요. 멀리서 오신 분들은 그렇게라도 먹고 가려고 1시간을 기다리는데, 고맙고 미안하고 그렇죠. 직원 6명이 다 붙어서 해도 손이 모자랐어요. 그래도 요즘은 여름이라 조금 한가한 편이에요.

복국이 담긴 작은 양은 냄비가 앙증맞다. 얼마나 많이 씻었는지 닳은 것도 있고 한쪽 귀퉁이가 찌그러진 것도 있다. 어떤 사람들은 불쾌하다는 듯이 이 냄비에 담아 주면 다른 그릇에 담아 달라고 이야기하는 사람들도 있다고 한다. 밥이 담긴 그릇을 유심히 봤다. 요즘 쉽게 볼 수 있는 모양이 아니다. 여쭤보니, 몇십 년 된 친정어머니가 장사할 때부터 쓰던 거라고 한다. 요즘 밥그릇은 대부분 수입 스테인리스들이 많은데, 이건 국산이고 오래 쓸수록 손에 더 붙는 그릇인데, 가끔가다 이 그릇에 대해 묻는 손님도 계시다고 한다.

3대째 대를 이어 꾸준하게 오는 단골들 뿐아니라, 지금은 전국적인 단골 규모라고 한다. 할아버지, 아버지, 아들이 오는 경우도 많고 이제 곧 명절인데, 몇십 년째 명절 때마다 꼭 오는 손님들도 있다고 한다. 오랜만에 고향에 왔다가 들르는 경우도 있고 요즘엔 학생이나 젊은 사람들이 폰으로 다 검색을 해보니까. 와서 사진도 찍어서 인터넷에 광고를 많이 해줘서 인터넷 보고 왔다는 타지 사람들도 많다고 한다. 최불암 씨나 뽀빠이 이상용 씨 그리고 한진희 씨도 다녀갔다고 자랑한다.

소스들까지 우리가 직접 다 만들어요. 복국을 주로 하지만 아귀 수육과 아귀탕, 아귀찜도 잘 나가는 별미예요. 여기 복국에 넣는 이 소스, 다른 집엔 그냥 일반 식초를 쓰는데, 우리는 무와 마늘을 약간 넣어 만들어요. 국물에 넣으면 맛이 완전히 달라져요. 맑은국이 그대로 좋다고 하시는 분들도 많아요. 콩나물을 비빔밥 그릇에 덜어 놓고 국물 맛을 먼저 보세요. 조금 다르다는 걸 느낄 거예요. 손님들이 이 무생채를 좋아하더라구요. 대부분 여자 손님들이 오면 이걸 더 달라고 해요. 아마 새콤달콤해서 그런가 봐요. 콩나물, 김, 고추장을 넣어 비비다가 참기름을 조금 넣어 드세요. 전날 술을 드셨다면 제대로 숙취 해소할 수 있을 거예요.

요즘 건강에 신경을 좀 쓰고 있어요. 목욕탕엘 가거나 틈나는 대로 걸어요. 내가 간호사로 있었어서 그런지 건강에 이상이 있다 싶으면 바로 병원에 가서 진단받고 그래요. 정기검진을 놓치지 않고 꾸준하게 했어요. 현재까지는 별다르게 크게 아픈 데는 없어요. 단지 매일 서서 일해야 하니, 어깨나 팔다리가 많이 아프죠. 저녁 되면 다리가 퉁퉁 부어 있어요. 하루 종일 여기 매달려 있어야 하니 운동할 시간이 사실은 별로 없어요. 그래서 아침이나 저녁에 목욕탕에는 꼭 가요. 혈액순환이 되는 것 같아 빠지지 않고 꼭 가요. 여기 시장통 뒤에 대호탕이라고 있어요. 가서 몸을 좀 풀어야 그래도 버틸 수 있어요. 그리고 점심 손님들이 왕창 빠지고 나면 우리도 밥을 먹고 잠시 쉬는데, 그때 시장 주위로 해서 한 바퀴 걸어요. 원래 근육이 약한 데다 조금 무리하게 일하다 보면 허리도 그렇고 다리도 불편해요.

사장님은 올해 68살인데 70살까지만 이 일을 하고 안 하실 거라고 한다. 70살까지 이제 20개월 남았다. 자식들은 모두 서울에 있고 제 앞가림하고 사니까 이제 돈 버는 것보다 안 아프고 건강했으면 좋겠다는 마음이 더 커진 것 같다. 먼저 세상을 뜬 친구들도 많고, 다들 이 나이 되면 여기저기 안 아픈 사람들이 없다고 하시면서.

1년에 딱 두 번 쉰다고 하는데 그날이 설 하고 추석이다. 따지고 보면 1년 365일 문을 열었던 셈이다. 간혹 요즘 같은 여름에 하루 정도 쉬기도 하고, 직원들끼리 돌아가며 쉬는데, 그럴 때 가까운 곳으로 여행을 간다고 한다. 아무렴 그렇게라도 해야 숨을 쉬지 않을까. 행복이 뭐 별거 아닌 거 같다고 환하게 웃는 사장님. 안 아프고 내가 지금 하는 일 계속할 수 있음 그게 최고의 행복이라고 한다. 지금도 자신이 만든 음식을 손님들이 맛있다고 하면 그렇게 행복할 수가 없다고 수줍게 웃는다.

《베스트 실루엣》
무엇을 만든다는 것 그리고 옷은 행복입니다

옷에 대한 기억은 누구나 많을 것이다. 기성복을 입었던 시대였음에도 불구하고 이십 대 때 엄마는 동생과 내 옷을 양장점에서 곧잘 해 주었다. 그보다 더 어렸을 때는 직접 옷을 해 입히기도 했는데 가격이 싼 것도 아닌데, 왜 굳이 그걸 고집하는지 모르겠다고 좀 올드한 디자인에 투덜거리기도 했다. 살면서 엄마가 그렇게 한 그 이유를 조금씩 알 것 같다고 K에게 말했다. 옷에 대해 관심이 많았던 나는 패션쇼에도 가고, 유튜브도 자주 검색하고 영화나 책도 많이 본다. 유명 디자이너들의 다큐나 드라마가 아니더라도 옷에 관해서라면 소소한 영화들이 많다. 그중에 『미나미 양장점의 비밀』이나 『토니 타키타니』가 떠오른다고 했다.

옷이 한 사람에게 어떤 의미인지를 한 번쯤 생각해보게 하는 영화다, '멋은 자신을 위해 부리는 것이지만 특별한 옷을 입는 건 단 한 사람, 누군가를 위해 입는다.'라는 대사가 나온다. 재봉틀을 정갈하게 돌리고 있는 영화 속 그녀의 뒷모습을 한참 보았던 기억이 있다. 무덤까지 가지고 갈 옷을 만들려고 했던 할머니, 입는 사람에게 '인생의 옷'을 만들어주고 싶어 했던 영화의 미나미처럼, 옷을 만든다는 건 누군가에게 특별한 기억을 선물하는 것이다. 그날은 비가 많이 내렸다. 아담한 가게에 들어서면 양쪽으로 세상의 이쁜 옷감들이 다 모여 있다. 옷들 사이사이 재봉틀이 네 대가 보인다. 그리고 색색깔 실패들이 벽에 알록달록 꽂혀있다.

이 일을 시작한 지는 40년 정도 됐지요. 오래 했다면 오래 했는데, 언제 시간이 이렇게 흘렀는지 모르겠어요. 옆집에 사는 언니가 이 일을 했어요. 이십 대 중반쯤 됐을 건데, 어떤 일인지 궁금하기도 하고, 하루는 나도 따라가고 싶다고 해서 따라갔는데, 그날 미싱을 잡고 시작한 게 오늘날까지 왔네요. 그때는 조금만 하고 그만 둘거라고 생각했는데. 개인 의상실을 내기 전까지는 회사를 다녔어요. 대량으로 옷을 만드는 회사였는데, 재미가 별로 없고 지루했죠. 그러다 의상실을 차렸는데 누구한테 옷 만드는 것을 배운 적은 없어요. 손재주가 있었는지, 내가 생각한대로 만들고 그걸 손님들이 좋아하니 옷 만드는 것이 너무 행복하고 즐거웠어요. 사실은 이것 밖에 할 줄 아는 게 없었으니까, 다른 건 생각하지 않았기 때문에 이렇게 오래 한 게 아닌가 해요.

의상실에는 사장님이 직접 만든 옷들이 많이 걸려 있었다. 색깔과 원단, 디자인이 모두 다르다. 옷을 만들 때 가장 중요한 것이 바로 원단이고 그다음이 디자인이라고 한다. 그리고 손님의 취향에 맞아야 하는데. 사람들은 대체로 그 반대로 생각하는 경향이 많다는 것. 원단을 보면 디자인이 결정되고 옷의 실루엣이 그려지는데 원단이 좋지 않으면 옷 따로 디자인 따로인 경우가 다반사라는 것이다. 말하자면 원단과 디자인이 어울려야 한다는 말인데, 음식에 비유하면 재료와 요리의 궁합쯤 되는 걸까.

20-30년 넘게 제가 만든 옷만 입는 단골과 마니아층이 생겼어요. 40대부터 80대까지, 그분들 다 멋쟁이들이에요. 생각해 보세요. 똑같은 옷을 몇백 명 입고 다니는 기성복하고 세상에 하나밖에 없는 옷을 입고 다니는 것하고, 그러니까 옷을 진짜 아는 사람들은 하나를 입더라도 자기 몸에 맞는 옷을 입고 다녀요. 그래서 옷을 한 번 맞춰 입기 시작하면 다른 옷은 못 입어요. 그건 옆에서 누가 말한다고 되는 게 아니라, 실제로 옷을 만들어 입어 본 사람만이 그 느낌을 알아요. 우리 애들 클 때도 내가 옷을 다 만들어 입혔어요. 딸아이 원피스부터 아들 코트까지, 애들이 제가 만든 옷을 정말 좋아했어요. 지금도 딸은 제 옷을 입어요. 편하기도 하고, 자기한테 맞다고 해요. 손님 중에 청바지만 맞춰 입는 손님도 있고요. 가볍고 신축성 있는 좋은 청바지 원단으로 자기 체형에 맞게 해 입는 멋쟁이들이에요. 그러니까 얇고 가벼운 청바지, 몸을 편하게 하는 그런 청바지예요. 잠옷 입은 것처럼 편하다고 해요. 하하하

오랜 고객들은 대부분 진주에 내로라하는 사업을 하는 큰손들이 많다고 한

다. 옷을 만들 때도 그렇고 다 만들고 나서도 그렇고 많은 말을 하지 않고 특별한 요구 사항도 없다고 한다. 서로의 눈빛과 목소리만 들어도 무엇을 원하는지 어떻게 만들어야 하는지가 통한다는 것이다. 손님 중 한 분은 한 달에 대여섯 벌씩 20년 넘는 동안 천벌이 넘는 옷을 만든 손님도 있다고 한다. 손수 만든 옷들을 함부로 버리지 못해 몸에 맞지 않을 경우는 주위 사람들에게 선물로 줄 정도로 자신이 만든 옷을 정성껏 소중하게 생각하는 고객들을 보면 정말 옷 만드는 보람을 많이 느낀다는 것이다. 그분은 옷을 사치스럽게 입는 것이 아니라 옷에 대한 예의를 아는 것 같다고 했다.

또 한 사람은 모 방송국 국장이라고 한다. 지금도 그렇지만 20년 전, 기자와 아나운서 할 시절. 그때부터 지금까지 단골로 자기 옷을 해 입는다고 한다. 주로 정장을 많이 맞추고 시어머니 옷도 가끔 맞추고 남편과 아들도 데리고 와서 같이 밥 먹고 그러는 사이라고 한다. 지금 의상실 상호도 그 국장이 지어준 거라며 웃는다.

그렇죠, 좋은 손님만 있는 건 아니죠. 마음을 힘들게 한 손님도 있고, 사람을 무시하는 손님도 있고 별의별 손님들이 다 있어요. 그런데 정말 잊히지 않는 손님이 있어요. 예전에 제가 울산에서 2, 3년 의상실을 할 때였어요. 그때 한 분이 검은 바탕에 큰 동그라미 무늬 지금 말하자면 땡땡이라고 하는 무늬 있죠. 그 무늬 원단으로 원피스를 만들어 달라고 했는데, 만들다 보면 동그라미 무늬가 딱 맞아떨어지지는 않거든요. 그런데 그 손님이 그 무늬가 안 맞다고 계속 트집을 잡아서 옷을 벗어 놓고 나가시라고 했죠. 그런데 왜 그 옛날 기억이 아직도 안 잊혀지는지 모르겠어요. 그게 자존심인지 오기인지는 모르겠는데, 그때 그 일이 아직도 마음에 남아 있어요.

여자들에게 옷은 '행복'이라고 한다. 그날 입은 옷에 따라 여자들은 기분이 많이 달라지고, 마음에 드는 옷을 입었을 때 자신감도 더 생긴다는 것. 사장님 나이는 올해 66살인데, 젊어 보인다는 말을 많이 듣는다고 웃는다. 화장기 없는 얼굴인데 확실히 젊어 보인다. 자신이 정말 하고 싶은 일을 하기 때문일까. 미싱 앞에 앉아 옷을 만들면 모든 잡념이 다 사라진다고 한다. 평소 건강관리가 어떤지 많이 궁금했다. 가족력이 있어서 건강에 특별히 신경을 많이 쓰는데, 최근에 사천으로 이사를 하고 나서부터는 운전으로 출퇴근 해서 그런지 운동 부족이 있는 것 같다고 한다.

몸 아픈 데가 왜 없어요. 눈도 아프고, 어깨도 그렇고 관절도 안 좋아요. 4~5년 전에 구안와사가 왔어요. 보통 사람들보다 엄청 심하게 왔죠. 얼굴 한쪽이 거의 마비되고 나중에는 청각에도 이상이 생겼어요. 6개월 동안 걸음을 제대로 걸을 수 없었어요. 비뚤비뚤 걸었을 정도로 심했어요. 그때 몸 반쪽이 모두 마비가 되었었는데, 병원에서 치료받고 나와서 1년 동안 한의원 다니며 또 치료를 계속 받았어요. 그 후유증이 생각보다 오래 가더라구요. 요즘도 시력이 너무 안 좋아서, 핸드폰으로는 긴 문장을 되도록 안 보려고 해요. 예전에는 쉬는 틈틈이 책도 많이 읽었는데 요즘은 아예 못 읽고 있어요. 그래도 이만한 게 다행이다 생각하고 감사하게 지내고 있어요. 세상에서 내가 제일 행복하다고 생각하거던요. 더 젊었을 때부터 운동도 하고 검진도 정기적으로 하고 관리를 했으면 지금보다 더 건강했을지도 모르지만 그래도 아직 미싱을 잡고 옷을 만들 수 있는 것에 감사해요. 장가 보낼 아들이 있는데, 그 아들만 결혼하면 제 책임은 다했다 싶어요, 인생이 하나 지나가면 또 하나가 오고 어떻게 흘러갈지 모르지만, 저도 눈이 살아있는 동안은 이 일을 하지 싶어요. (웃음)

살면서 아쉬웠던 점은 없었을까. 다시 몇십 년 전으로 되돌아간다면 어떤 일을 해보고 싶으냐고 물었더니, 공부를 너무 하고 싶다고 한다. 아들이 많은 집 막내딸로 태어나 귀여움도 많이 받고 컸다고 한다. 뒤돌아보니 이것저것 하고 싶은 것을 많이 했는데, 공부만 못했다고. 몇 년 전에 큰마음을 먹고 시작했는데, 체력적으로 안 되겠더라고 한다. 늦은 나이에 공부하는 게 정신적으로 스트레스도 많이 받고 그래서 그냥 즐겁게 살자고 마음먹고 정리했다고 활짝 웃는다.

앞으로 10년 뒤에도 이 의상실을 계속할 수 있을까요. 그 생각을 하니 조금 서글퍼지네요. 사실 10년 전에 딸이 나한테 이 일 언제까지 할 거냐고 묻길래, 딱 60까지만 하겠다고 했는데, 지금이 60이잖아요. 그러고 보면 세월 정말 빠르게 지나가요. 이 재봉틀은 제 친구 같은 분신이에요. 그런데 지금 생각하니, 앞으로 10년, 70살까지는 할 수 있을 것 같아요. 아직도 제 옷을 원하는 고객들이 많다는 것이 또 하나의 이유가 되겠죠. 만약 이 일을 접으면 봉사활동을 하고 싶어요. 제가 할 줄 알고 배운 게 이것밖에 없으니, 이 일로 사람들에게 도움이 되고 싶어요. 나이 드신 분들 몸빼도 만들어드리고, 비구니 스님들 옷도 만들어드리고 그러면서 살고 싶어요.

의상실 재봉틀 옆에 몇 권의 책이 꽂혀 있고, 오래된 라디오가 있다. 안에 있는 물건들이 대부분 사장님이 이 일을 시작할 때부터 있던 것들이라고 한다. 멸시를 받거나 자존심 상하는 일들도 많았지만, 미싱을 돌리면 마음이 가벼워지고 머리도 맑아진다고 한다. 라디오를 켜면 노래가 나오고, 나보다 더 힘들게 살고 있는 사람들의 이야기를 들으면 위안이 되고 힘이 난다고 했다. 미싱을 돌려서 아들과 딸을 공부시켰고 시집보냈고 장가도 보낼 거라고.

때로는 고객과의 약속 때문에 시간에 쫓겨 끼니를 거를 때도 많을 것 같다. 점심은 도시락을 싸 오거나 옆집 사장님들과 같이 시켜먹기도 하고, 오래된 고객들이 찾아와 같이 먹을 때도 있는 것 같다. 누군가에게 특별한 기억이 될 세상에 하나밖에 없는 인생의 옷을 만들어주는 일은 아름답고 가치 있는 일이다. 그렇지만 모든 것이 너무 빠르다. 시간도 그렇고 옷도 너무 쉽게 사고 쉽게 버린다고. 옷도 하나의 생명체라 옷을 입는 사람의 마음이 그 옷을 더 돋보이게 한다는 말이 오래도록 마음에 남는다.

《청년몰 花주막》
어렸을 때 꿈도 사장님이었어요

청년몰은 중앙시장 2층 비단길에 위치해 있다. 비교적 최근에 새롭게 오픈한 40세 이하의 창업주들로 형성된 먹거리 가게들이 주를 이루고 있는 몰이다. 그날 K와 청년몰에 들렀는데, 브레이크 타임이라 그런지 아직 손님보다는 주인장들의 저녁 영업 준비로 부산했다. 청년몰 제일 마지막에 위치한

〈花주막〉의 주인장 혜진 씨는 밀양이 고향인 올해 경상대 4학년 재학 중인 젊은 창업가다. 주인장이 젊어서 그런지 오는 손님들도 대부분 젊다. 편안해 보이는 인테리어와 안팎의 경계를 두지 않은 주방의 문턱이 손님들에게 친근감을 준다. 자리에 앉자 벤의 '180도' 노래가 나왔다. '이젠 180도 달라진 지금 모습~' 노래의 선곡부터 젊음이 느껴지는 현대식 '주막'이다.

지금 원예학과 4학년 재학 중이에요. 원예학과에서는 울타리나 하우스 안에서 재배할 수 있는 채소·과수·화훼(꽃)에 대해 배우는데, 지난 3년 반 동안 배웠던 것을 가지고 창업을 준비하던 차에 기회가 되어 하게 되었어요. 제가 알고 있던 게 원예에 관한 것 뿐이기도 했고 무엇보다 전공과 관련짓고 싶은 욕심이 컸던 것 같아요. 대학교에 입학할 때부터 창업에 대해 관심이 많았어요. 그래서 가장 먼저 들어간 동아리도 창업 동아리였고, 어릴 때 장래 희망 쓸 때도 꿈이 '사장님'이었어요. (웃음)

가게 이름은 고객층들에게 친숙하게 와 닿을 수 있는 이름을 고민하다가 많이 듣고 알던 '주막'과 원예라는 용어를 넣고 싶은 마음에 'horti 〉 홀티 〉 꽃주막〉 花주막'으로 지금의 이름까지 오게 되었네요.

빨리 취업해서 돈을 벌어야 할 정도의 집안 형편은 아니었기에 집에서도 젊을 때 하고 싶은 거 다 해보라고 응원과 믿음을 주셔서 가능했던 것 같다고 한다. 그렇지만 부모님은 아직 학생인 혜진 씨가 이런 일을 하는 게 항상 걱정될 것 같다. 창업에 대한 계획과 꿈을 가지고 있던 어느 날 학교에 붙여져 있던 '진주 비단길 청년몰 좋은 사업' 현수막을 봤다고 한다. 그런데 그 현수막을 보는 순간 '해보고 싶다'라는 생각이 바로 들었고 장사가 안 되거나 힘들면 어떻게 하지, 라는 생각은 전혀 없었다고 한다. 장사를 시작한 지 얼마 안 돼서 그런지, 아직 단골이 그렇게 많지는 않은 것 같다. 그래도 한번 왔던 손님이 또 오고, 그 손님이 또 다른 손님들을 데리고 오고 지금으로서는 단골손님이 생기는 것이 제일 행복하고 힘이 된다고 미소를 짓는다.

안주는 모두 제가 개발하고 아이디어 낸 것들이에요. 부추전 같은 경우는 처음 장사를 시작할 때 너무 두껍다는 소리도 많이 듣고 실제로 그런 소문도 났었어요. 그 당시는 그것 때문에 너무 힘들었어요. 그래서 매일 연습했어요. 백종원의 골목식당에 출연한 대전 청년구단 막걸리집 박유덕 사장이 한 번 방문했었어요. 이것저것 알려주었는데 그때 배웠어요. 반죽과 부추와 채소를 따로 준비한 뒤 주문이 들어오면 섞어서 바로 만들면 훨씬 맛이 난다는 것을요. 그리고 그 뒤로 틈나는 대로 연습을 했어요. 점점 얇아지는 부추전을 보면서 정말 기뻤는데요. 학교 다닐 때도 이렇게 열심히는 안 했어요.(웃음) 지금은 해물 부추전이 나왔어요, 기본기가 잡혀간다고 생각하면서 여러 토핑들을 이것저것 한번 얹어보며 다른 메뉴들을 찾고 있어요. 요즘은 해물 부추전과 삼겹살 부추전이 인기예요.

아직 학생이라 개인적인 사정으로 휴무할 때가 가끔 있다고 한다. 집이 진주가 아니라 급하게 집에 일이 생겨 갈 때도 있는 것 같다. 준비한 재료가 바닥이 나 손님을 돌려보내야 할 때도 있고. 제일 힘들 땐 여름에 장을 보고 무거운 짐을 들고 자전거를 타거나 택시를 탈 때라고 한다. 혜진 씨가 아직 운전면허증이 없으니, 운전면허증을 먼저 따는 것도 좋을 것 같은데 아무튼.

아직 건강상의 문제가 없어서 따로 운동이나 관리를 하고 있지는 않는 것 같다. 장 보러 다니고 재료 사러 뛰어다는 걸 운동으로 생각하는 것 같기도 하다. 밤늦게까지 영업하고 정리하고 들어가면 자정이 넘는 시간이라 생활이 조금 불규칙할 것 같다. 그래도 여기 중앙시장은 새벽부터 나와서 장사하시는 분들도 많으신데 그분들 다 결혼해서 애 낳고, 60, 70살까지 장사를 하시는 것 보면, 나름 건강관리를 하셨을 텐데 그 지혜를 좀 배워야겠다는 말을 해서 안심이 되긴 했다.

> 처음 개업했을 때 시장 상인분들이 일부러 찾아와주시고 그랬어요. 제가 원래 어른들을 좋아하고 어른들과의 관계에 어려움을 안 느껴서 그런지, 여기 중앙시장 나이 드신 상인분들 하고도 잘 지내요. 처음 개업했을 때 시장님이 일부러 찾아와주시고 그랬어요. 요즘도 가끔 시간 나시면 명석 청주를 드시러 오시는 분들도 계시구요. 부모님 같은 분들이라 편하게 시장에 대해 여쭤보기도 하고 상의도 하고 그래요. 술을 드시면서 중요한 팁을 주시는 경우도 많아요.

혜진 씨는 지금도 계속 연구하며, 시행착오를 겪고 있다. 그녀는 이 일과 관련해서 따로 누구에게 배우거나, 학원에 다니지는 않았다. 〈깽이풀〉이라는 창업 동아리에 가입해서 처음 막걸리를 만들어 시음 행사를 했을 때는 지금이 맛이 아니었다고 한다. 그 뒤 시행착오를 거쳐 많은 사람들에게 조언을 듣기도 하면서 맛이 조금씩 제자리를 찾았다는 것이다. 학과 조교 선생님이나 대학 선배와는 아직도 연락해서 좋은 정보를 주고받는다고 한다.

앞으로 밀크시슬 술이 나올 거라고 자랑한다. 국화과인 '밀크시슬'은 간에

우리나라의 술, 막걸리를 주 종목으로 선택하게 되면서 잘 아는 과일과 꽃을 연결해 술을 만든다고 한다. 많은 시도 끝에 나온 것이 과일막걸리. 막걸리를 잔술로 팔 때는 그 위에 꽃을 올리는데, 봄에 진달래를 띄우면 멋진 진달래 막걸리가 된다고 한다.

좋은 약초지만 재배도 그렇고 만약 술을 만든다면 가격이 좀 있을 것 같다는데 한번 마셔 보고 싶었다. 손님들에게는 한 명당 딱 한 잔씩만 팔 거라고 한다. 농장에서 직접 키운 허브꽃과 음식을 접목해서 새로운 메뉴 개발에도 많은 노력을 기울이고 있다며 환하게 웃는다.

그런 혜진 씨는 꿈이 아주 야무지다. 앞으로 10년 뒤, 대규모 농장 체험마을 대표가 되어 있는 걸 꿈꾸며 그걸 이루었을 때의 자신의 모습을 매일 상상한다고 한다. 10년 뒤에도 지금처럼 마냥 재미로 하고 싶어서 일하는 꼬마 사장이 되면 안 되기 때문이라며 구상하고 있는 사업을 잠시 소개했다. 막걸리 체험, 주막, 카페, 키즈 농장카페 등 많은 사람들이 와서 직접 체험도 하고 힐링할 수 있는 그런 대규모 농장체험 마을을 조성하는 것이라고 했다. 직접 막걸리도 만들고 재배한 채소들로 음식을 만들어 판매하고 아이들을 위한 안전한 체험공간도 따로 만들고 싶은 모양이다. 아직 구체적이지는 않지만, 조만간 꼭 이루어질 것 같은 확신이 든다.

제가 아직 4학년이에요. 이제 마지막 학기만 남겨두고 있는데, 친구들 중에는 공무원이나 공기업에 취업 준비하는 애들도 있고, 남자 친구랑 여행 다니며 예쁘게 멋부르고 다니는 친구들도 많아요. 그런 친구들 부럽지 않아요. 저는 처음부터 이 일이 좋았고, 가장 행복할 때는 손님들이 제가 만든 음식을 먹고 맛있다고 할 때죠. 그 손님들이 새로운 손님들을 데리고 오고, 간혹 길거리에서 만나도 '어'하며 아는 척해주고, 거기 '맛있더라'고 지나가면서 칭찬해 주면 행복해요. 조금 더 욕심을 부리면 돈을 더 벌고 싶어요. 요즘 예약 손님이 점점 늘고 있어요. 제가 아직 학생이라 바쁘다 보니, 간혹 문이 닫혀 있을 때도 있는데, 그럴 때 언제 예약되냐고 문자 주시는 분들이 계세요. 죄송하기도 하고 너무 고맙고 그렇죠.

청년몰 협동조합 회원들은 서로 형제 같고 친구 같은 존재예요. 최근에는 '중앙시장 소통공감 프로젝트'를 같이 했었어요. 서로 인테리어에 대해 이야기를 해주기도 하고, 잠시 가게를 비울 때도 연락을 해주거나 손님들에게 양해를 대신 구하기도 하고요. 특히, 좋은 아이템이나 인테리어가 있으면 서로 정보를 공유해요. 새로운 메뉴 개발하면 시식해서 조언도 주고, 최근에는 〈칠곡 가시나들〉 영화를 시장 상인들 대상으로 무료 상영하기도 했어요. 많은 분들이 오셔서 '우리 얘기다'하면서 맞장구치며 흐뭇하게 보셨어요. 또 트로트 가수도 초청하고 미술치료 프로그램도 했는데, 영화 제목에 맞는 포스트를 직접 꾸며 볼 생각도 해요. 앞으로 그분들을 위해 우리가 무엇을 할 수 있는지 서로 머리를 맞대 생각해 보려고 합니다. (웃음)

조만간 〈6시 내고향〉에서 花주막을 취재하러 온다고 했다. 사실 좀 쑥스럽고 떨린다고 웃는다. 처음이라 그런지 홍보를 어떻게 해야 할지, 큰 매스컴에 광고가 나가면 그만큼 자연스럽게 홍보가 될 것 같아 용감하게 오케이했다는 것, 손님들이 너무 많이 와서 대박 나면 어떻게 하지. 그런 생각을 하면 기분이 좋아진다고 웃는다.

이야기를 나누는 동안, 벤의 노래들이 계속 들렸다. 노래를 좋아해서 매일 듣고, 좋은 노래를 따라 부른다고 한다. 발라드 가수 벤의 목소리는 애절하지만 맑다. 고음처리도 완벽하고 가사 전달력이 좋다. 아직 한창 캠퍼스에서 친구들과 수다 떨거나 남자 친구와 연애도 멋있게 할 나이다. 부모님에게 용돈 좀 더 올려달라고 때로는 투정 부릴 수 있는 나이다. K와 다시 벤의 노래를 들으며, 오늘은 조금 힘들고 지쳐도, 또 다른 내일을 희망하며, 지금을 견디고 있을 언젠가 농장체험마을 대표로 거듭날 그녀의 마음을 살짝 엿보고 있었다. 알차고 야무진 사장님이 직접 만든 막걸리를 더 많은 사람들이 마시길 기대한다. 연애든, 사업이든 누구나 겪게 되는 실패를 딛고 언제나 '180도' 달라진 모습으로 예쁘게 살고 있을 그녀가 믿음직스러웠던 어떤 날이었다.

《제일주단》
실크와 한평생을 살았어요

100년의 실크 역사를 가지고 있는 진주는 비단의 고장으로 세계 5대 실크 명산지 중의 한 곳이다. 삼한 시대에 인도와 비단을 교역하고 실크 직물을 생산한 것과 가내 수공업으로 농가에서 누에, 고치를 생산하여 베틀을 이용하여 직물을 짠 것이 그 시작이었다. 1910년 이후 일제 강점기때 공장이 근대화되고 국내와 일본 자본으로 진주에 실크 공장이 설립되었다. 1920년대 한국 최초의 방직 공장인 진주 동양염직소가 설립되었고 1930년대에 진주 비단이나 인견이 대중화되면서 현대식 공장으로 확대되기 시작했다.

제일주단 이윤진 할머니는 말 그대로 평생을 이 비단 속에서 살았다. 매일 비단을 만지며 비단으로 옷을 지어 입고 비단 옷을 만들어 팔았다. 6·25가 끝난 지 불과 2~3년이 지나지 않은 15살 무렵부터 아버지를 따라 하루도 거르지 않고 시장을 다녔다고 한다. 포장도로가 깔리지 않은 그 길을 비가 오면 비가 오는 대로 눈이 오면 눈이 오는 대로 매일 걸어 다녀야 했다고 한다.

> 그때 여기 중앙시장은 거의 다 판자로 점포를 지었어요. 벽에는 벽지 대신에 신문을 발랐어요. 겨울에는 3평도 안 되는 이 점포 흙바닥에 나무 마루를 깔고 거기에 가운데 구멍을 내서 숯불 화로를 넣고 추운 겨울을 견뎠죠. 우리 아버지가 그때부터 주단을 팔았는데 그래서 겨우 식구들이 밥은 굶지 않았죠. 이 일을 어렸을 때부터 해서 보고 배운 게 이것밖에 없어요. 그때는 배고프고 추워서 다른 거 꿈꿀 여유도 없었어요. 그냥 배 안 곯으면 된다고 생각했죠. 그때 아버지 따라 한 주단 장사를 80살이 다 된 지금까지 하고 있어요. 지금은 며느리가 저 따라 주단과 생활 한복 장사를 하는데, 그러면 3대에 걸쳐 가업이 이어지는 거죠. 내가 이렇게까지 오래 할 줄은 몰랐어요. (웃음)

사실 이윤진 할머니는 어렸을 때부터 몸이 너무 약해서 다른 것을 할 엄두를 못 냈다고 한다. 중앙시장에서 오래 장사를 해온 덕분에 자신이 시장의 역사나 다름없다고 한다. 1966년 중앙시장 화재로 시장의 대부분이 소실되었는데 할머니의 가게도 모두 불에 타 버린 아픔도 겪었다고 한다. 그렇지만 포기하지 않고 다시 장사를 시작해서 자식들을 키워 결혼까지 다 시켰다고. 5년 전부터 며느리가 돕기를 자청해서 제일주단 1호점은 할머니가, 2호점은 며

느리가 운영하고 있다. 한복점은 주단을 바닥에 깔아 놓고 손으로 만져보고 해야 하므로 신발을 벗고 안으로 올라와야 하는 구조다. 그리고 내부 조명과 옷 배치도 아주 중요하다.

장사가 정말 잘 되었을 때는 전두환 시절 때라고 한다. 그때는 사람들이 한복을 많이 입던 시절이라고. 80년대 후반 올림픽 때도 한복을 많이 입었고 결혼식이나 가족 경조사에 한복을 다 입었었는데, 요즘에는 대부분 대여를 많이 하는 추세라는 것이다.

자녀는 아들 셋인데, 딸이 없는 게 많이 아쉽다고 한다. 막내 아들이 대를 이어서 하고 있는데 결혼 후부터 했으니까 20년 넘게 했다고 한다. 지나온 팔십 평생을 보니까 반평생을 집에서 반평생을 이 장소에서 살았다는 것. 크게 아픈 적은 없지만 몸이 약해서 다른 거는 생각할 수도 없었다고. 사주를 보니까 20살 안에 죽는다고 해서 부모님이 걱정을 많이 했었다고 한다. 그런데 어느 날 절에 다녀오는데 어떤 스님이 골짜기를 내려오다가 저보고 "비단장사하지요?"라고 하며 오래 할 것 같다고 해서 마음을 놓았다는 것. 그러니까 사람이 어떤 일을 오래 하면 그 일이 그 사람의 이미지가 되고 그 사람의 인생을 바꾸기도 한다는 것이다.

우리 막내 아들이 애를 많이 먹였어요. 사업한다고 돈을 줬더만 이것저것 하다가 돈을 다 날리고, 그래도 안 되니까 이제 나한테 와서 이 일을 같이 하고 있는 거예요. 손주가 착해요. 내가 그래도 복이 많아요. 아들 며느리 손주들이 착실히 살고 있어요. 손주가 우리보다 어려운 애들한테 장학금을 양보했다고 하니 얼마나 착한 애들이에요. 근데 중3짜리 손주는 공부에 관심이 없는 것 같아요. 공부만 잘한다고 세상을 잘 사는 것도 아니니까. 나는 그 애들 걱정 안해요. 아마 그 애는 그 나름대로 잘 살거라고 생각하거든요.

어릴 때 만난 고객은 지금 대부분 다 돌아가시고 없다고 한다. 옛날에는 회갑, 돌잔치에 모두 한복을 입었기 때문에 한복 수요가 많았는데, 지금은 갈수록 줄어들고 있다는 말이 계속 마음에 걸렸다.

둘째 아들을 낳고 시장에서 살았는데 그때 불이 났었어요. 장사 초기 애기 낳았을 때였는데, 지금부터 55년 전이지. 그때 정말 힘들었었어요. 아기 낳고 5일 만에 불이 나서 몸도 힘들고, 거동하지 못했는데, 우리 집이 모두 불탔어요. 4칸 앞에서 불이 나 번졌어요. 아이 낳고 몸도 못 가누고 영감이 불이야, 하고 나를 옷 입혀서 밖으로 데려 나갔는데 바로 옆에까지 불이 와 있었어요. 영감은 큰 애를 업고, 나는 힘 없어서 계동 사는 어업 조합장이 갓난 아이를 안고 뛰어 나가서 살았어요. 아마 그때 조금만 늦었으면 우리 가족이 지금처럼 살지 못했을 거예요.

그때 불난 사람들을 피해 보상을 해주긴 했어요. 정부에서 옥봉동에 화전민 주택을 지어주었죠. 옥봉동 향교 밑에 화전민 주택에서 4, 5년 정도를 살았죠. 몸이 약해서 애 낳고 일어나지를 못했어요. 애 낳고 힘들어서 졸도를 몇 번 했고, 막내를 놓고도 그렇고. 그런데 막내며느리도 나를 닮은 것 같아요.

남편이 죽은 지는 꽤 됐어요. 아들 결혼 다 시키고 돌아가서 고맙죠 뭐. 딸이 없어서 의논할 때도 없고 얘기 나눌 데도 없어요. 며느리는 애들 키우느라 바쁘고. 그래서 절에 많이 다니며 부처님께 많이 의지했죠. 그래지 않았으면 지금까지 못 살았을 거예요. 내가 깡다구도 없고 젊은 나이에 아들 셋을 데리고 살려면 얼마나 힘들었겠어요. 그럴 때 딸이 없었던 것이 한이 되었죠. 지금 내가 45킬로 나가는데, 애 낳고 많이 아플 때는 38킬로까지 내려갔어요. 배운 것은 없지만 아들들 다 사립대 보내서 공부시켰어요.(웃음)

옆에 있던 며느리는 한복의 옷 색깔 공부가 제일 힘든데 그 이유가 비슷비슷해 보이지만 한복에는 똑같은 색깔이 없기 때문이라고 한다. 그리고 사계절 중에서 한복이 제일 잘 나갔던 계절이 가을과 겨울인데 요즘은 그런 것도 없다고 한다.

옛날에는 농사지어서 돈 있을 때 한복을 한 벌씩 해 입었는데, 요즈음에는 시간과 돈에 구애 안 받고 필요할 때 아무 때나 옷을 맞춰 입잖아요. 그리고 관광을 가게 되면 한복 입고 가기도 하는데 요즘은 한여름 빼놓고는 언제든지 결혼하고, 또 돈이 있으니 결혼을 안 하기도 하죠 (웃음) 환갑, 칠순, 팔순 때 다 한복을 입었는데, 요즘은 그것 도 안 입잖아요.

우리 집이 가게 규모가 제일 컸어요. 불이 난 후에 품목별로 나누게 되었고 요새는 장사가 잘 안 돼서 다른 옷들도 같이 팔기도 해요. 추석, 설 같은 명절도 따로 없지만 설에는 예의 갖추고 세배를 하니까 손님이 그래도 조금 더 있어요. 사실 인터넷 같은 데서 한복을 사다보니 더 손님이 없어요.

만약 다시 60년 전으로 돌아간다면 뭘 하시고 싶으냐고 물었다. 인간 몸으로 태어나서 좋은 지혜와 복으로 남에게 봉사할 수 있으면 좋겠다고 한다. 그렇지만 장사는 안하고 싶다고 너무 오래 했다고 고개를 흔든다. 나이 들어도 저렇게 한복을 입고 매일 가게로 나오시는 사장님이 오래오래 건강하셨으면 좋겠다고 K와 가게를 나오며 이야기를 나눴다.

《동운 장의사》
한 사람의 마지막을 지켜주는 일

누구나 태어나면 언젠가 한 번은 세상을 떠난다. 동서고금에는 다양하고 특이한 장례 문화들이 많았고, 그만큼 많은 변천을 거듭해 왔다. 티베트에서는 산에 시신을 옮겨 놓고 독수리 먹이가 되게 하는 천장(天葬)이, 일본은 화장(火葬)이 또 어떤 나라들은 조장(鳥葬)과 수장(水葬)의 문화가 있다. 그러고 보면 피라미드도 장례문화의 유물이고, 최근에는 수목장도 인기를 끌고 있다. 팔십을 살았건 오 년을 살았건 제 몫의 삶을 살다 간 한 사람의 마지막 모습을 지켜주는 것. 그것이야말로 세상에서 가장 아름다운 것이라는 생각. 오래전 여든다섯의 할머니도 당신의 수의를 옷장 깊숙이 지어 놓고 꿈을 꾸듯 그렇게 돌아가셨다.

우리 전통 장례문화에서 장의사는 세상을 떠난 누군가의 수의를 짓고 관을 맞추며 염을 하거나 상여와 매장에 관련된 모든 일을 한다. 장의사를 염사(殮師)라고도 부르는데, 요즘에도 그들이 하는 일은 무척 다양하다. 장례식에 필요한 각종 물품을 수배하며, 유족을 면접하여 장례 일정, 순서, 관 선택 등 장례에 관한 전반적인 것들을 상주와 조율하여 진행한다. 때에 따라서는 염불할 스님과도 의견을 타협한다. 주검의 입관, 제단 및 식장 장식, 빈소 설치 등의 일부터, 화장할 때도 관을 영구차에 실어 화장장으로 운반하며 영구차에서 관을 내려 화장장 직원에게 인도하는 일까지 한다. 하늘이 한참 맑고 푸른 그날, 중앙시장 1지구에 있는 강원길 장의사를 만났다.

여기 6개 점포가 우리가 하고 있는 가게에요. 장의용품 일체와 죽세용품과 각종 제기들, 삼베나 모시 같은 옷감들도 있어요. 할아버지, 아버지, 나 그리고 지금 내 아들이 이걸 하고 있어요. 아들은 저한테 배워서 장의사를 해요. 요즘은 장의사가 장례식장에 밀려서 일이 많이 줄었어요. 아프거나 죽으면 무조건 병원으로 다 가니까 거기서 바로 장례식을 치러요. 그래서 개인적으로 장례를 치르는 사람들이 거의 없죠. 자연적으로 장의사가 장례식장에 밀려서 일이 많이 줄었어요.

10년 전에 당뇨 때문에 다리를 절단하고부터 휠체어 신세를 졌다고 한다. 중앙시장에서 두 번째로 오래된 가게를 운영하는 사장님은 옥봉 토박이다. 현재 4대가 살았던 집에 지금도 여전히 살고 있다. 당뇨가 집안 유전이라 사장님은 30대 중반에 당뇨가 왔는데 지금도 일주일에 한 번씩 병원에 투석을 받으러 간다. 신안동에 사는 아들이 아침 5시 40분까지 데리러 와서 업고 차를 태워 가게까지 태워준다고 한다. 1주일에 3일을 병원 신세를 져야 하니 집안사람들이 자신에게 매달려야 하는 것이 요즘에는 미안하다고 고개를 돌린다.

제가 9남매 중 맏이에요. 우리 아버지가 부인이 5명이었어요. 우리 엄마한테서 5명, 작은 어머니 네 분이 자식을 한 명씩을 낳았어요. 요즘 텔레비전에 나오는 강반장, 텔레비전에서는 그렇게 부르던데요. 그 애가 제 막내 동생입니다. 그때도 그런 생각을 했지만, 우리 어머니가 작은어머니 4명을 두고 얼마나 속이 탔겠어요. 우리 아버지도 대단한 사람이지만, 사실은 우리 어머니가 정말 대단하신 분이셨어요. 그런데도 작은 어머니들에게 한 번도 언성을 높이는 모습을 본 적이 없어요.

그리고 30년 전에 돌아가셨다는 어머니 이야기를 한참 더 했다. 작은 어머니와 이복형제들의 이야기까지. 모두 열심히 살고 있지만 어떤 이는 교통사고로 어떤 이는 조금 일찍 세상을 떠난 이도 있다. 예전에 상여 나갈 때 상여 앞소리를 했다고 한다. 상을 당한 집에 가면 어떨 때는 자신이 더 돈을 보태주고 오고 싶은 집도 있다고 한다. 그 당시 장례비가 50만원 정도 됐는데, 그걸 받아 오기가 그래서 그냥 빈손으로 오는 경우도 많았는데 그런 집이 꽤 됐다고 한다.

> 이 일을 하다 보면 별의별 일들을 많이 봐요. 말을 못 하는 할아버지가 있었어요. 밖에서 자식들이 일을 하고 있으면, 방 안의 줄을 당겨 땡땡땡 소리를 내요. 그러면 자식들이 오기도 해요. 참 그 어른도 안 됐고, 자식들도 불쌍하고 없는 살림에 그렇게라도 모시는 모습이 안 됐기도 하고 또 어떨 때는 초상도 치르지 않아서 자식들끼리 재산 때문에 싸우는 경우도 허다해요. 재산이 없으면 없는 대로, 많으면 많은 대로 참 인생살이들이 그렇더라고요. 욕심들이 끝이 없고. 병 없이 가족들 폐 끼치지 않고 잘 죽는 것도 중요하지만, 죽고 나서 남은 사람들의 관계가 변함없도록 죽기 전에 현명하게 잘 처리해야 돼요.(웃음)

요즘 새벽 시장의 벌이가 쏠쏠하다고 한다. 집에 있으면 답답해서 매일 나오는데, 2시간 동안 판 물건이 하루 종일 판 것보다 더 나을 때도 있다고 웃는다. 산 사람의 물건부터 죽은 사람의 물건이 다 있는 곳이 이곳이라고. 그리고 요즘 가장 많이 팔리는 물건이 죽제품이라고 한다. 대나무로 만든 것들인데, 대부분 중국산이고 돗자리와 소쿠리, 주걱, 예단 바구니와 베개까지 없는 게 없다. 새벽시장에 빗자루 한 자루에 천 원인데 그걸 깎자고 하는 사람이 있다고 웃는다.

집사람은 남자 화장실까지 휠체어 밀고 따라와 수발했어요. 저도 다리가 이렇게 되기 전에는 전국 팔도를 돌아다녔어요. 몸이 이러니 지금은 그 많던 친구들도 다 떠나고, 이 사람만 옆에 있어요. 그래도 저는 매일 행복합니다. 집사람이 옆에 있어서 좋아요. 정말 고생을 많이 해요. 제가 몸이 이러니까 짜증을 많이 내는데, 그것을 다 받아 주는 사람이에요. 저를 위해서 태어난 사람이에요. 열여덟에 시집와서, 엄한 시아버지와 많은 시어머니 그리고 우리 형제들을 다 거둬 수발했어요. 옛날에 그 많은 삼베옷을 다 풀 먹여 다리고 그랬어요. 그때는 아마 철이 안 들어서 아무것도 몰랐으니 그걸 다 했을 거에요. 집사람하고 산 지가 내년에 50년이에요. 내가 50대 중반에 이렇게 됐으니까, 대학병원에는 산부인과 빼고는 다 다녔고, 약이라는 약은 다 먹었어요. 피임약만 안 먹고 다 먹어봤어요. (웃음)

중간에 잠시 옆에 있는 할머니 이야기를 들었다. 어떻게 만났냐고 여쭸더니 시아버지가 중매한 셈이라고 한다. 아들이 결혼할 시기가 지났는데, 결혼할 생각을 전혀 안 하고, 선을 봐도 다 싫다고 그러니까 시아버지가 직접 며느리를 찾아 나섰다는 것이다. 젊었을 땐 그렇다 치고 아프고 나서 거의 20년을 남편 수족이 됐는데. 할머니도 아픈 데가 많다고 한다. 왼쪽 가슴에 스탠드를 두 개나 꽂고 있는데, 심장이 많이 안 좋다고 한다. 아들도 해외여행 예약해 놨다가 그 전날 할아버지가 아픈 바람에 취소했다고 한다. 그러면서 자신이 먼저 죽어야 할머니가 몇 년이라도 더 편하게 살 수 있을거라고 고개를 돌린다.

죽는 날까지 여기 나와서 밥해 먹고, 집사람이랑 안 아프고 사는 게 소원이에요. 다리를 잃고 나서, 건강이 최고라는 걸 알았어요. 젊었을 땐 술도 많이 마시고, 몸을 함부로 대했던 것 같아요. 언제나 건강할 거라고 생각했는데, 그게 아니더라구요. 건강할 때 건강을 지켰어야 하는데 지금 후회해봐야 소용없고. 제가 딸 3명, 아들 2명 5남매를 뒀어요. 이 업은 제일 큰아들이 맡을 거예요. 다 시집 장가가서 손자가 아홉이에요. 우리 애들이 정말 착하게 잘해요.

예전에는 두 발로 상여 앞에서 죽은 자에게 마지막 노래를 불러 주었을 것이다. 죽은 사람을 애도하며 저승에서 좋은 곳으로 가도록 불렀던 만가(輓歌). 사실 그 노래는 살아 있는 사람들, 망자의 가족과 일가친척 그리고 주변 사람들을 정화하는 힘이 더 크다. 한 사람의 마지막을 지켜주고, 그렇게 떠나보내는 일. 아름답고 귀한 일이지만 60년 가까이 이 일을 하면서 얼마나 많은 이들의 죽음과 그와 관련된 사연을 안고 있을지 또 그것을 감당하기 얼마나 힘들었을지. 거동이 불편해 매일 휠체어에 앉아 있어야 하고, 일주일에 세 번이나 투석하러 병원에 다녀야 한다.

같은 집에서 4대째 살고, 같은 장소에서 거의 60년을 삶과 죽음 사이에서 일했다. 다리를 잃었을 땐 모든 것을 잃었다고 생각했는데, 살아보니 또 살게 되고 지금은 더 긍정적으로 살려고 한다고 했다. 2시간을 족히 넘게 살아온 이야기를 해도 '오늘은 괜찮네요'라는 말을 하며 박카스 한 병을 마저 다 마셨다. 몇 칸으로 이어진 가게를 K와 천천히 둘러보았다. 휠체어에 앉아 있는 그의 뒷모습이 아련했다. 누군가를 떠나보내는 마음이 저랬을 것이라는 생각이 문득 들면서.

《광덕공예사》
마이더스의 손

오랜 세월 세공 작업을 해 온 강평화 사장님의 작은 공장 한쪽에는 예쁜 귀걸이와 반지들을 진열해 놓았다. 금과 은은 세공사의 손을 거쳐야 새로운 모양과 더 아름다운 빛깔의 보석으로 탄생한다.

> 저도 이런저런 직장 생활을 하다가 적성에 안 맞아 다른 일들을 몇 번 접고 이 일을 하게 되었어요. 이 일이 기능직이라서 오랜 세월 동안 연마해야 하는 단점은 있어요. 한국국가기능사 자격증을 취득해야 할 수 있는데, 최근에는 이리나 익산 단지에서 직업 훈련원처럼 교육하는 곳이 있는데, 그런 곳에서 훈련 받아요. 하지만 교육을 받았다고 해서 나와 바로 이 일을 할 수 있는 것은 아니고 자신이 배운 기술을 실제 제품을 만드는 데 적용하고 숙련시키는 시간이 필요해요. 개인의 재능과 능력에 따라 조금씩 차이는 있겠지만요. 저 같은 경우는 35년 정도 이 일을 했어요.

금을 가공하는 데 있어 또 중요한 것이 가공 기계인데, 기계는 어디나 비슷하다고 한다. 금을 녹일 때는 900도 이상의 끓는 점이 필요하다는 것. 사장님의 팔뚝이며 손등에 난 상처들은 금을 끓이고 그것을 식혀 두드리는 과정에서 생긴 상처이고 굳은살이라고 한다. 금이나 은 세공품은 시간과 공간을 넘어 인간의 몸에 가장 가까이 닿는 귀금속들이다. 세공사의 손끝에서 탄생한 이른바 작품들은 경이롭기까지 하다. 비녀부터 돌 반지와 팔찌 그리고 목걸이 등은 그의 손을 거쳐야만 우아하고 아름다운 모습으로 탄생한다.

귀금속도 유행에 아주 민감해요. 요즘 사람들의 취향이 다양하고 트랜드도 자주 바뀌잖아요. 그 흐름에 따라 디자인 해야 하니까 공부를 많이 해야 해요. 구상한 디자인을 스케치해서 완성된 본을 3D 입체 프린터기로 뽑아내요. 그것을 고무 금형에 찍어내면 새로운 디자인의 귀금속이 탄생하죠. 그렇게 해서 더 많은 사람에게 갈 준비를 해요.

사장님은 세공하는 데 필요한 도구들을 보여주며 만드는 과정을 우리에게 자세히 설명해 주셨다. 단단한 석고 틀에 녹은 금을 부어 굳힌 뒤 불순물까지 제거하면 빛나는 자태를 뽐내는 주얼리가 탄생한다. 바늘구멍보다 더 작은 체인을 연결하고, 세공의 마지막 꽃이라 불리는 광택의 섬세한 과정으로 이어진다. 광택의 과정에서도 수십 번의 망치질 과정이 필요하다는 것. 말하자면 디자인에서부터 금의 중량과 순도를 맞추는 일 그리고 광을 내는 섬세한 작업까지 모두 긴장되는 순간들이라고 한다.

어느 시대에나 금의 가치 때문에 순금을 찾는 사람들이 있는데 최근에 부쩍 늘었다고 한다. 두 손으로 들기도 버거울 정도로 큰 크기부터 젊은 층에 인기라는 미니 골드바나 황금 돼지까지. 미니 골드바는 1000도에 가까운 온도에서 녹인 금을 다시 굳혀 100번 이상 눌러 롤러로 얇게 편다고 한다. 3.75g의 중량을 맞추기 위해 깎아내는 단계가 가장 중요한데, 이 모든 과정을 수작업으로 거치고 나면 미니 골드바로 재탄생한다고 한다. 예나 지금이나 가장 많이 찾는 황금 돼지의 세공 또한 심혈을 기울여야 한다고 한다. 같은 자리에서

'의암'이라는 한자로 새겨진 반지다. 조금 큰 것은 작게, 조금 작은 것은 크게 만들었다. 기술자의 손을 거친 반지는 손가락에 알맞게 자리를 잡는다.

몇십 년을 묵묵히 같은 작업을 이어오고 있는 말 그대로 장인 정신이 없으면 할 수 없는 일이라는 것. 금의 가치만큼 장인의 손끝은 단단하고 묵직하게 빛나고 있었다.

미관상으로도 아름다우면서 건강에도 좋은 은을 찾는 사람도 많다고 한다. 어떤 은제품은 전통 방식을 고수하며 물건 하나당 2000번 이상을 두드리고 또 두드려야 한다고 한다. 그렇지만 이 기계 작업은 사람 손의 정교함을 절대 따라갈 수 없다고 한다. 살아 있는 듯 화려한 자태를 뽐내는 비녀부터 독소를 배출한다고 알려진 은 경락기까지. 고되지만 그래도 이 일을 놓지 못하는 것은 금이나 은 덩어리가 그들의 손을 거쳐 빛나는 작품으로 새롭게 탄생할 때의 기쁨이 있기 때문일 테다.

가장 힘들었던 때는 밑에서 일하는 기사들이 일을 그만둘 때라고 한다. 직원들 월급을 주기 힘들어서 17년을 함께 했던 마지막 기사를 내보낼 때 마음이 가장 아팠다고 한다. 지금은 혼자 일하지만 알음알음으로 찾아오는 사람들이 많다고 한다.

영리한 젊은이들이 많이 찾아 와요. 돈을 아는 젊은이들이 사진이나 직접 그린 디자인을 가지고 와요. 다양한 정보들을 많이 접하는 젊은이들이 사는 방식이 예전에 우리가 살던 때와 많이 다른 것 같아요. 다른 데서 못 만든다고 하는 것들을 가지고 와도 저는 대부분 다 만들기 때문에 오래된 고객들이 많죠.

그리고 사장님은 중앙 시장에는 좀도둑은 있어도 큰 도둑은 없다고 한다. 밤에는 금고에 금은을 넣고 가는데 CCTV나 방범이 잘 되어 있어서 도둑은 없다고 한다. 이야기를 하는 중에 젊은이들이 들어와서 주문한다. 금메달 두 개에 각자 이름 이니셜을 새겨달라고 한다.

작년에 다리를 크게 다쳤어요. 그래도 손을 안 다쳐서 다행이죠. 손을 다쳤으면 일을 아예 못했겠죠. 다리는 수술을 했어요. 큰 오토바이 타는 게 취미였는데, 대형 차량과 정면 충돌하면서 큰 사고로 이어졌어요. 만약 작은 오토바이를 탔으면 바로 날아가 이 자리에 없거나 식물인간이 되었을 거예요. 그래도 오토바이가 커서 그나마 이 정도로 다리만 다쳤죠. 아직 걷지는 못하고, 곧 인대 수술을 해야 해요. 그래도 보람된 것은 아이들이 다 잘 자라고 자기 밥벌이를 알아서 하니 부모 입장으로는 그게 제일 보람되고 고맙죠.

세공사는 앞으로 없어질 직업 중의 하나라고 한다. 1~2년을 배워 익힐 수 있는 것이 아니기 때문이고 더군다나 요즘 기계로 대량으로 만들기 때문이다. 하지만 수공품을 좋아하는 사람들은 꼭 찾는다고 한다. 서울이나 대도시에서는 이 일을 젊은 사람들도 많이 하지만 지방으로 내려올수록 찾아보기 힘들다고 아쉬워하는 모습이 오래 남는다.

세
요
PULL
VISA
VENUS
VENUS

일곱째 날

천천히 다시,
그곳에서

이 도시의 산책자들

"걷기는 세계를 느끼는 관능에로의 초대다.
걷는다는 것은 세계를 온전하게 경험한다는 것이다"
– 다비드 르 브로통 『걷기 예찬』

걷는다는 것은 자신만의 속도로 같은 행위를 끊임없이 반복하는 것이다. 다소 지루할 수 있지만, 어지러웠던 생각과 마음을 조용히 정리할 수 있고 앉아 있을 때는 떠오르지 않던 아이디어를 만날 때도 있다. 편한 신발을 신고 발길이 닿는 대로 걷다 보면 평소 쓰지 않던 감각들이 자연스럽게 열린다.

다비드 르 브로통의 『걷기 예찬』에서는 '걷기'야 말로 삶의 예찬이며 생명의 사랑이며 인식의 예찬이라고 했다. 이처럼 걸으면서 명상을 즐긴 사람들 중에는 날마다 월든 호숫가를 걸어 다닌 핸리 데이브드 소로우, '나는 걸으면서 생각한다'고 했던 장 자크 루소, 〈느리게 산다는 것의 의미〉의 저자 피에르 쌍소, 무엇보다 방랑과 배회를 즐긴 보헤미안 시인 랭보, 하루도 빠짐없이 정해진 시간에

숲을 산책하며 보는 사람으로 하여금 때를 알게 한 철학자 칸트까지. 수많은 예술가나 철학자들은 자신을 만나기 위해 걷기를 멈추지 않았다.

더 작은 걸음으로 더 느리게 걷는 것은 자기 시간의 유일한 주인이 되는 것이다. 자기와 다른 세계로 마음을 열어 놓는 것이고 세상의 침묵에 적극 동참하는 일이다. 낮은 낮대로 밤은 밤대로 제각기 다른 결을 가진 소리와 이웃들의 모습에 마음을 기울이는 일이다. 봄과 여름 그리고 가을과 겨울, 그 시간의 소중한 떨림을 같은 길에서 다르게 보고 다르게 느낀다.

우리는 걸으면서 스스로를 객관화할 수 있다. 자신과 거리를 두고 관찰자 입장에서 투명하게 자신을 본다. 걸으면서 지나간 시간을 느릿느릿 음미하기도 하고 새로 발견한 장소들과 얼굴들을 마주하기도 한다. 걷기는 시간과 공간을 전혀 새로운 환희의 세계로 바꾸어 놓는 가장 아늑한 방법이다. 서두르지 않고 느긋하게 시간을 누리며 자신의 감각을 살려내는 수단이다.

매일 만나는 사람들, 매일 먹는 음식과 풍경들. 어쩌면 나는 이 동네와 아주 많이 닮아있을지도 모른다. 동네의 원주민들과 신축 아파트 주민들이 어설프게 어울려 있는 이곳에서 나는 오랫동안 살았다. 원주민들은 뒷산의 제철 과일과 채소를 아파트 담벼락에 줄지어 앉아 팔고 있다. 새길이 생기고 그 길을 따라 하루가 다르게 고층 건물들이 들어서는 것이 썩 마음에 들지 않지만 아기자기하고 작은 커피집들이 많이 생기는 건 기쁜 일이다.

비 오는 날 그 앞을 지나며 커피 냄새를 맡는 것도 좋고 나도 모르게 그 냄새에 이끌려 들어가 혼자 마시는 커피도 제격이다. 그렇게 산책자가 된다는 것은 잘 걷는다는 것이다. 잘 걷는 것은 시간의 주인으로 사는 것이다. 걷는 것은 보는 것이고 보는 것은 만나는 것이다. 그러니까 잘 걷는다는 것은 가장 정직하게 느끼는 것이고 자기를 더 내려놓고 가벼워지는 것이다. 그래서 잘 걷는 사람은 마음이 아주 넓은 사람이고 분명 좋은 사람이 틀림없을 것이다.

좋은 동네, 좋은 도시는 화려함과 기능적인 시설보다는 사람들을 위한 건물, 시설들이 많은 곳일 거라고 K에게 말했다. 아이들을 위한 도서관이 더 있고, 공원이나 나무들이 조금 더 많은 곳이면 좋겠다. 편하게 움직일 수 있는 공간이 많고 차나 건물을 우선시하는 길보다 걸어다니는 사람들을 먼저 생각하는 아름다운 길이 많은 곳. 그렇게 걸을 수 있는 동네와 도시만이 우리를 덜 외롭게 하고 소통할 수 있게 하니까.

걷기는 말하기다. 모든 걸음걸이에는 걷는 사람의 에너지와 감정이 드러난다. 걷기는 발과 땅, 인류와 이 세상 사이의 변화무쌍하고 지속적인 대화다. 그러니까 헨리 데이비드 소로에게 걷기는 쉼 없는 종교적, 미학적, 과학적 탐구의 수단이었다. 걷는 것 밖에 할 수 있는 것이 없던 때, 걸을 수밖에 없었던 그런 시간이 K와 나에게도 있었다.

오늘도 K와 따스한 햇살 아래를 걷는다. 배롱나무 저쪽으로 돌아가면 학교 운동장이 보인다. 배롱나무는 높고도 아득한 어떤 이의 마음처럼 꽃을 피우고 있었다. 동네를 걷다 보니 어떤 가게는 그동안 찾아주셔서 감사하다는 문구를 문 앞에 붙여 놓기도 했다. 갓 내린 커피의 향을 천천히 음미하듯 진정한 산책자에게는 이 도시의 그 많은 장소들이 언제나 처음으로 존재한다.

옛날 모습 그대로,
수복빵집

77년의 역사를 가지고 있는 수복빵집, 나는 진주에 와서 수복빵집을 찾지 않으면 제대로 여행을 하지 않은 거라고 K에게 말했다. 수복빵집은 광복한 다음 해 문을 열었다. 그 당시에는 지금 있는 곳에서 아래쪽으로 내려간 곳에 '만복당'이라는 이름으로 장사를 하다가 40여 년 전에 이곳으로 이사를 왔다. '수복빵집'으로 이름을 바꿔 2대째 이어오고 있는 빵집의 간판과 외관은 80년대 옛날 모습 그대로다. 아무리 봐도 요즘같이 장소의 비주얼을 중요하게 생각하는 시대에 고개를 갸우뚱하게 한다. 그 말인즉슨 빵의 맛으로 승부를 걸겠다는 것일 테다.

수복빵집의 메뉴는 찐빵, 꿀빵, 단팥죽 그리고 팥빙수가 전부다. 모두 팥이 주재료다. 그중에 찐빵은 팥 앙꼬가 든 쫄깃한 찐빵에 달짝지근한 팥물을 끼얹어 먹는다. 찐빵의 크기는 보통 찐빵 크기보다 작다. 무엇보다 팥물의 당도가 낮으면서도 팥맛이 깊은데 그 이유는 모두 국내산 팥을 사용하기 때문이다.

찐빵은 밀가루 반죽을 발효시킨 뒤, 소를 넣고 찜기에 쪄낸 둥근 모양의 빵으로 한국의 대표적인 간식이다. 사계절 내내 먹을 수 있지만 특히 겨울철에 먹으면 안성맞춤이다. 테이블 5~6개가 놓인 빵집은 늘 문전성시다. 도로변에 손님이 줄을 서 있는 경우도 많다. 오래된 가게에서만 느낄 수 있는 독특한 분위기, 특히 겨울철에 가면 난로 위에 두 개의 주전자에서 나오는 수증기가 가습 역할을 하고 있다. 어렸을 적 동네 단골 가게에서 느끼던 향수가 그대

로 전해진다. 낮 12시 정각에 문을 열고 그날 만든 빵이 다 팔리면 문을 닫는다. 하루에 정해진 양만 팔기 때문에 오후 3~4시 이전에 가야 먹을 수 있다.

팥빙수 또한 잘게 갈린 얼음 위에 삶은 팥만을 올린다. K는 계피 향이 살짝 나는 팥빙수도 그리 달지 않아 좋다고 했다. 찐빵을 포장해서 가지고 갈 경우 옛날식으로, 누런 종이에 빵을 담고, 팥물은 위생팩에 담아서 묶어준다. 세련된 포장은 아니지만 정겹다.

나는 '팥' 하면 생각나는 영화가 있다고 K에게 말했다. 바로 일본 영화 '앙: 단팥 인생 이야기'다. 팥을 만드는 과정이 인생의 여정과 같다고, 팥을 보면 꼭 사람을 보는 것 같고 그 단팥을 만드는 과정에서 인생을 배우게 되는 이야기다. 도쿠에 할머니는 도리야끼는 단팥이 생명이고 단팥은 마음으로 만

드는 것이라고 한다. 그래서 단팥을 만드는 데는 많은 시간과 정성이 필요하다고 한다. 푹 불린 팥을 오랜 시간 고아서 천천히 저어 만든 할머니표 수제 팥으로 만든 빵은 조금씩 소문이 나기 시작하고 어느새 사람들이 줄을 서서 기다리게 된다. 영화에서 도쿠에 할머니가 쓴 편지의 이야기는 오래도록 기억에 남는다.

'나는 단팥을 만들 때 항상 팥의 이야기에 귀를 기울여. 그것은 팥이 보아 왔을 비 오는 날과 맑은 날들을 상상하는 일이지. 어떠한 바람들 속에서 팥이 여기까지 왔는지 팥의 긴 여행 이야기들을 듣는 일이야. 이 세상의 모든 것은 언어를 가졌다고 믿어. 그래서 햇빛이나 바람의 이야기도 들을 수가 있어.'

interview

진주의 차 이야기와 죽향

K는 '죽향'이 차와 참 잘 어울리는 이름이라고 했다. '죽향'처럼 아무런 향도 없이 텅텅 비어 맑고 담담한 대나무라야 차가 가진 정기(精氣)와 청향(淸香)을 담아낼 수 있기 때문이라고 한다. 그러니까 대나무와 차는 상생 관계라는 것. 대밭 속에서 이슬을 머금고 자란 찻잎으로 만든 차를 죽로차(竹露茶)라 하여 예부터 차 중에서는 으뜸이라고 한다. 또한, 심직근(深直根)의 차나무와 천근성(淺根性)의 대나무의 기질은 최상의 합이라는 것. 죽향 김형점 원장님은 여러 가지 의미에서 '죽향'이라는 당호를 짓게 되었다고 한다.

오랫동안 한 장소에서 터를 잡고 있는 '죽향'은 어떤 곳인가요.

죽향은 2-3층의 세 공간으로 구성되어 있고 각각의 개별 당호를 두고 있습니다. 전통차와 다도, 전통의 대용 음료를 마시는 대중차실로서의 '죽향'과 맞은편 '아정'은 차, 차도구, 찻자리 소품 등을 판매하는 곳이면서 품차(品茶)로 전문 차꾼들이 모여 차담을 나누는 곳이기도 합니다. 3층 '차도무문실'은 차 공부방으로 고전 강독, 불법 공부, 스타디 모임 및 전시 등 다양하게 활용되는 곳입니다. 매달 주제를 두고 차를 마시면서 음악과 춤 등 예술과 함께하는 풍류차회는 오늘날 새로운 장르의 차 문화입니다. 차 공부 다음으로 정성스럽게 이어가고 있습니다.

차는 인간 의식을 깨우고 성찰케 하는 정신 물질입니다. 삶의 근원인 나와 자연, 인간관계에 대한 성찰을 차 마시는 것으로서 지속시켜 줍니다. 죽향은 그러한 차의 특성들을 반영한 곳입니다. 그리고 일상에서 사람을 만나고 차를 마시는, 일상다반사(日常茶飯事)의 현장입니다.

언제 봬도, 이 공간은 한결같다는 생각이 듭니다.
원장님에게 '차'는 무엇일까요.

삶은 현상적으로 일체와의 만남이고, 몸과 마음의 생명 활동이며, 매 순간의 존재 그 자체라고 말할 수 있습니다. 차와 차 도구를 다루고 마시는 정밀한 행위를 통해 일어나고 사라지는 현상을 볼 수 있게 하는 정념(定念)을 개발시킵니다. 차를 마시고 난 후의 그 선연함으로 의식의 본체를 깨어나게 합니다. 차는 제게 있어 생계 수단인 동시에 명상이자 선(禪)이며 존재 그 자체입니다

죽향의 또 다른 장소 '차실'에 전시된 다구들

차는 찻잎으로 여러 가공 공정을 거쳐 다양한 맛과 향을 가진 단순 음료입니다. 그러나 손수 물을 끓이고, 상황에 맞는 차와 도구를 고르고, 혼자이든 객과 함께이든 우려 마시는 차는 음료라는 물질을 넘어섭니다. 혼자 마시는 차 한잔은 신(神)이요 선(禪)의 자리가 되고, 둘이 마시면 논(論)의 자리, 서넛이 마시면 아취(雅趣)의 자리로 휴식과 각성, 사유로 삶을 상향시키는 정신문화이자 생활문화로 생명력을 갖게 됩니다.

일찍이 차와 인연이 되었고 차라는 물성에 매료되어 삶에 큰 비중을 두고 있지만, 현대인들은 여유나 멋, 정취가 있는 커피와는 좀 다른 음료쯤으로 생각하고 접하는 듯합니다.

차의 종류와 차에 따른 추출 방식이 다르고 찻그릇들과의 연관 관계 등 사실 알고 행해야 할 것들이 많아 젊은 현대인들은 어렵다고 생각할 수도 있을 것입니다.

대중차실 죽향의 역할이 차의 대중화와 실용성을 실천하는 곳이므로 시대적인 흐름이나 유행, 소비자의 요구에 맞게 일상 차문화를 좀 더 쉽게 편안하게 펼쳐가는 것을 과제로 삼습니다.

최근에 '진주지역 차문화 연구'로 박사학위를 받으셨잖아요. 오랫동안 학업과 현장을 전전하며 차에 대한 연구를 이어 나가신 결과라고 생각되는데요. 진주 지역의 차문화는 어떻게 시작되었나요?

진주는 지리산에서 생산되는 차로서 음차 문화의 전통이 지켜진 지리적 특성이 있습니다. 85년도 대학 1학년 때 전국의 국립대학에서 동시에 차 동아리가 생겼습니다. 민족주의적인 의식이 고조되고 민주화의 투쟁이 본격 시작된 시점이었지요. 교수님을 비롯해 지식인들이 차를 마시며 깨어 있다는 의식을 보여주기 시작했습니다. 올림픽을 앞두고 전통문화에 대한 자각이 요구되었던 시점이기도 합니다. 당시에는 교수님과의 면담에 늘 차가 나왔습니다. 인문대학 특유의 정서이기도 했겠지요.

진주를 왜 차문화의 수도라고 하는지 궁금하네요.

차에 매료되기도 했지만 제 삶의 가치 실현의 도구로서 찻집을 하게 되었지요. 찻집을 열고 보니 진주 지역은 현대 차문화의 부흥지로서 오늘날의 차문화 전반에 관한 연구와 활동들이 다른 지역에 앞서 당시는 차문화의 중심이 진주였습니다. 66년도 『한국 차생활사』라는 소책자를 배부하여 차회 활동에 불을 지피신 효당 최범술 스님과 차의 육종학을 최초로 연구한 김재생 교수님, 다도를 학생들과 일반인들에게 처음 가르치신 아인 박종한 선생님 등 세

분의 활동으로 진주는 현대 차문화의 중흥지로, 오늘날 한국현대차문화를 대표하는 곳입니다. 전국에서 최초로 지역의 문화예술인과 교육자들을 중심으로 1969년 '진주차례회'라는 차회활동이 이차국풍(以茶國風), 이차양생(以茶養生) 차로서 나라의 좋은 풍습을 계승하고, 차로서 몸과 마음을 다스린다는 취지로 시작된 곳으로 오늘날 진주를 차문화의 수도라 부르는 이유입니다.

진주지역의 차문화가 다른 지역과 차별되는 지점이 있다면 무엇일까요.

진주지역 차문화의 특성은 일찍이 차문화가 형성될 수밖에 없었던 한국 최고의 차의 산, 지리산에 인접한 지리적 특성과 진주정신의 근원이 된 남명의 실천철학에 기반하여 형성되었다고 볼 수 있습니다.

효당 최범술스님의 강인한 민족의식은 전통 차문화의 발굴과 계승으로 인식하시고 『한국 차생활사』와 『한국의 차도』를 저술하여 현대 차문화의 정신적 기반을 갖추게 되었습니다. 이에 아인 박종한 선생의 차도교육과 다농 김재생 박사의 차와 차산업 연구 등 실체가 된 활동들과 함께 1969년 전국에서 최초로 '진주차례회' 라는 차회를 만들면서 전국적으로 차문화 부흥이 시작되었습니다.

진주차인회의 결성과 활동에 이어 정헌식 회장이 이끈 강우차회는 차문화 전반에 관한 이론적 탐구와 차문화의 새로운 해석과 차생활의 담론을 기록하여 '화백차론'이라는 회지를 20호까지 냈습니다. 이것은 다른 지역에 없는 차회 활동의 우수한 결과물로서 진주지역의 차문화를 정립 촉진시키는 매개가 됐습니다. 진주차인회를 비롯하여 20여 단체의 차회들이 연합하여 2010년 진주연합차인회를 결성하여 '차생활 헌장'을 만들고 '차의 인문학 진주 선언'을 실행한 차문화 활동들은 진주지역 차문화의 발전 과정이자 현대 한국 차문화의 발전 과정이기도 합니다.

많은 변화를 거쳐 온 진주 차문화의 역할도 중요할 것 같아요.

1966년 차문화 운동이 시작된 것으로부터 2019년 '차문화 수도-진주'를 표방한 때까지 우리지역의 차문화는 그대로 한국차문화의 역사성과 정체성을 지켜냈고 차문화활동의 새로운 방향성을 제시했다고 볼 수 있습니다.

진주지역의 차문화는 '현대 한국 차문화운동의 산실'로서 차문화의 확산에 기여했고 남명의 '경의 정신'을 담아낸 '진주차풍' 이라는 진주지역만의 독특한 차문화를 가지고 있습니다.

차와 사람과 문화가 같이 숨을 쉬고 있는
이 장소의 분위기와 느낌을 어떻게 만들어 가시는지 궁금합니다.

세상일이 독립적이며 혼자되는 일이 아무것도 없음을 압니다. 죽향의 주 모태는 80년대 진주의 찻집 '다화랑'입니다. 대학 시절 자주 드나들었던 그곳은 한지 창호지와 격자무늬의 방문이 제겐 참 인상적이었어요. 죽향의 차실 또한, 한지를 곱게 바른 전통 한옥의 격자 방문을 서쪽 큰 창문까지 연결하여 한옥의 단정한 멋과 절집의 선방 같은 분위기를 냈습니다.

시간이 흐르면서 문짝들을 띠어 내고 통유리창으로 유행을 따랐습니다. 좌탁의 한실은 허리를 쭉 펴고 가부좌로 앉아 다선일미(茶禪一味)의 묘미를 체득할 수 있도록 했습니다. 그러면서 모임을 할 때는 다리 뻗고 고향 집의 안방 같은 편안함을 느끼게도 하고 싶었습니다. 한옥의 안방이 침실이면서 객

촉석류의 풍류 차회

을 모시는 주생활 공간이었던 것처럼요.

차실 분위기는 사실, 오시는 차객들께서 만들어 주시는 것이 최고지만 그림과 소품 배치나 꽃꽂이 등으로 감사의 마음을 담아내고 싶었습니다.

코로나 이후 실용주의로 바뀌면서 끝까지 고수하고 싶었던 찻방의 낮은 떡판 다탁을 모두 입식 다탁으로 바꾸었습니다. 차는 저에게 선(禪)이었으므로 선방 하나쯤은 끝까지 지켜내고 싶었는데 오래 함께 한 단골손님들의 굽은 허리가 보였습니다. 배려하는 마음으로 등받이 의자로 바꾸었습니다. 나이가 드니 고집 또한, 상황에 따라 내려놓게 되는 여유까지 생겼습니다.(웃음)

고집이 아니라 여유이고 배려라고 생각합니다.(웃음)
사실 요즘 현대인들은 '차'보다는 '커피'를 더 선호하고 즐기는데요.
'차생활의 대중화'는 어떤 식으로 펼쳐나가야 할까요.

차문화는 그 무엇보다 공유성, 다양성, 축적성, 가변성 등의 문화라는 기본 속성에 충실한 장르입니다. 차라는 물질이 발견되고 약용, 식용, 음용의 변화를 거쳐 시대별 지역별 다양한 형태로 4천 년의 긴 역사를 가진 전통문화입니다. 한국의 차문화 또한, 성쇠를 거듭했지만 한 번도 끊어진 적이 없는 전통성을 가지고 있습니다.

코로나 이후 차의 약리적인 성질들이 강조되면서 실용성 차문화가 새로운 유행으로 심상치 않은 바람이 불고 있습니다. 현장에서 목격되는 추이입니다. 호들갑스럽게 일었던 이천년대 초반의 음차 유행이 이번에는 MZ 세대들을 시작으로 일어나고 있습니다. 물론 목적과 방식이 다르고 파동도 없이 진행되고 있기에 실감이 안 날 뿐입니다. 내가 좋아하는 기호가 주변을 형성하듯 죽향의 주위에는 차를 좋아하는 사람들이 많습니다.

살아가면서 어쩔 수 없는 흐름은 맡기고 그 상황에서 할 수 있는 것에 최선을 다하는 것이 저 만의 '차생활 대중화'의 방식이랄까요.

지금까지 단 하루도 차실 문을 닫지 않고 그 공간의 공유성을 최대한 활용하는 것과 일찍이 다른 곳에서 아무도 시도하지 않았던 행사용 야외 찻자리(지금은 유행이 됨)를 기획 실행하여 차를 알리고 찻자리의 멋을 공유하고자 한 것은 나름의 구체적인 차의 대중화 방식입니다. 아마 계속해 나가야 하겠지요.

'죽향'이라는 장소에서의 기억 그리고
재미있는 에피소드들도 많을 것 같아요.

오래라는 단어가 주는 친근함과 편안함, 그리고 차라는 물질에서 느껴지는

MZ세대들의 차문화체험

순수성과 소통성으로 죽향은 오래된 편안한 인연이 많습니다. 강보에 싸여 엄마 품에 안겨 온 성년이 된 수정이는 가끔 지금도 엄마와 함께 다녀갑니다. 서너 살 때부터, 또는 초등학생 때부터 드나들었던 아이들이 모두 성년이 되어 여전히 안부를 물으며 드나들고 있습니다. 친구들과 우정을 나누다 직장을 찾아 헤어지고 잠시 삶의 무게가 줄어들 때 죽향에서 다시 만난 중년의 단골들, 맞선을 보고 가정을 이루고 또 그 어린아이들과 함께 와서 공간을 확인하고 가족 차회를 할 때는 무한 감동이요 보람입니다.

이맘때쯤이면 하안거 해제를 맞아 지리산 일대의 절에서 공부를 마치시고 바랑을 멘 스님들이 삼십여 분들이 모여 절집 같은 찻집이 됩니다. 좋아하시는 차를 마시며 서로의 안부를 나누고 각자 바람처럼 또 헤어집니다. 이제는 스님들께서도 자가용으로 선방 다니는 시대가 됐으니 옛날 이야기네요.

3층 문화원에서의 차 공부와 스님을 모시고 열었던 법석들, 고전 강독을 비롯한 많은 공부 모임들, 전시 등을 통해 죽향이라는 공간도 저라는 사람도 함께 영글게 된듯합니다.

글을 잘 쓰고 다듬는 재주가 있다면 그동안의 찻집에서 만난 인연들과 함께했던 순간들을 수놓고 싶을 만큼 아름다운 일들이 참 많습니다. 무소유의 청빈, 그 자체 셨던 법정 스님께서도 세속의 자리 중 차가 있는 자리만큼 아름답고 선연한 자리는 없을 것이라 했으니까요.

그처럼 오래도록 귀한 인연들과 같이 했기에 이 장소가 더 아름다워지는 게 아닐까 생각되네요. 오랫동안 일을 하면서 보람된 일도 많겠지만 나름 힘든 점도 많을 것 같아요. 앞으로 계획도 있으시죠?

천직이라고 할까요. 차는 제게 그런가 싶습니다. 일에 있어 싫증이 나거나 게으른 마음이 아직은 없습니다. 앞으로의 계획은 늘 지금의 이대로입니다.

주체자인 나의 몸과 마음이 나이에 맞게 건강하도록 수행하는 일과 늘 제 시간에 문 열고 찻물 올려 손님 맞는 일상 그대로의 나날이 되도록 노력하겠습니다. 나아가 한국차문화의 수도로서 선고 차인들께서 일궈 놓으신 진주 차문화를 공유하는 내외부 활동 및 강의들도 여전히 집중할 것이며, 매달 주제를 두고 펼쳤던 죽향 풍류차회는 좀 더 다양하게 기획하여 차 한잔의 멋과 맛으로 우리들의 삶을 위로받으며 공유, 공감하는 찻자리, 상생의 찻자리가 되도록 좀 더 애쓰겠습니다. 아 ! 나이(80세)가 더 많아지면 차판을 싣고 경치 좋은 거리에 앉아 차 파는 늙은이, 매다옹(賣茶翁)이 되는 꿈도 꾸고 있습니다.(웃음)

정말 멋진 꿈인데요.(웃음)
선생님에게 '진주'는 어떤 곳인가요?

태어나 지금까지 여행 외에는 진주를 벗어나 삶을 영위하지 않았고 삶의 가장 집중된 에너지를 차와 함께 했으니 진주와 분리된 죽향, 그리고 나와는 생각해 보지 않았습니다. 개인적으로는 촉석루보다 남강변을 좋아하고 자주 걷는 편입니다. 물론 진주성이 있기에 남강이 남강다울 수 있으므로 진주성이 있는 강변을 외지인들과 걸으며 차와 진주를 보여주고 들려줍니다. 진주성 근처, 남강변 가까이 죽향이 있어 너무 좋습니다.

촉석루는 1981년 전국의 차인들이 모여 5월 25일을 '차의날'로 선포했던 차의 성지입니다. 작년에 이어 올해까지 문화재 야행 축제 동안 열 번이 넘게 촉석루 달빛 연회, 풍류차회를 주도했던 곳이므로 저에게 항상 마음이 가 있는 곳 또한 촉석루이기도 합니다.

cooperation in interviews

김형점(金炯点)

죽향 차문화원 원장, 경상국립대 중어중문학과 졸업, 국립 목포대학교 일반대학원 국제차문화학과 박사, 현재 경상국립대학교 산업대학원 한국차문화학과 외래교수

interview

우리들의 만남이 노래와 시가 될 때, 다원

한 장소는 그 장소를 살고 있는 사람을 닮아간다. 그건 아주 어렸을 때부터 느끼던 거였다. 하루 종일 책만 읽었던 삼촌의 방은 삼촌의 눈빛을 닮았고, 오랫동안 밥장사를 했던 외할머니의 식당은 외할머니의 넓은 마음을 닮아가고 있었으니까.

어떤 장소에 가면 그곳을 꾸리며 살고 있는 이의 과거와 현재 그리고 미래가 보인다. 장소의 삶이 곧 그의 삶이니까. 장소와 내밀하게 대화하며 장소의 반란과 기쁨을 장소의 우울과 명랑을 함께 느끼는 사람, 그 내밀한 기억으로 노래를 부르고 시를 쓰고 연극을 하는 이들을 한 자리로 모이게 하는 그런 사람. 장소가 가진 시간의 지문을 거스르지 않고 그 결대로 장소와 하나가 되어 손님을 맞이하는 곳. 진정한 레트로 감성은 오랜 시간과 함께 그 장소만이 지니는 순간의 무늬들을 오롯이 그곳에 새기는 것이다. K는 그런 다원의 분위기를 정말 좋아했다.

다원의 역사가 깊은 걸로 알고 있어요.

다원은 1982년에 문을 열었습니다. 이제 42년째에 접어듭니다. 당시에는 사이폰커피 전문점으로 시작했고, 여러 사장님의 시대를 거치면서 시류에 따라 칵테일, 맥주, 와인 등이 추가되면서 지금의 모습에 이르렀습니다.

'다원'이라는 이름은 어떤 뜻일까요? 사장님이 아니라 '다원장'이라는 말도 참 좋아요.

원뜻은 한자로 '차의 정원'이라는 뜻입니다. 당시엔 거의 대부분 커피숍이 '○○다방'이라는 이름을 사용하던 시절인데 다방을 나름 세련되게 표하고 싶었던 초대 사장님이 다원이라고 지은 듯 합니다. 그리고 저는 '다원장' 혹은 '원장'이라고 불리는데 손님들이 사장님을 재치 있게 불러주던 말이 지금은 호칭으로 정착되었습니다.

아하 '다원장'이라는 말의 뜻을 이제 정확하게 알았어요.(웃음)
그러면 현재 다원장님은 어떻게 인연을 맺게 되었을까요.

인디뮤지션 시와의 다원 공연 모습

현재 다원을 18년째 맡고 있는 저는 9번째 다원장입니다. 대부분의 사장님이 다원과 인연이 있어서 다원을 맡게 되었다고 들었는데 저도 다원의 열열한 손님이었습니다. 그전 사장님들은 다원을 아무에게나 넘겨주지 않고 다원을 맡을만한 사람인지 따져보고 정했다고 들었습니다. 저도 면접과 비슷한 인터뷰를 통해 다원을 맡게 되었습니다. 간단한 질문들이었는데 다원을 어떻게 생각하는지, 어떻게 만들어가고 싶은지 물어보셨던 것 같네요.

42년 동안 다원장님이 9번 바뀌었다는 말이 새롭게 와닿아요. 다원장님에 따라 이 장소의 분위기도 달라질 것 같고요.

예 맞습니다. 각 시대의 사장님들은 자신의 개성에 맞게 다원을 운영하셨던 것 같습니다. 클래식 음악을 사랑하던 분이 하실 때는 클래식 뮤지션들의 라이브 공연이 자주 열렸다고 하고, 시인이 맡고 계실 때는 문학과 관련한 행사와 분위기가 주류였다고 합니다. 또 인디뮤지션이 사장일 때는 포크 뮤지션들의 쉼터이기도 했네요. 저는 연극과 사진으로 활동하고 있어 극단 현장의 배우들과 많은 사진가들이 다원을 쉼터와 무대로 이용하고 있습니다.

'복합문화공간'이라는 말이 실감이 나네요.
그런 '다원'만의 특징이 있다면 무엇일까요?

다원의 특색 중 하나는 문화공간으로서 역할을 담당했다는 점이겠네요. 제가 맡은 이후로도 총 100회 이상의 기획공연(재즈밴드,인디뮤지션, 국악, 현대무용, 판소리)을 열었습니다. 전시프로젝트팀 '꼴값'을 조직해서 2년 정도 매월 전시를 기획하기도 했습니다. 특히 골목길아트페스티발의 중심 거점 공간으로 역할을 했던 것은 중요한 기억이기도 합니다.

골목길아트페스티발의 거점 공간으로서의 역할은 아주 의미 있는 일인데요.
계속 진행되고 있는 건가요

골목길아트페스티발은 2008년 진주의 예술단체와 개인 예술가들이 함께 만든 독립예술축제였습니다. 극단현장, 새노리, 진주시민미디어센터, 인디뮤지션단체, 문화활동가 등 당시 진주에서 활동하던 많은 문화예술인이 자발적으로 참여해서 지금의 구도심에서 축제를 열었습니다. 그때 구도심의 공간들도 참여했는데 다원이 그 중심에서 거점공간으로 함께 역할을 했습니다. 10년 동안 다양한 문화예술 실험을 하다가 자연스럽게 막을 내렸는데요, 지금 자치행정의 구도심활성화사업이 시행되기 전에 시민들의 자발적인 노력으로 축제를 진행했으니 나름 큰 의미가 있다 하겠습니다. 그때 골목길아트페스티발을 통해 연결된 예술가와 기획자들이 함께 연대하게 되고 새로운 문화운동으로 다양하게 이어져서 진주 문화의 바람직한 씨앗이 되었다고 자평하고 싶네요.

1982년에 그린 당시 다원의 풍경 그림

'진주 문화의 씨앗' 이 새로운 모습으로 부활되길 기대합니다.
그런데 다원의 벽에 있는 저 그림에 자꾸 눈이 가는데요.
제 촉으로는 어떤 사연이 있을 것 같고요.

촉이 정확합니다.(웃음) 1982년에 그려진 다원의 상징이라고 할 수 있는 그림입니다. 바에 손님이 앉아 있고 바텐더가 사이폰커피를 내리는 그림인데요, 바에 앉아서 그 그림을 보면 듀안 마이클의 시퀀스포토를 보는 듯 합니다. 사실 그 그림 속 주인공들은 다원의 초대 원장님과 두 번째 원장님이라고 전해 들었습니다. 그림을 그린 사람은 'Kim.hs'라고 사인이 되어 있는데 지금은 어느 미술대학의 교수가 되었다고 합니다. 저도 전해 들은 이야기라 설마 하는 마음에 찾아보니 그 이니셜을 가진 분이 재직하고 계시더군요. 붉은 벽돌 속에 있어 흘려보면 모를 수 있는데 당시의 정취를 잘 표현하고 있어 제가 모르던 다원을 상상해보곤 합니다. 또 손님들에게 다원의 시간성을 이야기할 때 필요한 가장 정확한 소재이기도 합니다.

운영을 하시면서 힘든 시기도 많았을 것 같고,
오래된 가게를 운영하는 느낌이 남다를 것 같은데요.

그렇죠. 모든 오래된 가게가 그렇겠지만 다원도 쇠락의 시기를 맡기도 했습니다. 제가 인수할 당시에도 그랬지만 그 이후로도 동성동 시내 일대가 상권이 몰락하면서 다원을 찾는 사람들은 급속히 줄어들었습니다. 그래서 "그 시대 가게는 다 문을 닫았는데 다원은 왜 문을 닫지 않고 이리 오래되었는지?"라는 질문을 자주 듣습니다. 스스로 생각하기엔 다원이 스스로 생명을 얻은 인격체가 되어 버려서 그렇다고 말합니다. 다원이 숨 쉬고 있는데 그 숨을 마무리할 수 없는 사장님들의 마음이 느껴진다고 할까요.

저는 가게를 운영하는 일을 나무를 기르는 일에 비유하곤 하는데요, 처음 나무를 키울 땐 이러저러한 형태로 주인이 마음가는대로 나무를 바로 잡으려 하지 않습니까. 꼭 필요한 일이기도 하구요. 그런데 나무가 30년 40년을 넘어가면 그때는 나무가 생긴 모양대로 그대로 앞으로 살아가는 법이지요. 그 때 정원사가 할 일은 그저 청소를 깨끗이 하고 큰 병이 들지 않도록 기운을 관리하는 일이 전부라고 생각합니다. 다원은 제게 그런 큰 나무이고 저는 그저 나무 뒤를 따르는 정원사라고 생각합니다.

'다원'만의 독특한 '레트로 감성'이 있잖아요.
물론 그건 지금 다원장이신 배길효 선생님의 감성이기도 할 텐데요.

상업 공간인 다원은 요즘 다시 전성기를 맞이하고 있습니다. '레트로 열풍'

이 젊은 친구들을 다시 다원으로 안내하고 있어서 다원의 '낡음'이 새로 조명받고 있음을 느낍니다. 그렇다고 해서 시류에 영합하는 일들은 애초에 포기하고 다원다움(천천히 이야기하고, 진지한 대화가 이어지고, 새로운 문화를 소개하는 역할을 하는)을 지켜나가려고 하고 있습니다. 레트로는 레트로를 찾는 사람들이 발견하는 감성이지 다원과 저는 매일 제일 젊은 하루를 살고 있는걸요.

'다원다움'이라는 말에 한 표를 보냅니다.(웃음) 이 일을 하면서 가장 행복하고 뿌듯할 때는 언제일까요? 그런 추억들이 많을 것 같아요.

다원과 가족으로 지내던 젊은 친구가 멋지게 성장해서 일가를 이뤄가는 모습을 지켜보는 시간이 가장 뿌듯합니다. 그리고 그들이 여전히 다원을 고향으로 생각하며 보내오는 새해 인사에 행복하구요.

그리고 진주 사람들이 외지에서 온 지인을 모셔 와 진주를 대표하는 문화공간으로 다원을 소개할 때 더없이 기쁘더군요.

가장 힘들었던 순간은 내 욕망이 다원을 함부로 다루려 했던 때라고 고백해야겠습니다. 일개 다원 따위가 나를 대표하는 것이 싫어서 공적인 자리에 가면 다원장이라는 소개를 거부했던 시절이 있었습니다. 그때 나 혼자만 느꼈던 다원과의 불화는 지금 돌아보면 부끄럽기만 합니다. 그리고 그런 나를 가만 지켜봐 준 다원이 고맙기만 합니다.

이미 진주를 대표하는 문화공간으로, 알만한 사람들은 다 알고 전국적으로 이름이 알려져 있잖아요.(웃음) 제가 느끼기에 다원장님은 이 '다원'이라는 장소와 아주 내밀한 이야기를 주고받는 것 같아요. 그것도 아주 사랑하는 사람과 대화를 나누듯이. 그래서 말인데요. '다원'하면 어떤 이미지가 떠오르시나요?

'등대'와 '퇴적된 지층'이 생각납니다. 다원은 쇠락한 동네에 아직 온기가 남았다는 신호를 깜박이고 있는 등대 같다고 말해준 손님의 말이 소중한 이미지로 남아 있습니다. 그리고 지하에서 42년의 세월 동안 많은 사람의 기억과 사연을 차곡차곡 쌓아 놓은 퇴적된 지층이란 이미지도 역시 다원을 대변할 수 있겠네요. 그리고 말씀하신 것처럼 저는 다원과 감정적으로 깊이 이어졌다는 생각을 자주 합니다. 가끔은 다원을 의인화해서 대화를 나누기도 합니다. 특히 다른 사람에게 다원을 소개할 땐 마치 하나의 인격체를 소개하는 마음으로 이야기를 하게 되더라구요. 그건 아마도 제가 다원에 대해 존경하는 마음을 갖게 되어서 그런 게 아닐까 싶네요. 저보다는 훨씬 훌륭하니까요. (웃음)

42년이라는 세월 동안 스쳐 간 사람들의 기억을 지문처럼 간직하고 있다면 소중한 이 장소를 앞으로 더 잘 지켜나가야 할 것 같아요.

다원의 꿈은 낡고 오래된 레트로의 시간을 사는 것이 아니고, 지금 사람들의 현재를 풀어낼 '무대'가 되는 것입니다. 일상에서 말하지 못하던 많은 말들을 풀어내고 그것을 담아내 줄 공간이 될 수 있다면 아직 다원은 '젊은 곳'이라 할 수 있겠지요.

가게는 공간이 될 수 있어야 하고, 공간은 마당 혹은 무대가 될 수 있어야 한다고 생각합니다. 다원이라는 무대의 주인공이 다원이 되지 않도록 경계하면서 노력하고 있습니다.

지금을 사는 그들의 현재를 풀어낼 '무대'를 마련해 주는 것, 말만 들어도 멋지네요. 오랜 시간 기억에 남는 단골 손님들도 많으실 것 같고요.

오래된 다원은 당연히 오래된 손님들이 있습니다. 처음 문은 연 1982년부터 지금까지 42년 동안 다원을 찾는 시인도 계시고 다원에서 선을 보고 결혼하신 분들이 장성한 아들의 손에 이끌려 다시 다원을 찾아오기도 합니다. 그리고 젊은 시절 다원에 추억을 의탁하신 분들이 다른 도시에서 삶을 가꾸시다 진주를 찾는 날이면 꼭 다원에 다시 들리시곤 합니다. 이럴 때마다 단골의 기준은 '얼마나 자주 오느냐'가 아니라 '마음속에 그 공간을 담고 있는가?'로 정하는 것이 맞다고 생각합니다.

개인적으로 사진 작업도 하고 계신 걸로 알고 있어요. 이 일과 어떻게 병행하고 계신지,

다원의 오랜 손님인 한 시인이 글을 적고 있다

청년시절에 '사진작가'로서의 삶을 꿈꾸고 노력했지만, 생활을 위해 다원을 시작했었습니다. 이후 사진 작업과 다원 운영을 병행해 오고 있습니만, 이제는 청년의 욕망을 담은 대단한 작가가 목표가 아니고 온전한 '사진가'가 되기 위해 살고 있네요. 다원이 상업에만 치중된 공간이 아니고 문화공간의 역할을 담당하려다 보니 다원과 사진작업이 상충되지 않고 서로 에너지를 채워주고 있어서 저로서는 편하고 참 좋습니다. 아쉬운 점이 있다면 사진가의 시선으로 다원을 꾸준히 긴 호흡으로 바라보지 못하고 단편적인 시선만 뿌려놓은 것이 참 아쉽습니다.

선생님에게 '진주'는 어떤 곳인가요?

태어난 곳은 아니지만 청소년 시절부터 지금까지 살고 있는 '고향'입니다. 예전에 손님이 진주는 어떤 곳이냐 물으면 이렇게 답하곤 했습니다.

"진주는 시간이 남강처럼 천천히 흘러서 좋은 곳입니다. 도시의 호흡이 무척 차분하지요. 그리고 일어서서 스윽 둘러보면 진주 끝에서 끝까지 한눈에 들어오는 아주 적당한 규모의 도시이구요. 또 조금만 관심을 가지고 바라보면 이웃의 일들을 서로 알고 나눌 수 있으니 객창감을 느끼지 않아도 되는 도시라고 할 수 있지요."

cooperation in interviews

배길효

1997~2002년까지 건축가로 일했다. 2003년부터 사진그룹 포토버스 등에서 활동하면서 다수의 그룹전과 개인전을 열었고 현재 사진 솔루션 '칠실파려안' 대표를 맡고 있다.2008년부터 골목길아트페스티발를 만드는 기획에 참여해 전시기획, 예술감독을 역임했다. 2006년부터 지금까지 9번째 다원 대표를 맡고 있다.

그해 청곡사와
질매재 가는 길의 벚꽃

나는 금산에서 꽤 오래 살았다. 내가 살았던 아파트에서 내려다보면 둘레가 5㎞가 넘는 금호못이 있었다. 봄이 되면 못 주위를 걷거나 자전거를 타고 도는 것이 그 동네에 정착하면서 내가 얻은 가장 큰 기쁨 중의 하나였다. 벚꽃이 피는 계절, 그 못을 지나 구불구불 청곡사로 가는 길과 바람 따라 질매재를 넘어가는 길은 내가 가장 사랑하는 길 중의 하나였다.

나는 그 길가에 말없이 핀 벚꽃을 사랑했다. 벚꽃의 그림자와 사람의 그림자가 꿈속에서 노는 것 같은. 몇백 년이 지나도 그 자리에는 영원히 벚꽃만 있어야 될 것 같은 곳. 텀블러에 넣어간 포도주를 조금씩 나눠 마시며, 시인 백석이 통영을 '자다가도 일어나 바다로 가고 싶은 곳'이라고 했듯, 질매재와 청곡사의 벚꽃 길은 무릇 자다가도 일어나 걷고 싶은 곳이다.

그 길들을 좋아하는 건 취향을 넘어 기억과 관련이 있지 싶다. 모든 풍경은 저마다의 상처를 가지고 있다. 이 말은 김훈이 한 말이지만 겉으로 드러나든 드러나지 않든 그 풍경 속의 가장 내밀한 기억들 때문에 숨을 쉬기가 어려운 시절이 있었다. 통과할 수 없는 문을 혼자서 통과해야만 했던 시절. 그 길은 말하지 않는 방식으로 위안을 준 나의 지극히 개별적인 그래서 남다른 길이다.

위태로운 나를, 위태로운 당신들을 붙들고 오랫동안 말없이 있었던 곳. 내가 말하지 않아도 모든 것을 알고 있다는 듯 떨리는 두 손으로 누군가의 따뜻한 볼을 감싸면 외로움도 환해지던 그런 순간이 있었다.

길은 시간과 함께 변한다. 혁신 도시로 이어진 길에 있던 큰 벚나무들 중에는 상당 부분 많이 잘려 나갔다. 구불구불했던 길이 자로 그은 듯 일직선이 되고, 아파트가 더 들어서고 자동차가 더 많이 다닌다. 벚꽃 터널이 되었던 나무들의 흔적이 대부분 사라져가고 있다. 벚꽃이 피는 계절 그곳을 지날 때마다 기억의 한 부분이 몽땅 잘려 나간 느낌이다.

아무튼 아직 남은 그 벚꽃 길을 최대한 천천히 그리고 더디 가고 싶다. 그 길은 아무 말 않고 걸어도 충분히 설렌다. 나무와 나무 사이, 한 행과 한 행 사이 그리고 말과 말의 그늘 속에서는 사물과 세계의 본질에 최대한 가까워질 수 있으므로. 세상은 그 그늘과 고독의 힘으로 더 아름다워진다는 것을. 다시 봄이 오면 '살아갈 날들을 기적'이라 말했던 K의 말처럼 그 꽃길을 '기적'처럼 걷고 싶다.

267
267
268
268
269
270
270
271

城圖

보물 제1600호
성격 회화식 지도
재질 종이 바탕에 수묵채색
크기 세로 111.8㎝, 가로 356.4㎝
제작시기 조선시대, 19세기
소장·전승 계명대학교 행소박물관

진주성晉州城과 주변의 경관
지도이며 진주성 내외의
병풍에 재현했다. 내성과
구조와 성 안팎의 공공 시
하게 묘사되어 있다. 또 산
景物 묘사에 회화 표현을

진남루鎭南樓
포루砲樓
구북문舊北門
선화당宣化堂
내아內衙
공신당拱辰堂
예고禮庫
양무장養武倉
단실丹室
책실冊室
보군창保軍倉
현위치
운주헌運籌軒
백화당百和堂
군기고軍器庫
공소公所
병고兵庫
화약고火藥庫
삼문三門
도훈청
서남창西南倉
공고工庫
내직소內直所
원문轅門
창렬사彰烈祠
예수청
영방營房
서장대西將臺
별무사청別武士
사령방使令房
집사청執事
사창社倉
군뢰방
산성사山城寺
내수문內水門
서문西門
석불石佛

여덟째 날

역사의 이름으로

형평 100주년,
다시 새로운 100년을 위해

다수의 이름으로도 할 수 있는 것이
아무것도 없던 그때
나는 왜 네 눈물이 아직
몰락이 아니라고 말하지 못했을까
–「밤이 셋이거나 아홉이라도」 중에서

K에게 진주 형평운동에 대한 이야기를 했다.

어느 시대 어느 사회에서나 기득권 세력의 정치적 정동은 불안과 적대의 구조 속에서 끊임없이 사회적 혐오를 만들어낸다. 더군다나 사회적 약자의 생존과 기본권에 대한 문제는 현실의 가장 직핍한 문제로서 그 사회가 절박한 변화의 정점에 있음을 의미한다. 이미 100년 전 진주에는 그런 차별과 불평등에 공동체의 협력과 분투로 저항한 이들이 있었다고 K에게 말했다.

형평운동은 1923년 4월 진주에서 조직된 '형평사(衡平社)'를 중심으로 백정들의 차별철폐와 신분 해방을 목적으로 '저울[衡]처럼 평등한[平] 사회'를 위해 일어난 우리나라 최초의 인권 운동이다. 애정과 평등을 강조하며 인간의 자유와 기본 권리를 주장한 형평운동은 1948년 UN이 공포한 〈세계인권선언〉보다 훨씬 앞선 인권의식이다. 이미 시대는 달라졌고 변화의 속도는 빨라졌다. 그럼에도 진주를 '천년의 도시'라고 이름 짓는 이유는 진주의 유산이나 유물이 아니라 이러한 '진주 정신' 때문일 것이다.

고려 시대에는 평민을 가리켰던 '백정'이라는 칭호가 조선 시대에 와서는 도살업(屠殺業)을 전문으로 하는 천민 계층을 이르는 말이었다. 익히 알려진 대로 그들은 대대로 가축 잡는 일을 하거나, 가죽제품이나 놋그릇 등의 생활용품을 만들어 팔았으며 호적에 이름을 올리지도 못했다. 교육의 기회는 꿈조차 꿀 수 없었으며 결혼 또한 백정들과 해야 했고, 남자는 상투를 여자는 비녀를 꽂지 못했다. 장례를 치를 때도 상복을 입지 못했고 일반인의 묘지와 떨어져 있어야 했다. 사실상 그들은 태어나서 죽을 때까지 다른 천민들보다 더 낮은 대우를 받은 천민 중의 천민이었다.

조선 후기에 들어서 이러한 백정의 차별에 대한 비판과 혁신의 목소리가 높아지기 시작했다. 이에 조선 정부는 1894년 갑오개혁의 '해방의안(解放議案)'으로 백정 해방령을 공포했다. 백정들의 자유와 인권 보호에 대한 움직임이 확대되었고, 이는 조선의 근대화 과정과도 연결되었다. 백정 출신 박성춘은 독립협회가 주최한 만민공동회에 연사로 나서서 연설하기도 했다. 그는 정부에 백정들도 갓과 망건을 쓰게 해달라고 청원을 했고, 정부는 이를 승인하고 그들이 평민임을 인정했다.

하지만 이들에 대한 차별이 하루아침에 사라지지는 않았다. 호적에도 '도한屠漢'이라는 표식이 여전히 붙었고 이름 앞에 붉은 점이 찍혔다, 사람들의 뇌리에 박힌 백정에 대한 오랜 인식은 일제강점기까지 이어져 사실상 그들의 차별철폐는 형식에 불과했다. 그뿐만 아니라 백정들은 교회에서도 평민들과 같이 예배를 보지 못했는데 교회에 들어가려는 그들을 밖에서 막기도 했다. 아무리 재력이 있는 백정들도 자신뿐 아니라 아들의 신분까지 숨기고 다녔다.

이러한 차별을 받던 백정들은 그들의 신분 해방을 위해 '형평사'를 조직했다. 1923년 4월 25일 진주에서 강상호, 신현수, 천석구 등 양반 출신 사회운동가들과 장지필과 같은 백정 출신 지식인 그리고 이학찬과 같은 경제력을 가지고 있던 백정 계급들이 '형평사'를 설립했다. 형평사는 일본 수평운동의 영향을 받았으며 일제강점기에 조선에서 가장 오래 활동한 사회 인권 단체이다. 특히 강상호는 '신(新)백정'이라고 불리는 수모를 당하면서도 이들의 바람막이 역할을 끝까지 하며 형평운동에 온 힘을 쏟았다. 그 후 형평사는 전국 12개 지사와 67개 분사로 결성되어 전국적인 규모로 활발하게 전개되었다. 하지만 형평운동을 저지하는 '반 형평' 세력과의 대립을 피할 수 없었고 더군다나 이데올로기적인 갈등으로 내부 분열이 일어나게 되었다. 또한 일제의 탄압까지 받게 되면서 점차 위축되어 1935년 4월 24일 제13차 형평사 전국대회 때 대동사(大同社)로 이름이 바뀌었다.

K는 한국 사회는 식민지 해방과 6·25전쟁 그리고 과도한 경제발전을 거치면서 신분 차별은 극복되었지만, 사회적 양극화와 불평등 고착화에 따른 자본주의 증후로서 새로운 차별들이 등장하였다고 했다. 그러므로 형평운동의 인권과 공동체 정신은 특정 카르텔이나 트러스트에 묶이지 않고 다양성을 포용하는 새로운 패러다임으로 지금뿐 아니라 앞으로 100년 후에도 '지속 가능한 정신'으로 거듭날 것이라고 했다.

비스와바 쉼보르스카의
'끝과 시작'을 생각하는 밤

기침을 하면 토막토막 새가 튀어나온다 손을 들면
까맣게 타는 눈. 부르던 이름을 멈출 수가 없었다. 운동장
을 다 지날 때까지 아무도 뒤를 돌아보지 않는다

–「이상한 호명」 중에서

언젠가 K와 쉼보르스카의 시들을 가지고 열띤 토론을 한 적이 있다. '형평' 이야기를 하면서 우리는 또 동시에 그를 떠올렸다. 아무튼 우리 둘은 모두 그와 그의 시를 몹시 사랑한다는 것만은 분명한 사실하다.

1923년 폴란드의 작은 마을에서 태어난 쉼보르스카는 1939년 2차 세계대전이 발발하자 공습을 피하기 위해 지하에서 교육을 받았다. 1943년부터 철도 직원으로 일하면서 독일로 강제 추방당하지 않을 수 있었다. 어린 시절부터 잔혹한 전쟁을 겪은 그는 살아남은 사람의 황망하고 비참한 심정이 시의 곳곳에 녹아있다.

1945년에 '단어를 찾아서'를 발표하며 스물두 살에 등단하여 60여 년 이상 시를 쓴 그는 2012년 2월 폴란드 남부 크라쿠프의 자택에서 세상을 떠났다. 그리고 2년 뒤 유고 시집 『충분하다』가 출간됐다. 그가 죽었을 때 그를 사랑했던 사람들은 더 이상 그의 새로운 시를 만날 수 없음에 안타까워했는데 그때 시인의 책상 서랍에서 오래된 원고 뭉치가 발견되었다. 그렇게 미발간 원고를 모은 시집 『검은 시집』에 실린 「돌아온 회환」에는 '먼지보다 하찮은 순

간들로/ 나는 너보다 오래 살아남았다'는 뼈아픈 구절이 있다. 떠나간 이들에 대한 마음을 도무지 잊지도 놓지도 못하는 그의 모습이 드러난다.

> 한때 우리는 닥치는 대로 세상을 살아갈 수 있었다. 그때 세상은
> 서로 꼭 맞잡은 두 손에 들어갈 수 있으리만치 작았다.
> 웃으면서 묘사할 수 있을 만큼 간단했다.
> 기도문에 나오는 해묵은 진실의 메아리처럼 평범했다.
>
> 역사는 승리의 팡파르를 울리지 못하고
> 더러운 먼지를 내뿜어 우리 눈을 속였다.
> 우리 앞에는 칠흑처럼 어둡고 머나먼 길과
> 죄악으로 오염된 우물, 쓰디쓴 빵 조막만 남았을 뿐
>
> 전쟁으로 얻은 우리의 전리품, 그건 세상에 대한 깨달음. 세상은
> 서로 꼭 맞잡은 두 손에 들어갈 수 있으리만치 크다는 것.
> 웃으면서 묘사할 수 있을 만큼 복잡하다는 것.
> 기도문에 나오는 해묵은 메아리처럼 특별하다는 것.
>
> — 비스와바 쉼보르스카, 『끝과 시작』 부분

하나의 시간과 역사가 끝나면 또 다른 시간과 역사가 시작될 것이다. 전쟁이 끝난 후 그 폐허의 자리를 정리하고, 잔해들을 치우고, 다시 대들보를 세우고, 문을 달고, 집을 수리한다. 우리 앞에 '칠흑처럼 어둡고 머나먼 길'이 있지만 '서로 꼭 맞잡은 두 손'으로 헤쳐 나갈 수 있고 언제나 끝과 시작은 인과로 돌아간다는 깨달음을 그의 시에서 만나게 된다.

그녀가 노벨상을 받으며 던진 말은 오랫동안 기억에 남는다. "시인에게 정말로 중요하고 의미 있는 시간은 따로 있죠. 혼자 자신의 방으로 돌아가 문을 걸어 잠그고, 거추장스런 망토와 가면과 허례 의식을 모두 벗어던진 채 고

요한 침묵에 잠겨, 아직 채 메워지지 않은 종이를 앞에 놓고 조용히 자기 자신을 들여다보는 그런 순간 말입니다" 그렇게 그는 자신의 깊은 침묵을 대면하며 시를 썼다.

그런 쉼보르스카는 「시대의 자식들」이라는 시에서 "하루 내내, 밤중 내내, 모든 일은-당신의 일, 우리의 일, 그들의 일은 모두 정치다"라고 했다. 하루도 빠짐없이 이 나라의 정치인들은 국민들을 위해 온 힘을 다해 정치를 할 텐데, 여전히 사람들은 죽고, 동물들도 죽고, 집들은 불타고, 세상이 온통 물에 잠겨 허우적거리는 것 같다고. 그러니 이 시대 우리는 사소한 것과 더 작은 것을 위해 고독해야 하고 그것을 위해 시를 써야 한다고 했다. 어떤 그리움은 떠나간 사람이 끝내 하지 않은 말을 매번 새로운 언어로 적는 일로만 견딜 수 있기 때문이다.

전쟁 세대이자 나치 독일의 가장 큰 피해자였던 폴란드인이었음에도 불구하고 쉼보르스카는 시를 통해 당시의 경험을 구체적으로 이야기하지 않았다. 그것에 대해 그는 동료 문인들만큼 전쟁의 체험을 생생하게 그려내지 못하기 때문이라고 했다. 하지만 시인은 침묵한 것이 아니었다. 단지 전쟁의 비극 앞에서 자신의 언어가 충분하지 않다고 느꼈을 뿐이다.

어느 시대 어느 역사에서나 전쟁과 불의로부터 맞서 싸우는 시인이 있고, 살아남았다는 것이 긍지가 될 수 없기에 그것을 견디며 은둔 생활로 창작을 이어가는 시인도 있다. '솟구치는 말들을 한마디로 표현하고 싶었다'(「단어를 찾아서」)고 한 쉼보르스카는 가장 용감한 단어는 여전히 비겁하고, 가장 천박한 단어는 너무나 거룩하다고 했다. 그러기에 무서운 신의 분노나 피끓은 증오처럼 그들이 누구였는지, 무슨 일이 일어났는지, 지금 내가 듣고 쓰는 것으로는 충분하지 않기에 그것을 정확하고 분명하게 기술할 '하나의 단어', 그것을 찾기 위해 온 힘을 다해 헤맸다. 그러니 그 시절, 내 안의 공포와 내가 본 모든 것의 증인이 되지 못해 하루하루가 무참해지던 시절, 단어와 문장에 길을 헤매다 문득 고개를 드니 새벽이 다가와 있었다. 나는 K에게 그때처럼 여전히 '살기 위해' '잘 살기 위해' 시를 쓴다고 말했다. 세상의 방해로부터 자신을 지키기 위한 혼자만의 의식이 '시쓰기'라고. 그리고 이 세상 그 누구도 아무런 연습 없이 태어나 아무런 연습 없이 죽는 것처럼. 반복되는 하루는 단 한 번도 없다고.

비스와바 심보르스카(Wisława Szymborska)
1923.7.2 ~ 2012.2.1

1939년 나치 독일의 폴란드 침공으로 제2차 세계대전이 시작됐고, 그 참상의 복판에 있었던 쉼보르스카는 삶이, 시가 하찮아지는 가운데 오히려 '살기 위해' 시를 썼다고 했다.

interview

저울처럼 공평한 세상을 위하여

2023년은 백 년의 시차를 두고 '형평 정신'의 현재성을 새롭게 되새기는 해였다. 그동안 형평운동은 공동체 구성원들의 연대와 협력, 주체적 참여를 강조하며 보다 다각적이고 진보적인 방향으로 발전하였다. 우리 사회의 민주화는 정치적 민주화운동뿐만 아니라 이러한 사회적 인권운동의 측면에서보다 다층적이고 폭넓게 조망되어야 할 것이다. 형평운동의 정신을 기리고 그 뜻을 이어가고 있는 형평운동기념사업회 운영위원장 신진균 선생님을 만났다.

1923년 4월 25일 일어난 형평운동은 진주에서 시작되어 전국으로 확산해 간 백정들의 차별철폐 운동으로 일제강점기 가장 활발하고 오랫동안 지속된

뜻깊은 사회운동이었기에 더욱 자랑스러운데요.

맞습니다. 형평운동은 단순히 백정들의 신분해방, 차별철폐 운동이 아니라 비백정 출신의 노동자, 농민, 지식인들과 함께 연대와 협력을 통한 사회개혁운동이자 민족해방운동이었습니다. '인권'이라는 말도 없던 시절, 가장 차별받았던 백정 출신들이 그들의 경제적 이익뿐만 아니라 인류 보편의 인권의 가치를 전면에 내세운 세계 인권운동사의 금자탑이었죠. 또한 제국주의와 식민지 민중 간의 국적과 민족을 초월한 국제적 인권연대를 보여준 위대한 역사라고 할 수 있죠.

2023년은 형평운동 100주년의 해였죠. '형평운동기념사업회'가 그동안 걸어온 발자취를 간략하게 소개해 주세요.

100년 전 진주에서 형평운동이 시작되었고, 그 위대한 역사를 기억하기 위한 노력도 진주사람들에 의해 시작되었습니다. 반차별 인권운동단체로서 1923년 4월 25일 진주에서 창립된 형평사 창립 70주년을 한해 앞두고, 그 역사적 의미를 기리고 정신을 계승하고자 기념사업회가 1992년에 만들어진 것입니다. 남성당 한약방에서 김장하 선생을 비롯한 진주의 뜻있는 분들이 모여 기념사업회를 만든 이후, 지금까지 많은 사업들을 해왔습니다.

형평운동70주년기념사업회 창립, 형평운동 70주년기념 사업, 형평운동기념탑 건립, 개편대회를 통한 장애인 인권운동 채택과 형평운동 80주년기념사업, 진주지역 초등학교 편의시설 실태조사 및 장애인식 개선프로그램 개발, "형평운동가 강상호 선생의 재조명"-기념사업을 위한 공청회 개최, 강상호 묘역 안내판 설치, 진주교회 동석예배 기념 표지판 설치, 형평운동기념탑

제5회 형평 역사 캠프

경남문화예술회관 근처로 '임시' 이전 그리고 2023년 형평운동100주년기념사업 등을 들 수 있겠네요.

이 외에도 매년 4월 형평사 창립을 기념하여 명사를 초청하여 '사람사는 이야기'를 주제로 강연회를 개최하고 있습니다. 사업회 내 형평역사팀에서는 2012년부터 초·중·고등학생을 대상으로 '형평실천 UCC 공모전'과 '형평역사캠프'를 격년제로 운영하고 있어요. 그리고 시민을 대상으로 형평답사 프로그램인 '형평을 배우고, 형평을 만나고, 형평을 말하다'를 운영하고 있습니다.

말씀을 들으니 그동안 기념사업회에서 형평운동과 관련하여 많은 일들을 해왔는데요. 이 형평운동 혹은 형평 정신과 '김장하' 선생님은 떼려야 뗄 수 없는 관계잖아요.

형평운동의 역사는 한마디로 '의도된 망각'이었습니다. 운동의 당사자인

백정들에게는 '잊고 싶었던' 역사였고, 연구자를 비롯한 일반 시민들에게는 '잊힌' 역사였죠. 형평운동에 관한 최초의 학술논문이 1967년에야 나왔고, 1980년대가 되어서야 경상국립대학교의 몇몇 연구자에 의해 연구되기 시작했습니다. 그런 상황에서 선생은 1992년 형평운동70주년기념사업회를 주도적으로 창립하여, 1993년 70주년 기념사업을 성공적으로 이끌었습니다. 1996년에는 형평운동을 대중들에게 널리 알릴 수 있는 기념 조형물인 형평운동기념탑을 건립하는 데도 큰 역할을 하였다. 2003년 80주년 기념사업을 마무리하면서 '생활 속의 인권운동'을 지향하며 기념사업회를 새롭게 개편할 때 김장하 선생님께서 초대 이사장을 맡았습니다.

형평운동기념사업회와 저의 인연은 이때부터 시작되었으니, 올해로 꼭 20년째네요. 초대 이사장으로서 선생과 함께 한 시간은 참 행복했습니다. 이사회가 있는 날이면 언제나 제일 먼저 오셔서 온화한 미소로 맞아주셨고요. 이사회가 끝나면 어김없이, 그리고 조용하게 밥값을 계산해 주셨어요. 그리고 한 번도 선생께서 목소리 톤을 높이거나 화내는 모습을 본 적이 없습니다. 항상 점잖고 근엄한 모습만 보이신 것은 아니시고, 한 번씩 위트 넘치는 농담으로 좌중을 웃게 하실 때도 계시고요.

만약 김장하 선생이 아니었다면 오늘날의 기념사업회는 존재하지 않았을 겁니다. 형평운동에 관한 연구도 이렇게 활성화되지 못했을 것이고요. 강상호 선생이 소위 양반 출신이었음에도, 그 시대 가장 낮은 신분이었던 '백정'을 위해 헌신한 것처럼, 김장하 선생은 아픈 사람들을 대상으로 쌓은 부를 개인의 영달이 아닌 사회적 약자와 지역사회를 위해 봉사하고 나눔을 실천하였습니다. 세간에서 김장하 선생을 제2의 강상호, 진정한 어른이라고 부르는 이유도 거기 있지 않을까요.

'형평탑' 이전 문제로 한동안 갈등을 많이 겪었는데 그 과정들이 궁금해요.

지금의 형평탑은 경남문화예술회관 근처 남강변의 문화거리에 있지만, 원래 진주성 촉석문 앞, 장어거리로 유명한 옛 진주문화원 옆에 위치하고 있었습니다. 진주대첩기념광장(이하 대첩광장) 조성 사업이 추진되면서 2017년 12월 10일 지금의 자리로 옮기게 되었죠. 대첩광장의 존재를 알게 된 시점은 2011년 7월이었습니다. 사업회에서 '강상호 선생 묘역 정비 및 형평운동기념탑 안내 표지판 설치 요청' 공문에 대하여 진주시에서 "대첩광장 조성 사업이 구체화되면 전체적인 틀 속에서 함께 고려해야 할 사항"이라는 답변이 왔던 겁니다. 그때 제가 이사회에 정식으로 문제 제기를 했지만, 당장 일어나지 않은 일이라 특별한 관심을 끌지 못한 채 몇 년이 흘렀습니다. 그러다가 2015년 대첩광장 사업이 구체화되면서 진주시로부터 '형평탑 이전 계획 수립'을 요구하는 공문이 전달되면서부터 본격화되었죠. 이후 여러 차례 사업회-진주시 간 협의를 거쳤지만, 2016년 5월 역사진주시민모임이 결성되면서 새로운 국면을 맞게 되었습니다.

사실 대첩광장 조성으로 인한 형평탑 이전 문제를 세상에 알린 것은 제가 "평등 담은 형평운동기념탑 이전은 21세기 백정 차별이다."라는 글을 단디뉴스에 기고하면서부터였습니다. 저는 이 기고문에서 장소성을 강조했습니다. 형평탑을 촉석문 앞에 진주성 안에 세운 것은 평소 진주성 안으로 들어갈 수 없었던 백정들의 한을 풀어주자는 의미가 있었던 것이고요. 지자체나 특정 개인이 아닌 1,500여 명의 시민들의 뜻을 모아 세운 위대한 역사성을 강조했습니다. 이후 서○○ 시의원과 함께 지역 인사들을 모으기 시작했고, 그래서 만들어진 단체가 역사진주시민모임이었어요. 그런데 사태의 방향이 이상한 방향으로 흘러갔어요. 형평탑 이전을 반대하면서 이슈화되고 시민단체까지 만들어졌는데, 관심이 형평탑에서 대첩광장으로 옮겨가 버린 것이죠. 그 과정에서 저는 안팎으로 마음고생을 많이 했죠. 학교에서 아이들을 가르치며 어렵게 어렵게 형평탑 문제를 이슈화하고 시민단체까지 만들어냈지만, 사업회 내부에서는 대표성 시비를 겪었고, 역사진주 시민모임에서는 형평탑 이전 문제는 아예 언급조차 못 하게 하였거든요. 우여곡절 끝에 대첩광장 부지에 대한 문화재 발굴이 이루어지면서 진주성 외성과 고려시대 토성, 그리고 통일신라 시대 배수로 등의 다양한 유구 · 유적을 발굴하는 성과를 가져왔습니다.

결국 2년여 만에 대첩광장 조성사업은 문화재 보존을 위한 주차장 축소와 함께 역사공원과 문화 활동공간으로 변경해 사업을 추진하고 있고요. 약 20년 전 1,500여 명의 시민 성금으로 세워진 형평탑은 2017년 12월 10일, '임시'라는 단서를 달고 현재의 위치로 옮기게 되었는데요. 옮기는 과정에도 저는 몇 번이나 조퇴를 내고 현장을 지켜야 했습니다. 대첩광장 완성 후 제자리로 옮긴다는 단서를 달았지만, 비움의 콘셉트를 내세운 대첩광장에 밀려 제자리로 돌아가기는 사실상 힘들게 되었어요. 앞으로 형평탑을 현 위치에 둘 것인지, 형평역사공원 예정부지인 강상호 묘역으로 이전할지 고민 중입니다.

이 형평운동이 '진주'에서 최초로 일어날 수밖에 없었던 이유에 대해서는 다양한 차원에서 생각해 볼 수 있을 텐데요. 선생님은 어떻게 생각하세요?

예 저도 형평운동이 왜 하필 진주에서 일어났을까를 고민하던 시절이 있었습니다. 학계에서는 대표적으로 이학찬 불만설과 수평사 영향설로 설명할 수 있습니다. 하지만 진주에서 형평운동이 시작된 배경은 좀 더 거시적인 관점에서 찾을 필요가 있습니다.

진주에 백정의 수가 특별히 많았던 것도 아니고 백정에 대한 차별이 심했던 것도 아니었어요. 먼 배경으로는 진주의 역사적 문화적 조건 속에서 찾을 수 있죠. 진주는 조선후기 전국적으로 확산되었던 임술농민봉기가 시작된 곳입니다. 이후 1894년 동학농민운동, 1896년 을미의병 때도 진주는 경상도 지역의 중요한 거점이었죠. 1909년에는 진주교회에서 백정과 비백정 사이에 동석예배 문제로 약 3개월간의 진통 끝에 경남 최초로 동석예배를 이끌어냈습니다. 같은 해 진주에서는 전국 최초의 일간지 경남일보가 창간되기도 했습니다.

이러한 진주지역의 선구성은 일제강점기로 이어졌죠. 진주의 만세운동은 서부경남 전역으로 3.1운동을 크게 확산시켰고, 이후 진주지역은 '사회운동의 시대'라 불릴 만큼 매우 활발하게 일어났습니다. 소년운동과 소작인대회가 전국에서 최초로 일어났습니다. 1922년에 일어난 일본의 수평사 운동은 형평사 창립에 큰 자극을 주었을 것입니다. 강상호, 신현수 등 형평운동 지도자들이 당시 신문 지국장이었기 때문에 일본의 사정을 잘 알고 있었을 겁니다. 이런 상황에서 백정 이학찬 자제의 학교입학 거부 사건은 직접적인 배경으로 작용했을 것입니다. 형평운동의 배경을 얘기할 때 우리가 반드시 기억해야 할 사실은 진주 백정들의 투쟁 경험입니다. 1900년 초 진주지역 백정들은 '우리도 갓을 쓸 수 있게 해달라.'며 집단 탄원을 냈고, 이를 관철시켰습니다. 1910년 장지필을 중심으로 도수조합 건립 시도도 성패 여부를 떠나 형평사 창립에 밑거름이 되었을 겁니다. 가히 형평운동의 전사(前史)라 할 만하죠. 결국 진주지역 역사의 선진성이 3.1운동 이후 사회운동의 시대를 맞이하여 일찍이 차별철폐를 외쳤던 경험을 가진 진주 백정들과 선각자들이 연대와 협력으로 형평사가 창립될 수 있었던 겁니다.

'형평기념관' 건립은 '형평운동'의 과거와 현재
그리고 미래의 역사적 의미를 되새기고 보존할 수 있는 중요한 장소입니다.
추진 계획 중인 걸로 알고 있어요.

형평기념관은 제가 오래전부터 기념관 건립을 끊임없이 주장해왔습니다. 지금도 많은 분들이 이루어질 수 없는 허황된 꿈이라고 얘기하곤 합니다. 기념관 건립은 막대한 예산이 소요되기 때문에 지자체와 정부의 의지 없이는 불가능한 것이 사실입니다. 어떤 사람들은 기념관에 전시할 만한 자료가 있는지 반문하곤 합니다. 전시할 유물과 자료가 없는 게 아니라 의지가 부족한 것이라고 생각해요. 지난 2022년 경남도립미술관의 '도큐멘타 경남Ⅱ-형평의 저울' 기획전시, 2023년 국립 진주박물관의 100주년 기획전시 '공평과 애정의 연대, 형평운동'은 기념관 건립의 당위와 필요성을 증명해 주기에 충분했습니다.

제가 생각하는 기념관은 전시 기능, 연구소 기능, 인권센터/교육 기능을 갖추어야 한다고 생각합니다. 그렇다고 크고 화려한 기념관을 원하는 것이 아닙니다. 지난 2003년 일본의 수평사 박물관을 방문한 적이 있었습니다. 일본에서는 1998년에 이미 수평사 박물관을 건립하였고, 다양한 역할을 수행하고 있었습니다. 형평운동과 수평운동, 그 시작은 1년 차이지만 일본은 우리보다 적어도 25년 이상 앞서갔습니다. 형평운동이 일본의 수평운동보다 덜 위대한 역사인가? 현재 기념사업회에서는 강상호 묘소 앞 부지를 형평역사공원, 나아가 기념관 건립 예정지로 제안한 바 있습니다. 이곳에 형평역사공원 내지 기념관이 건립되면 가까운 거리에 있는 석류공원과 문학공원을 둘레길로 연결할 수 있죠. 기존의 녹지공원에다 제대로 된 콘텐츠를 갖춘 역사공원과 문학공원이 연결되면 세상 어디에도 없는 테마공원이 될 수 있으리라 확신해요.

역사공원과 문학공원이 연결되면 진주만의 훌륭한 콘텐츠가 될 것 같아 몹시 기대가 됩니다.(웃음) 우리나라의 교육은 '수능'과 직결됩니다. 수능에 출제되었느냐에 따라 교육현장에서의 중요도가 달라지는 것도 사실이죠. 그런 점에서 형평운동이 수능에 출제되는 데 큰 역할을 하신 것으로 알고 있어요. 그리고 최근에 초등학생용 지역사 교재를 만드셨는데 그 과정들도 말씀해 주세요.

2007학년도 대학수학능력 시험이었으니, 실제로 출제한 것은 2006년의 일이네요. 당시 '한국 근현대사' 과목의 수능 출제 위원으로 활동하고 있었습니다. 그때까지만 해도 형평운동을 다룬 수능 문제는 단 한 번도 없었습니다. 형평운동 수능출제는 그리 순탄치 않았어요. 평가원에서 강하게 반대했기 때문이었죠. 형평운동 관련 출제가 최초라서 위험 부담이 있고, 특정 지역 학생에게 유리한 문제라는 이유였습니다. 저는 강하게 따져 물었죠. 엄연히 교육 과정에도 명시되어 있고, 교과서에도 서술되어 있는데, 왜 문제가 되는지? 형평운동은 결코 진주만의 역사가 아니라 전국화된 운동이며, 일제강점기 가장 활발하고 오랫동안 전개되었던 사회운동이었다는 논리로 설득했고, 당시 동료 출제위원들이 힘을 실어주면서 어렵게 출제에 성공했습니다. 이후 모든 학교에서 형평운동을 가르치지 않을 수 없었고, 각종 문제집이나 참고서, 기출문항으로 제시되면서 학생들이 공부하지 않을 수 없게 되었습니다.

최근에는 한국사능력검정시험은 물론, 외국인의 한국인 귀화시험에도 출제되고 있다고 합니다.

초등학생용 지역사 교재 개발은 2021년 하반기쯤 진주교육지원청에 '형평운동'을 주제로 강의를 하면서 제안했고, 진주교육지원청에서 개발에 필요한 예산을 편성해 주어 가능했습니다. 예산뿐만 아니라 집필진과 검토진 구성에 관한 전권을 맡겨 준 덕분에 비교적 원활하게 교재개발을 할 수 있었어요. 이를 계기로 교육청에서도 형평운동 100주년 기념사업을 다양하게 할 수 있었습니다. 다만, 집필 기간이 아버지의 치매 간호, 아내의 항암 치료로 매우 힘든 시기였기에 감회가 남다릅니다. 특히 서울 ○○병원에서 아내의 수술 입원 중, 병원 휴게실에서 노트북을 들고 열심히 집필했던 기억이 아직도 생생해요. 그래도 진주지역 모든 초등학교 5학년 학생들에게 1권씩 배부되었고, 많은 학교에서 잘 활용되고 있다는 소식에 보람을 느낍니다.

개인적으로 정말 힘든 시간들을 보내셨는데, 더 큰 보람들이 있을 거라 생각해요. 이 일을 어떻게 처음 시작하게 되셨는지, 이 일에 대한 사명감 혹은 보람이 있으시다면?

제가 형평운동을 알게 된 것은 1996년의 일로 기억됩니다. 형평운동기념탑 건립 모금에 참여하게 되면서부터인데요. 사실 그전에는 형평운동을 몰랐습니다. 교과서에 서술되어 있지 않았기 때문에 배운 적도 없고 가르친 적도 없었던 것이죠. 그러다가 기념사업회 활동을 본격적으로 참여하게 된 것은 2003년부터였습니다. 그때부터 잠시도 한눈팔지 않고 활동했으니, 올해로 꼭 20년째가 되네요.

제가 이 일을 그토록 오랜 세월 동안 활동하는 것은 제가 역사 교사이기 때

형평 100주년 국제학술회의 종합토론

문이죠. 저는 언제나 역사 교사의 삶은 역사적이어야 한다는 소신을 갖고 있습니다. 여기서 삶이란 앎과 행동, 즉 이론과 실천 모두를 포함하는 것이죠. 역사적이라는 말은 역사 교사의 삶은 언제나 역사 발전에 이바지하는 것이어야 한다는 의미이기도 합니다. 모든 인간은 역사적 존재이며, 나 또한 역사 속에 선 인간입니다. 나아가 대학시절 지역사 교육의 중요성을 강조한 은사님의 가르침도 크게 작용했고요. 지역사를 제대로 공부하고 가르치는 것은 우리 민족사를 더욱 풍부하게 하는 일이며, 우리 할아버지와 아버지 세대의 잊혀져 가는 근현대사를 복원하는 일이며, 최종적으로는 저 자신의 역사를 써 가는 일입니다.

이 일을 하면서 요즘만큼 보람을 느낀 적도 없습니다. 100주년 기념사업에 대한 평가와 별개로 10년 전부터 고민했던 100주년 기념사업을 어쨌든 잘 해낸 것 같아 뿌듯하기도 하고요. 기념사업뿐만 아니라 각종 강연이나 신문, 방송 등 언론의 인터뷰, 출연, 자문 등으로 작년 올해 내 인생의 가장 바쁜 시기를 보내고 있습니다. 그중에서도 100주년 기념 국제학술회의를 수많은 난관에도 굴하지 않고, 스스로의 힘으로 해낸 나 자신에게 칭찬해주고 싶습니다. 최근에는 저의 고민과 목소리에 귀 기울여 주는 분들이 많아진 것도 달라진 점이라고 할 수 있겠네요. 형평운동에 관심을 갖고 미국 유명 대학의 교수가 찾아 와 인터뷰하기도 하고, 저의 제안으로 진주시의회에서도 형평운동연구회가 조직되고, 제 자문으로 다큐가 제작되는 등, 이 모든 일이 형평을 조금이라도 알리는 것이라는 점. 이것이 가장 큰 보람이 아닐까 해요.

진주에서 태어나고 자라셨는데, '진주'는 선생님에게 어떤 곳인가요?

제게 진주는 삶의 터전인 한마디로 고향입니다. 평생 역사 선생으로 살아온 저에게 진주는 아주 매력적이고 특별한 곳입니다. 지리산과 남해 바다와 인접하여 예부터 물산이 풍부하고 살기 좋은 곳으로 널리 알려져 있죠. 이중환의 택리지에도 진주는 조선 팔도에서도 토지 생산성이 가장 높은 지역으로 기록되어 있습니다.

무엇보다 청주-강주-진주를 거치며 우리나라 전체사에 큰 영향을 미친 굵직한 사건들이 일어난 이른바, 천년 역사의 도시입니다. 조선시대에 한정하더라도 진주성전투, 진주농민항쟁, 동학농민운동, 항일의병투쟁이 일어났던 곳이죠. 일제강점기에도 저항운동의 흐름이 계속 이어졌습니다. 기생과 걸인들도 참여했던 3.1운동, 우리나라 최초의 소년운동과 형평운동은 말할 필요도 없습니다. 그 외에도 지역일간지가 진주에서 처음으로 발간되었고, 농민(소작인) 대회도 진주가 최초였습니다. 이러한 역사의 선구성은 흔히 남명사상을 원형으로 삼고 있는 진주정신에서 비롯되었다고 말할 수 있습니다.

그런데 진주 역사의 선진성은 해방 이후 심한 단절을 겪게 됩니다. 특히 6.25 전쟁을 전후하여 빨치산 토벌, 보도연맹사건, 민간인학살 등을 거치면서 진보세력이 거의 궤멸되어 버렸죠. 그 결과 지금의 진주는 대표적인 보수지역으로 남게 되었고요. 근대화 과정에서 진주는 마산 창원에 밀려 교통면이나 경제적으로 낙후지역이 되었습니다. 진주의 천년 역사를 한마디로 요약하면, 흥망성쇠를 거듭한 '혼돈'의 역사라고 할 수 있습니다.

'형평운동'과 관련하여 교육이나 기념사업회가 나아가야 할 방향에 대해 고민이 될 것 같아요. 더불어 개인적으로 앞으로의 계획이 있다면 무엇일까요?

형평운동에 관한 연구와 함께 대중화하는 데도 관심을 가져야 한다고 봅니다. 또한 형평운동이 진주만의 역사라고 고집해서는 안 되고요. 진주에서 시작되어 전국으로 확산되었듯이 형평운동의 전국화를 시도해야 합니다. 나아가 형평의 가치와 정신이 기본적으로 인권이라는 인류 보편적 가치라는 점에서 세계화를 위한 노력도 병행해야 한다고 봐요. 이를 위해서는 우선 미래세대인 학생들에 대한 교육이 제도화되어야 합니다. 역사 교과서 서술 비중을 높여 전국의 학생들이 형평운동을 배워야 합니다. 최근 지역 기반 교육과정의 중요성이 부각되고 있는데, 지역화 교재로서 이미 제작 보급되어 있는 형평교과서를 많은 학교에서 활용해야 한다고 봅니다. 학생들의 동아리 답사, 역사 캠프 등 다양한 체험학습 프로그램 개발 운영할 필요가 있습니다. 이 모든 활동이 가능하려면 형평기념관의 건립이 필수적이고요.

조만간 형평사 창립 기념일인 4월 25일을 '형평의 날'이라 하여 국가지정 기념일로 제정하고 싶습니다. 그동안 기회 있을 때마다 주장해왔지만 크게 주목을 받지 못했는데, 100주년을 계기로 형평에 대한 높아진 관심을 잘 활용하면 불가능한 일은 아니라고 생각됩니다. 머지않아 형평운동을 진주의 역사브랜드로 삼아 "형평의 도시, 진주에 오신 것을 환영합니다."라는 안내판을 볼 수 있기를 기대합니다.

cooperation in interviews

신진균

1966년 진주에서 태어나고 자랐다. 2003년부터 형평운동기념사업회에서 활동하고 있으며, 오랫동안 형평역사팀장, 운영위원장을 맡아 기념사업회를 이끌어 왔고, 2023년 형평운동 100주년을 맞이하여 형평운동 100주년추진단 학술위원장으로 다양한 기념사업을 주도하였다. 대표적인 저서로는 『함께 배우는 진주성전투 이야기』, 『형평의 길을 걷다』가 있으며, 블로그 '형평지기(https://blog.naver.com/hp5282)'를 운영하고 있다.

역사 속의 형평 장소들

모든 꽃은 하나의 침묵에서 시작되고
똑같은 무로 현현하므로
-「그렇지만 사과꽃은 피지 않았다고 한다」 중에서

K는 대학 시절 구비문학에 관심을 많이 가졌던 탓인지 형평의 장소들에 대해서도 무척 궁금해 했다. 하나의 역사적 사건에는 그 사건이 일어나게 된 장소가 중요하다. 형평운동 또한 그 운동이 지속되는 동안 거쳐 간 많은 장소들이 있었다. 그 장소에 묻힌 수많은 기억들을 떠올리며 우리는 먼저 옥봉쪽으로 발걸음을 옮겼다.

〈옥봉과 진주 향교〉

1920년대 전국에는 40만 명 정도의 백정이 있었다. 그중 형평운동의 중심지인 진주에는 300~400명 정도 살았다. 1900년대 당시 백정이 갓을 쓰고 도포를 입을 수 있다는 것이 알려지자 주민 수백 명이 백정 마을로 쳐들어가서 집을 부수기까지 했다. 옛날 옥봉동에는 바로 백정들의 집단촌이 있었다. 옥봉은 진주 향교에서 한눈에 내려다 볼 수 있는 곳이다. 고려 성종 때 만들어진 이 향교는 높은 재단 위에 있어서 이곳에서 내려다보면 옥봉동이 보이고 오른쪽으로는 형평운동의 중심 인물이었던 강상호 선생이 세운 봉래초등학교도 보인다.

1937년경, 선학에서 바라본 옥봉동 (진농관)

옥봉은 일제강점기 때까지 백정들의 집단촌이었지만 그들은 자신들의 신분을 숨기기 위해 차츰 시내쪽으로 이주했다. 무엇보다 지금 옥봉에는 백정들의 흔적을 거의 찾아볼 수는 없다. 하지만 가파른 언덕 길에 다닥다닥 붙어 한때 달동네라 불리기도 했던 이곳은 100년전 백정들의 고단한 삶을 고스란히 기억하고 있는 장소임에는 틀림이 없다.

당시 백정 중 이학찬은 중앙시장에 정육점을 열어 큰돈을 벌었고, 자식들을 학교에 보내고 싶었지만 백정의 자식이라는 이유로 번번이 거부당했다. 그것은 당시 3.1운동으로 옥고를 치르고 나온 강상호와 교육 운동에 열심이었던 신현수 그리고 백정 출신으로 일본 메이지 대학을 다녔던 장지필이 형평사를 결성하게 되는 하나의 계기가 되었다.

〈진주교회〉

다음으로 간 곳은 진주교회다. '진주교회'는 호주의 선교사들이 1905년에 세운 진주 최초의 교회다. 또한 '진주에서 최초로 일반인과 백정들이 함께 예배를 본 교회'이기도 하다. 여기서 '일반인'은 양반과 평민을 말하는데 일반인과 백정의 동석 예배는 당시로서는 꿈같은 사건이었다. 사실 이 같은 동석 예배가 이루어지기까지 선교사들의 많은 노력이 있었다. 일반인들의 반발로 번번이 무산되다가 1909년에 성공하였는데 이 사건으로 '모든 사람은 평등하다'는 인간의 권리를 새삼 확인할 수 있는 계기가 되었다. 그 후 14년이 지난 1923년 4월 24일 '형평사'가 출범하는 단초가 되었다.

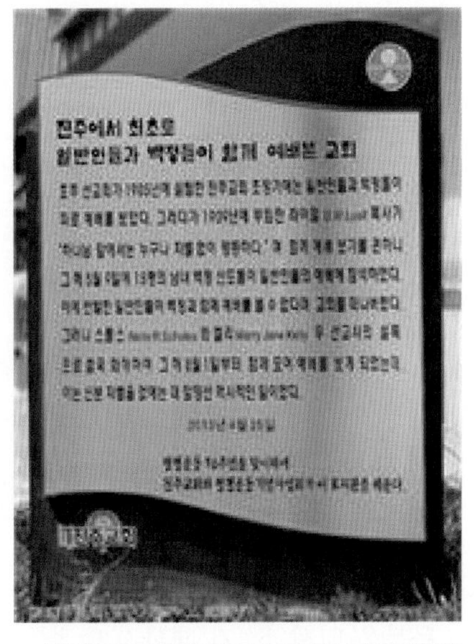

형평운동 90주년을 맞이하여 진주교회와
형평운동 기념사업회가 세운 표지판

또 진주 지역의 3·1운동은 이 진주교회의 종소리를 신호로 해서 시작되었다. 1919년 3월 18일 장날, 약 2만여 명이 만세운동에 참가했는데 이때 만세운동의 신호를 알렸던 종탑이 이곳에 복원되어 있다.

〈진주청년회관〉

지금은 흔적을 찾을 수 없지만 '진주청년회관'은 1923년 4월 25일 형평사가 창립된 곳이다. 약 80여 명의 참석자들이 모여 강상호를 의장으로 추대하고 형평사 주지와 사칙을 채택하였는데, 이 날은 백정들이 자신들의 목소리를 제대로 낸 역사적인 순간이었다. 최근 진주청년회관 위치가 비봉로 58번길, 중앙병원 북쪽 블록으로 재지정되었다.

〈진주좌〉

1922년 개관한 '진주좌'는 '진주극장'의 최초의 이름이다. 경남 제1호로 등록된 최초의 극장인 진주좌는 문화와 예술 그리고 사회운동의 중심지 역할을 했다. 무엇보다 진주좌는 1923년 5월 13일, 형평사 창립축하식이 열린 장소이다.

이날 형평사 창립축하식에는 전국 곳곳의 백정 지도자 400여 명이 참석하였고, 자동차 세 대로 시가지를 돌며 형평사의 취지와 축하식을 전국적으로 알리는 등 선전지 7천 여장을 배포하였을 정도로 규모가 큰 행사였다. 이 진주극장은 형평사 창립 축하식을 비롯한 형평사 활동(1923), 진주 소년소녀 가극대회(1924)를 열었으며 나운규의 영화 「잘 있거라」(1927) 등 각종 영화 상영을 하였다. 또한 경남도청 이전 반대 군중 집회(1924) 등 진주 사회운동 단체의 집회 장소로 이용되었다.

형평 창립 축하연이 열릴 때 기생들에게 와서 축하 노래를 해달라고 부탁했지만, 기생들이 백정들 앞에서는 노래를 부를 수 없다고 거절했다고 한다.

형평사가 결성된 다음에 반대 운동이 일어났던 시대적 분위기가 읽히는 부분이다. 칠반천인에 속한 기생조차 백정을 위해서는 노래할 수 없다고 했던 시절이었다.

〈의곡사〉

우리는 진주 중학교와 진주고등학교를 지나서 의곡길을 따라 올라갔다. 길 제일 끝에 위치한 절이 바로 의곡사다. 비봉산 아래 위치한 이 절은 신라 문무왕 시기에 설립된 고찰이다. 임진왜란 때 진주성이 함락된 뒤 이 절에서 승병들이 일어나 왜적과 싸웠던 절이다. 하지만 형평운동이 활발하던 당시 이 의곡사는 형평운동을 반대하는 사람들이 모였던 장소였다. 형평사가 창립된 지 한 달여 남짓 된 5월 하순, 진주 주변 24개 마을의 농청 대표자들이 의곡사에 모여, “형평사와 관계있는 자는 백정과 동일한 대우를 할 것, 소고기를 절대 사 먹지 않을 것, 형평사를 배척할 것” 등 5가지를 결의하였다. 반(反)형평사 운동은 이곳에 모여 반대 궐기대회를 하며 강상호를 ‘신백정’이라고 규탄하며 소가죽을 펼쳐놓고 그것을 찢는 퍼포먼스를 하기도 했다.

〈신현수 송공비〉

다음 장소는 망진산 봉수대에 있는 신현수 송공비다. 봉수대에서는 남강 건너의 진주성과 진주 시내가 내려다보이고 저 멀리 지리산이 보인다. 봉수대 바로 앞으로 나 있는 숲이 끝나는 지점에 바로 신현수 선생의 송공비가 세워져 있다. 세로로 깎은 펜대 모양의 돌로 감싼 비석은 세월의 흔적이 많이 드러난다. 신현수 선생은 민족해방은 민중의 계몽과 교육에 있다고 생각하여 유치원, 보통학교, 야학설립 운동에 많은 힘을 쏟았다. 그런 선생의 공덕을 기리기 위해 1932년 천전리(현 망경동) 주민들이 섭천리 못 앞(현 망경초등학교)에 공덕비를 세웠다. 광복과 전쟁으로 한때 유실되었다가 되찾은 공덕비는 1969년 망경초등학교 설립으로 다른 위치로 옮겨야 했다고 한다. 교육 계몽 활동에 매진했던 선생의 업적을 기려 펜촉 모양으로 정비하여 2005년 현재 위치에 자리하게 되었다.

〈형평운동기념탑〉

형평탑은 백정들의 외침을 우리가 어떻게 기념하고 계승할 것인가를 상징적으로 보여주는 이정표로서의 장소이다. 형평운동의 키워드가 '연대와 협력'이듯이 형평탑을 세울 때도 지역을 초월하여 1,500여 명의 시민들이 함께

했다. 2017년 형평탑을 이전해야 할 때도 많은 시민들이 함께 뜻을 모았다.

진주성 동문인 촉석문 앞에 형평 기념탑이 있었다. 형평운동기념사업회가 창립된 것은 형평사 창립 70주년을 한 해 앞둔 1992년 4월 24일이었다. 사업회는 1996년 12월 10일, 세계인권선언기념일에 이곳에 기념탑을 세웠다. 성안에 들어갈 수 없었던 백정들을 생각해서 촉석문 앞에 세웠던 것이다.

하지만 2017년 12월 기념탑이 경남문화예술관 앞으로 옮겨졌다. 촉석문 앞 광장에 지하 주차장을 조성한다는 이유로 임시 이전했다. 하지만 주차장 공사가 착수되어 그곳을 파보니 진주성 외성이 원형대로 땅속에 보전되어 있었다. '진주대첩광장' 조성 사업으로 발굴이 진행되고 있다. K는 임시 이전 중인 형평탑에 새겨진 '인간 존엄, 인간 사랑' 그리고 '자유 평등, 형평 정신'이라는 글자를 유심히 바라보며 무언가를 깊이 생각하는 듯 했다.

〈강상호 선생의 묘〉

형평의 마지막 장소는 강상호 선생의 묘소다. 강상호 선생의 묘는 현재 석류 공원 가기 전 새벼리 언덕에 안장되어 있다. 진주 정촌면 가좌리에서 천석꾼의 아들로 태어났지만 평생을 독립운동과 형평운동에 매진한 선생은 말년에는 진주를 떠나 일반성면에서 쓸쓸하게 보내다 돌아가셨다. 1957년 선생이 세상을 떠나자 전국에서 모여든 백정 출신의 인사들이 9일동안 성대한 장례를 치러주었다고 한다.

백촌 강상호 선생은 구한말과 일제 강점시대를 살면서 국채보상운동 경남회결성(1907), 진주의 3.1 운동 주도(1919), 일신고보 설립 발기인(1920), 일본인 목화 부정 사건 해결 실행위원(1924), 신간회 진주지회 간사(1927)

등의 중책을 맡았다. '신백정'이라는 비웃음 속에서도 선생이 여러 사회 활동 중에서 가장 심혈을 기울인 것은 바로 '형평운동'이었다.

그의 묘소 앞에는 시덕불망비가 있다. 이것은 강상호 선생의 어머니 숙부인 이 씨를 기리기 위한 것이다. 1917년 홍수로 진주가 물바다가 되자, 열두 곡간 문을 열어 사람들을 구제하여 굶주림과 죽음을 면한 주민들이 '베푼 덕을 잊지 말자'라는 뜻으로 이 비석을 세운 것이라 전해지고 있다. 정부에서는 2005년 이런 강상호 선생을 애국지사로 추서했다.

WE SHALL
OVERCOME
SELMA

K는 2004년 테리조지 감독의 영화 〈호텔 르완다〉 이야기를 했다. 이 영화는 르완다의 후치족과 투치족의 갈등으로 1994년 내전 중에 일어난 학살 사건을 중점적으로 다루고 있다. 르완다 대학살은 인류 역사상 가장 짧은 기간 동안 가장 많은 사람들이 죽은 사건이다. 3개월에 100만 명에 이르는 목숨을 잃었다는 것은 하루에 1만 명, 한 시간에 400여 명, 1분에 7명이 넘게 죽었다는 것이다. 르완다의 수도인 키갈리에 있는 호텔 밀 콜린스에서 내전이 일어난 100일동안 1,268명의 난민들을 보호한 지배인 폴 루세사바기나에 대한 실화이다. 호텔 관리인인 폴 루세사바기나의 용기 있는 행동을 중심으로 이야기가 진행된다. 영화에서 주인공이 했던 이 말은 그래서 아주 먹먹하다.

국가도 UN도 그 무엇도 믿지 말고,
이제 우리 스스로가 우리를 지켜야 해요.

2016년에 개봉한 〈서프러제트〉 또한 영국의 세탁노동자들의 인권 투쟁의 여정을 담고 있다. 서프러제트는 19세기부터 20세기 초반까지 여성 참정권 운동에 참여한 사람들의 이야기다. 한국 영화의 〈변호인〉은 1980년대 부산에서 활동한 故 노무현 전 대통령과 그가 변호했던 부림사건이 이 영화의 모티브다. 그리고 1965년 미국 흑인들의 투표권을 소재로 다룬 영화 〈셀마(Selma)〉가 있다. 2014년에 개봉된 이 영화는 미국의 시민권 운동을 중심으로 앨리배마 주 셀마에서 시작한 "셀마에서 몽고메리까지의 행진" 87km의 행진을 모티브로 하고 있다. 미국 인종차별의 역사를 비롯하여, 흑인 인권 개선을 위한 것으로 마틴 루터 킹이 했던 말이 기억에 남는다.

궁극의 비극은 나쁜 사람들의 억압과 잔인함이 아니라
선한 사람들의 침묵이다.

그리고 K에게 지난 3월에 타계한 박구경 시인에 대한 이야기를 했다. 박 시인은 경남일보 기자로 재직하다 진주와 사천 사이 복사동 보건 진료소 소장으로 오랫동안 근무했다. 퇴직 후 진주로 돌아와 진주의 역사 '형평운동'과 관련하여 많은 자료를 찾고 정리하여 『형평사를 그리다』와 유고 시집이 된 『진주형평운동』 두 권의 시집을 출간했다. 지난 30여 년간 형평운동과 관여된 일에 동참한 소회를 바탕으로 2023년에 발간한 『진주형평운동』에는 진주가 품은 강단 있는 의로움과 역사 현실의 유장한 서사를 시라는 운문으로 풀어내고 있다. '백정도 사람이다', '형평의 아침', '형평의 날들 속으로', '진주, 진주 사람들' 등 총 4부로 구성된 형평운동의 구술적 서사시라고 할 수 있다. 하지만 안타깝게도 '형평사' 100주년 기념일에 출간하기 위해 1년 전부터 작업을 해서 거의 완료된 지난 3월에 시인은 세상을 떠났다.

박구경 시인은 말하고 싶었던 것이다. "사람 위에 사람 없고/ 사람 아래 사람 없는" '공평'이 인권의 첫걸음이라고. 두 권의 시집에서는 형평 서사의 한계를 팩트로 종횡무진 가로지르며 방대한 분량의 형평사를 구술적인 서사로 풀어내기가 쉽지 않았을 것이다.

'어젯밤 등이 흰 소와/ 하늘 속으로 들어가/ 뭉게뭉게 구름으로 흘러 다니다가// 한잠의 꿈속을/ 털고 나왔다'(『형평사를 그리다』, 시인의 말) 고 했던 시인은 시를 쓰는 자신을, 시만 썼던 자신을 '바보'라고 했다. 깊은 눈발 속에서, 깊은 어둠 속에서 꽃이 피고 지는 것은 '세상을 너무 모르기' 때문이라고.

눈보라가 치는 날 돼지 국밥집 앞에서, 비가 많이 내리면 강변에 나가서 울던 시인. '이 때늦은 시간에'도 눈물이 많아 혼자 울던 그가 '어떤 조롱'에도 헤헤 웃어버렸던 것은 정말 그가 '아주 바보'였기 때문인지도 모른다.

분노와 슬픔 속에서 유장한 형평의 서사시를 두 권의 시집에 풀어내며 스스로와 바꿨던 것은 그가 정말 '아주 바보'였기 때문이었을까. 그러니 그날 전화 너머로 마지막 했던 그 말이 나는 아직도 내내 아프다고 K에게 말했다.

"지율씨, 봄 되면 꽃 피겠지. 그때 봐! 우리 같이 밥 먹자."

아홉째 날

사라져 가는 골목마다 숨어 있는
기억들

천사가 지나가는 시간
그 골목에는

눈 먼 정원사, 술잔을 들다 멈춘 아버지는 내 책상 위의 달을 모두 태웠다 나는 날마다 벽에 걸린 아버지의 사진을 긴 송곳으로 찍었다 아버지는 돋보기로 내 눈을 까맣게 태웠다 마당 가운데 묻힌 나는 아무 말도 하지 않았다 가끔 눈 먼 사람이 등을 스치고 지나갔다

-「말 없는 아이」 중에서

나는 상대동에서 태어나 아버지 직장을 따라 상평동에 잠시 살다가, 일곱 살 무렵 초전동으로 이사 왔다. 어릴 적 우리 집엔 큰 감나무가 있었다. 정확하게 말하면 그 감나무는 옆집의 나무였고 담 하나를 사이에 두고 나무의 절반이 우리 집으로 넘어왔다. 나는 그 감나무를 사랑했고 봄에 그 나무에 열리던 흰 감꽃을 더 사랑했다. 학교에서 돌아오면 감꽃이 마당에 하나, 둘 떨어져 있던 그 봄날은 더없이 설레는 하루하루였다.

나지막한 그 동네의 사람들은 비슷한 말투, 비슷한 욕심, 비슷한 얼굴을 하고 있었다. 아버지는 감나무가 있는 담벼락 밑으로 토끼집과 닭장을 만드셨다. 섬세하고 솜씨가 좋았던 아버지는 동생과 내가 심심하지 않게 우리 키에 맞추어 토끼와 병아리들의 모이통을 달아주었다. 우리는 마당에 떨어진 감꽃으로 소꿉놀이를 했다. 아버지는 감꽃을 먹어보라고 입에 넣어주시며 그것을 주워 오라고 하셨다. 동생과 나는 작은 손에 소복이 주웠고 아버지는 감꽃들을 하나씩 실에 끼워서 세상에서 하나밖에 없는 목걸이를 만들어 주셨다. 동생과 나는 그 목걸이를 걸고 앞니가 빠진 서로의 얼굴을 쳐다보며 키득키득 웃었다.

어느 날, 학교에서 돌아오니 집에 아무도 없었다. 심심하기도 하고 무섭기도 했지만 마루에서 곧 잠이 들었다. 한참을 자다가 꿈결인듯 뭔가 텅, 텅 하는 소리에 놀라 일어났지만 아무도 없었다. 꿈인 듯 멍하니 앉아 있으니 감꽃 하나가 토끼집 양철 지붕 위로 '텅'하고 떨어졌다. 조용한 집 양철 지붕 위로 떨어지는 감꽃 소리는 침묵을 가장 작고 단단하게 뭉쳐 놓은 것 같았다. 두려움이나 죄책감같이 무용하므로 아름다운 그런 마음들을 천천히 소리로 새기는 달팽이관의 모습처럼.

봄이 지나 가을이 되면 감꽃이 떨어진 자리에 커다란 감이 열렸다. 이상하게도 감은 우리 집으로 넘어온 나무에 더 많이 열렸다. 하고 싶은 말들이 닿을 수 없는 곳에서 더 반짝이듯 잘 익어 먹음직스러운 감은 언제나 먼 곳에 달려 있었다. 그때 아버지는 어린 우리들에게 쓸쓸하고 아름다운 말, 묵묵하고 먹먹한 그런 말들을 멀리서 하고 있었던 것 같다. 무언가를 오래 좋아해 온 사람만이 지닌 섬세한 애정의 방식과 누구도 침범할 수 없는 독특한 시선이 아버지에게는 있었다.

대학 입학한 후 얼마 지나지 않아 아버지는 감꽃이 예쁘게 피어있던 어느 날 홀연히 가셨다. 박하 냄새가 나던 아버지는 언제부턴가 토끼처럼 커다란 눈동자를 굴리며 말과 삶 속에서 자주 길을 잃었다. 어느 한 시인이 우물 속을 가만히 들여다본 것처럼 아버지도 우물 속에서 자신이 미워졌다가 가여워지고, 미워졌다 그리워지는 얼굴로 겹겹이 켜켜이 그렇게 자신과 지독하게 싸우다 가셨다. 나는 그런 아버지 때문에 한참을 방황했다.

> 흰 셔츠 윗주머니에
> 버찌를 가득 넣고
> 우리는 매일 넘어졌지
> 높이 던진 푸른 토마토
> 오후 다섯 시의 공중에서 붉게 익어
> 흘러내린다
>
> 우리는 너무 오래 생각했다
> 틀린 것을 말하기 위해
> 열쇠 잃은 흑단상자 속 어둠을 흔든다
>
> — 진은영, 「우리는 매일매일」 부분

흰 셔츠 주머니 안에서 터져버린 버찌처럼, 열쇠 잃은 흑단상자 속 흔들리던 어둠처럼 이십 대를 지나며 나는 매일매일 넘어졌고 비루하고 삐딱하게 서성거렸다. 지독하게 외롭고 무섭도록 외로운 시간이었다. 물속에 풀려나가는 푸른 잉크처럼 푸른 멍 하나가 온몸으로 번져갔다. 이십 대는 그렇게 이해되지도 용서되지도 않았던 아버지가 두고 간 꿈을 매일매일 꾸면서 어쩌면 더 리얼하고, 더 치명적이게 아버지처럼 살고 있었는지도 모르겠다. 약하고 아름다운, 아름답기만 하여 무력했던 아버지의 마음을 나는 아버지가 돌아가신 그 나이쯤 되어서야 조금은 알게 되었다.

나는 K에게 누구에게나 한 사람의 오늘을 있게 한 '사건'이 있다면 그 사건이 지나간 시간은 투명하지만 모호하고 아련하지만 곡진한 시간일 거라고 했다. 독일에서는 사람들 사이의 대화가 갑자기 끊기고 낯선 정적이 흐르는 순간을 '천사가 지나가는 시간'이라고 한다. 아버지가 만든 감꽃을 목에 걸던 그 시간과 감꽃 소리에 놀라 깨어난 그 순간들이 어쩌면 내 안에서 천사가 지나갔던 시간이었을지도 모른다고 했더니 K는 고개를 끄덕였다.

빨래를 널다가 커피 물을 끓이다가 베란다 유리창 너머로 꽃이 피고지는 것을 본다. 아픈 것들이 모두 아름다웠듯 결핍을 잘 통과한 아름다움이 더 특별하다. 그런 정처 없는 여정 속에 내가 떠나보낸 수많은 천사들. 그 천사들이 지나간 선물 같은 시간이 있었기에 그래도 조금은 덜 부끄럽게 오늘을 살고 있는지도 모르겠다는 말도.

interview

'두 진주 이야기'와 루시다 갤러리

루시다는 진주복합문화공간으로 2014년 호탄동에서 루시다 사진갤러리를 시작으로 2017년 지금의 망경동으로 옮겨오면서 새롭게 개관하였다. K와 망경동 옛 철길 소망거리로 걸어갔다. 멀리서 보이는 '해운탕'이라는 목욕탕 건물이 바로 루시다 건물이다. 그러니까 루시다는 목욕탕 건물을 개조한 공간으로 갤러리, 카페, 카메라 박물관, 사진책 도서관 그리고 3층 게스트 하우스를 통칭하여 '진주문화공간 루시다'라고 부른다.

'루시다'라는 공간에 올 때마다 이 공간만이 주는 특이한 느낌이 뭘까를 생각하게 되는데요. 어떤 한 공간에 사람들이 모이고 그들을 서로 소통하게 하는 에너지를 만들어내는 곳은 귀하고 아름답습니다. 그런 점에서 '루시다'라는 장소를 어떻게 말하고 싶으세요.

이사 후로는 우선 인근 지역 주민들과 친근해지기 위해 노력했습니다. 갤러리 전시뿐 아니라 지역민이 주인공으로 등장하는 골목길 테마 전시도 열어 인기를 얻었고요. 현재 도시재생사업 구역으로 이 지역이 포함돼 있는데, 루시다가 재생 공간으로는 상징적인 의미를 지니기 때문에 관의 사업에도 많은 도움이 되었던 것 같아요. 망경동 중심으로 사진 기록을 하면서 기록물을 생산했고요. 2021년의 〈두 진주 이야기〉 vol.2와 2022년 〈망경북동〉이라는 아카이브 기록물을 만들었습니다. 〈망경북동〉에는 주변 사람들의 소소한 삶의 이야기를 텍스트와 사진으로 묶었어요.

지역 기반 갤러리로서 2016년부터 해오던 지역 작가 지원프로그램사업을 확장하여 사진 교류 활동 촉진, 지역 사진 단체 의사소통을 목적하는 '사진으로 배틀하자'라는 전시 지원프로그램을 작년과 올해 진행했습니다. 기획자, 작가의 역량 강화를 위해 직접 작업하고 작업 발표 시간을 가져 개인 작업 수준을 향상시키는 데 도움이 되었다는 평가가 많았어요. 또한 지역별로 사진가들이 접촉하고 작업 이야기를 나눌 수 있는 기회가 되었다고 했습니다. 참여 작가들의 지역분포는 부산, 창원, 광주, 전남, 포항, 진주였어요.

기획전과 초대전의 적정 비율 배정과 사진, 회화, 설치작업, 도예 등 다양한 장르의 전시가 있었습니다. 또한 수도권 갤러리와의 연대(전국 갤러리 연합회)를 통해 지역 작가들의 활동 진로 확장에도 힘쓰고 있어요. 그리고 장기적으로 작가 상주 프로그램인 레지던시 사업과 루시다 카메라 박물관 상설전시 확대 등 문화예술 전반으로 외연을 넓히려고 해요.

'루시다'라는 공간이 특이한 건 목욕탕 '해운탕'을 개조해서 만들었다는 것인데, 목욕탕 굴뚝을 그대로 보존한 것도 재미있고, 건물에 대한 사연과 공간 구조가 무척 궁금해요.

사진은 동시적 시간 기록이라는 측면에서는 타 매체가 따라올 수 없습니다. 하지만 시간의 흐름을 표현하기는 한계가 있죠. 우리와 만나기 전의 해운탕은 그저 많은 목욕탕 중 하나였습니다. 왜냐하면 그곳의 압축된 시간에 누군가 생명의 입김을 불어 넣어 주지 못했기 때문이고요.

올해 41년이 된 목욕탕은 말 그대로 전설이었습니다. 목욕탕설비에 필요한 기계와 자재 시설들이 밀집한 지하실은 숨은 그림 찾기와 같았어요. 인디아나 존스의 성배 찾기 미로와 같은 길은 이중 삼중으로 둘러싸였고 어두웠죠. 지하 바닥은 쉽게 발을 들일 수가 없었어요. 지하실에 또 다른 지하 통로가 연결된 방이 있었는데 혼자는 무서워서 일행을 데리고 들어가서 문을 열 수가 있었어요. 그 속에서 본 거대한 벙커씨유 저장 탱크는 사람을 당황하게 했습니다. 폭발의 위험성을 안고 있는 이런 지하실 시설물을 철거하기에는 공간이 협소해서 사람이 직접 등짝으로 지고 밖으로 운반해야 했고요.

2층 어딘가에서 누수가 생겼는데 그것을 해결하고자 지금의 2층 갤러리 바닥을 철거하기로 마음먹고 바닥 콘크리트를 파냈습니다. 흙을 걷어 내보니 과거 시간이 고스란히 드러났어요. 2층 바닥 면은 평평하지 않았어요. 1층의 돔형 천정 모양이 뒤집혀진 형태로 볼록렌즈처럼 드러났고요. 누군가의 비밀을 알아버린 느낌이랄까 참 묘한 감정이 들어 바닥의 일부를 보존하고자 그대로 두고 다시 콘크리트로 덮었습니다.

바닥공사 할 때 처음 나온 것이 보일러 배관 파이프인데 최근 것으로 추정되는 엑셀 파이프 바로 밑에 10년 전쯤에 사용한 파이프가 보이더니 또 바로 밑에는 지금은 볼 수 없는 pvc 배관 파이프가 보이고 또 그 밑에는 쇠 파이프로 된 보일러 파이프가 나왔어요. 정말 37년의 누적된 시간을 누군가에게 보여주고 싶어서 마치 문화재를 매장해 놓은 것처럼 바닥에 묻어둔 것처럼 보였습니다. 이것을 다 걷어내니 1미터 20센티미터의 바닥이 그 깊이를 드러냈어요. 이건 정말 문화재 발굴 수준이었죠. 20년 전에 이방에서 다방을 했다고 했어요. 마담이 장사를 잘해서 인기가 높았다나. 그때가 이 건물의 황금기였다고 노인네들이 무용담처럼 말하기도 했고요. 남쪽 2층은 방이 8개 정도 됐는데 그곳은 당시 여관이었어요.

작은 방들과 미로처럼 얽힌 통로는 당시 이곳이 여관임을 증명하고 있습니다. 아직도 지하수를 사용할 수 있는데, 이 지하수는 이 건물에서 처음으로 사용했고 폐공하지 않고 남아 있어요. 목욕탕 개보수와 도로 정비로 인해 땅속 배관들도 시간성을 간직하고 있었던 거죠. 이곳의 리모델링은 짜릿한 모험 같은 경험이었어요.

지난 2017년에 루시다 사진 아카이브 연구회에서 기획했던 육명심 선생님 초청 강연 때의 기억이 아직도 생생해요. 그때 선생님께서 무덤을 찍은 사진을 보여주며 "나의 사진적 특징은 공간적인 요소가 강하다. 원근법을 없애서 모든 사람이 평등하게 죽는다는 것을 말하고 싶었다"고 하셨거든요. 그리고 진주 출신 이갑철 작가와의 인연도 궁금해요. 한 공간이 탄생하는 데는 그곳에 상주하는 혹은 인연이 있는 사람들에 의해 만들어진다고 보는데요.

이갑철 작가와 루시다 인연을 말하자면 2015년으로 올라 가야합니다. 사진비평상 복간을 위해 비평상 수상자들의 순회전시가 있었던 해, 최연하(기획자겸 독립큐레이터)의 '카메라 루시다' 특강, 이갑철, 이한구 작가의 작가 만남이 있었어요. 그때 처음 만난 이갑철 작가는 많은 말을 하지 않았지만 인상 깊었어요. 범접할 수 없는 카리스마가 있었다고 할까요. 그리고 유별남 작가 전시 때 이갑철 작가와 술자리를 가졌고 '루시다에 이갑철과 함께하는 포트폴리오 과정'이 만들어졌어요. 이후 망경동으로 이사를 했고, 개관전으로 이갑철 작가의 전시를 성사시켰어요. 이갑철 작가에 대한 배려도 해야 했고 관객의 반응도 걱정이 되었습니다. 무엇보다 고향을 떠난 지 30년이 넘도록 지역에서 전시가 한 번도 없어요. 많은 분들의 배려로 전시는 대성공을 거두었다고 평가됩니다.

이갑철 작가는 작가의 본연에 충실하려고 노력하는 사람입니다. 스스로에게는 엄격한 잣대를 갖다 대고 있어요. 그것은 예고되지 않은 어떤 대상과 만날 준비 태세를 항상 갖추고 있는 것처럼 보이죠. 검객이 칼을 휘두르기 전 정신을 가다듬는 것처럼 말이죠. 이갑철 작가의 전시는 우리의 시작을 청명한 에너지로 밝은 길을 열어주는 것 같았어요. 마음속으로 항상 고맙게 생각하고 있어요.

이갑철 작가는 육명심 교수(스승)의 이야기를 자주 합니다. 제자 이갑철에 대한 애정이 남다르다는 것은 자신과 가장 닮았고 아마도 이갑철이 자신에게 가장 아픈 제자가 아니었을까 느끼게 돼요. 80년대 초 소위 잘나가던 작가들은 유학길에 올랐으나 형편이 안 된 이갑철 작가는 오로지 국내에서 죽을힘을 다할 수밖에 없었다고. 어쨌든 이갑철 작가로 인해 진주 루시다는 수도권에서도 인정받는 공간이 된 것 같아요.

루시다 '옥상'에서 했던 강연 뒤풀이, 그때 바라봤던 진주의 밤 풍경을 잊을 수 없습니다. 달빛 아래 멀리 보이던 남강과 낮은 집들이 어우러진 그 밤 풍경이 진주에 대한 하나의 기억으로 내내 자리잡고 있는데요.(웃음) 옥상 달빛도 여전할 것이라 생각해요. 가장 기억에 남는 전시는 무엇일까요.

이갑철 작가의 포폴 수업 장면

2014년 호탄동 시절부터 연간 10회 이상은 전시를 했으니 올해 10년 차, 전체 100회 이상의 전시가 있었습니다. 2017년 이사 후 루시다 개관전인 '이갑철 사진전'을 열었습니다. 전국에서 전시를 보러온 사람들 때문에 바빴고 즐거웠고, 그래서 기억에 남아요. 그때 육명심 교수, 서정춘 시인도 오셨습니다. 그리고 '이정록 초대전'도 기억에 남는데요. 2017년 이정록은 소위 사진판에서 잘 나간다는 인기작가고, 작품 또한 비싸게 팔려요. 이정록 작가 전시유치를 위해서도 참 신경을 많이 썼고, 이후 광주전남지역 교류에도 많은 역할을 했던 전시여서 아주 인상 깊어요. 그리고 2019년도에 열린 서양화가 정진혜 초대전도 기억에 남네요. 작년에 고인이 되셨지만, 지역 작가 전시로서는 가장 많은 관람객이 다녀간 것 같아요. 작가란 작업만 열심히 해서는 안 된다는 생각을 했어요. 정진혜 작가로 인해 루시다에 맺어진 인연들을 이루 헤아릴 수 없습니다. 그리고 사진에서 회화 분야로 외연을 넓힌 계기를 제공했고요. 정진혜 작가의 여운은 루시다 야외전시장 '정진혜 거리'에 오면 느낄 수 있습니다. 그녀가 생전에 남기고 간 작품 20여 점이 야외전시장에 걸려 있어요.

2023년에 박건우 권혁춘 그림 전시가 있었는데, 두 분은 해운탕집 아들 며느리예요. 자신이 살았던 집에서 전시를 열게 된 것이죠. 전시 오프닝에 아버님도 참석해서 의미가 깊었습니다. 옛 기억을 되살리게 하고 추억을 지켜주셔서 고맙다는 말을 하셨어요. 그 말은 정말 빈말이 아니었죠. 마지막으로 오래됐지만, 2016년, '진주 사진의 계명성'이라는 전시기획을 했는데, 지금까지 누구도 말한 적 없었던 진주 사진의 1세대 작가 조명이라는 의미를 가지고 생존하는 사진가 세 분을 조명해 보는 전시였습니다. 당시 진주 사진계에서 이슈가 되었는데 역사를 말한다는 것의 어려움을 절감했던 전시였어요. 이 전시를 통해 개인의 기억이 공통의 기억의 일부는 될 수 있지만, 모든 기억은 될 수 없다는 사실을 알았습니다. 역사는 어려운 것이잖아요.

'루시다'라는 이름이 특이해요. 롤랑 바르트의 책도 떠오르고 카메라 장치의 이름으로 알고 있는데, 어떤 의미로 공간의 이름을 부여했을까요?

롤랑 바르트의 카메라 루시다를 읽다가 갑자기 챙긴 이름이 맞습니다. 롤랑 바르트의 카메라 루시다는 대상의 본질을 파악하는 관점을 어두운 내부(카메라 옵스큐라)에서 밝은 외부(카메라 루시다)로 향하게 했다는 데 있죠. 해운탕 루시다가 추구하는 예술의 방도 롤랑 바르트의 관점대로 밖으로 풀어놓는 것입니다. 예술은 함께 어떤 것을 떠들고 풀어놓는 것이잖아요. 그래서 루시다는 목욕탕의 그 풍경처럼 북적거리고 많은 일들이 벌어지는 장소가 되었으면 합니다.

카메라 박물관이 인상적입니다. 종류도 모양도 정말 다양하고요. 수집을 어떻게 하시는지 많이 궁금해요.

해외 사이트를 통해 수집한 건수가 가장 많습니다. 렌즈, 바디, 카메라 관련소품, 필름 등 모두 1300여 점입니다. 카메라와 렌즈는 사진가가 보유하던 제품을 구입하거나 기증품도 있고요. 생산 국가별 카메라 종류는 다양해요. 루시다 카메라 박물관에 미국에서 생산된 제품이 가장 많습니다. 이중 가장 오래된 것은 코닥에서 1895년에 만들었어요. (1900년 초부터 ~1970년대 제품, 주로 코닥에서 생산한 제품이다) 독일의 광학기술은 세계적인 수준이었죠. 이중 2차대전 사용했던 카메라와 렌즈, 1940~60년대 명품이라 일컫는 제품들이 주종입니다. 모두 독일의 광학기술이 꽃피던 시절에 만들어졌어요. 일본 카메라는 독일 기술을 교묘하게 이용한 카메라 역사입니다. 보유 카메라의 데이터는 일부만 정리 되어 있는데 앞으로 학술적 연구도 필요하고 이것을 이용한 프로그램 개발 같은 것도 염두에 두고 있어요. 이것은 개인이 가진 자산, 취미 이상의 가치가 있다고 봐요.

지난 2021년 〈두 진주 이야기〉는 눈여겨 본 전시였습니다. 신자본주의와 전통적 문화유산의 대립구도 속에 있는 진주의 변화에 대한 기획 의도가 깊이 다가왔는데요. 전시에 대한 이야기와 이후 전개된 활동들이 궁금해요.

2019년 정진혜 작가 전시 오픈식

2021년도 두 진주 이야기는 진주 이야기의 두 번째 버전으로 전시와 동시에 책을 출간했었습니다. 이상일 사진 전문 기획자(전 부산고은사진미술관 관장)의 손을 거쳐 책 출간과 전시를 했어요. 전시에 임했던 작가들은 울산, 포항, 대전에서 활동하는 비 전업 작가들입니다. (하이 아마추어라고도 한다). 진주 출신 작가를 배제한 이유는 전시의 객관성 확보와 사진의 확장성 때문이었습니다. 그리고 두 진주 이야기는 가치 중립적인 아카이브적 입장을 지향했다고 할 수 있겠네요.

전시는 1부와 2부로 구성했고요. 1부는 현대도시로서의 진주의 조망이었어요. 신자본주의와 전통의 구조적 관계를 다루었죠. 예를 들어 신도시화의 표상이라 할 수 있는 대표 장소는 진주 문산 혁신도시잖아요. 초고층 아파트단지 또는 높은 빌딩, 그 속에서 일상을 이어가는 사람들의 모습을 대비시킴으로써 신자본주의가 표방하는 도시성(표준화, 규격화, 속도와 경쟁, 가치변화)등을 사진 이미지를 통해 보여주었어요. 2부는 장소성의 의미와 변화에 편입되지 못한 원도심 사람들의 소외된 삶의 모습을 다루었어요.

이 전시를 통해 보인 이미지는 사실 현대인들, 주변 사람과 삶의 모습이죠. 그리고 이미 우리는 신자본주의 사회구조 시스템 안에 속해버려서 감각을 잃어버리고 살아간다는 사실을 지적하는 것이기도 하고요. 〈두 진주 이야기〉는 시리즈로 루시다 갤러리 장기프로젝트에 속한다고 볼 수 있어요. 사진가들이 보는 진주 이야기입니다. 2017년의 old and new, 2021년의 도시성, 장기적으로는 진주 남강에 대한 작업을 준비해 볼까 합니다.

피할 수 없는 질문입니다. '사진'과의 인연은 어떻게 시작되었는지, 자신에게 '사진'은 무엇인가요.

2021년에 기획했던 카메라 박물관 특별전의 전시명은 '누가 장롱 속에 카메라를 넣었을까?' 였습니다. 장롱과 카메라 컨셉으로 진행된 전시였어요. 중년을 넘긴 우리들 기억 속에는 '장롱속 카메라'의 추억이 있잖아요. 나 또한 그 기억의 보유자로서 내가 성인이 되어 가장 먼저 돈을 주고 샀던 물건이었습니다. 카메라의 인연 때문에 저는 사진을 좋아했습니다. 인연의 시작점을 찾기는 어렵지만 카메라는 어느 날 갑자기 좋아하기 시작했던 물건이 아니라는 사실이죠. 그것은 어린 시절 아버지와 함께 찍혀 있던 내 모습처럼 한마디로 정리하기 어려운 것입니다. 롤랑 바르트의 어머니의 온실 사진과도 같다고 말해야 할지….

질문에 답하자면 저에게 사진이란 어린 시절 아버지와 함께 찍혀 있던 내

모습과 같은 것이에요. 사진은 지극히 개인적이고 사적인 것입니다. 사진 아니면 안 될 것 같은 내가 아닌 것 같은 어떤 것. 너무 사적이라서 공개할 필요가 없는 온실사진 같은 것. 그래서 마음을 찌르는 어떤 것, 그것이 아마도 장롱 속에서 내가 발견했던 그 카메라에서 시작된 것 같아요.

'진주'를 사진에 담는다면 어떤 장소, 어떤 장면들을 담고 싶으신가요.

먼저 장소, 단연 남강입니다. 강 작업은 정말 범위가 넓어요. 어떻게 남강을 정의하는가에 따라 사진 작업의 방법은 달라집니다. 이 방대한 작업은 강의 역사성부터 시작되어야 한다고 볼 수 있어요. 인류 문명도 강을 따라 발생한 것처럼. 남강은 이곳에 터전을 잡았던 사람들로 하여금 문명을 일으키고 지금의 문화 예술을 발달시킨 매개체가 되었을 것입니다. 남강을 따라 발견된 청동기 문물들이 그 사실을 증명해 주잖아요. 지금의 진주를 정의하기 위해서는 먼저 남강을 정의해야 한다고 봐요. 그 장소는 강과 연관된 장소와 장면들이 될 것입니다. 예를 들자면 '두물머리', '나루터'입니다. 나루터는 이동을 위한 수단이 되었던 곳이고, 이곳을 통해 사람과 사람, 물자의 수송이 가능했을 것입니다. 지금은 '교량'이 그 역할을 대신하고 있지만, 남강의 자원은 무궁무진하고 그래서 사진가들에게도 매력적인 장소가 아닐까 합니다.

'진주'를 가장 잘 드러낸 사진이 있다면 어떤 사진일까요.

진주를 잘 드러낼 수 있는 사진은 1960년대 리영달 사진가가 촬영했던 '투우'입니다. 투우는 진주 사람의 '기질'을 잘 나타낸 것 같아요. 우직하지만 결정적일 때 행동하는 측면이 그런데요. 독립운동, 3·1만세운동, 형평운동, 의병활동, 진주농민운동 등, 이것은 모두 실천 철학을 표방했던 남명사상이라는 것을 반박할 사람은 없을 것입니다. 투우가 진주에서 시작됐다는 것은 논란의 여지가 있지만, 투우야말로 진주 정신을 잘 담아내고 있다고 봅니다. 진주를 말할 때 외형적으로 드러나는 모습-촉석루, 의암바위 -보다 우리에게 친숙한 것으로부터 진주 정신을 찾아보는 것이 어떨까요? 그런 측면에서 리영달 선생님의 투우는 진주 사람의 기질과 진주 정신을 대표한다고 볼 수 있습니다.

기획자의 입장에서 '진주'는 어떤 곳인가요?

사진의 환경에서 진주라는 곳은 스펀지 같은 탄성력이 부족한 것 같습니다. 특히 변화에 대한 개방성이 가장 낮은 곳이 진주인 것 같아요. 기획자의 입장에서 고집 센 진주 사람들을 결집시키고 하나의 목표를 달성하는 것이 여간 힘든 일이 아니죠. 하지만 어떤 일을 위해 충분한 동기부여가 된다면 저력을 발휘하는 것도 진주 사람의 특징인 것 같아요.

앞으로 계획하고 있거나 추진하고 싶은 전시나 사진 기획이 있으면 소개해 주세요.

카메라 박물관에서 소장하고 있는 빈티지 카메라 관련 전시를 하고 싶어요. 빈티지 카메라는 시대적 배경과 관련하여 재밌는 스토리텔링이 가능합니다. 지역에 다양한 콘텐츠를 통한 볼거리를 제공하고 싶어요. 국제 환경에 대응하고 지역 예술의 저변 확대를 위해 해외 작가 초청 전시를 기획하고 있습니다. 레지던시 (작가 상주 프로그램)를 확대하여 예술이 일상과 접목되는 환경을 만들고 싶습니다.

cooperation in interviews

이수진

루시다 갤러리 관장이자 현 루시다 사진 아카이브 연구회 대표, 영남대학교 토목과 졸업 공학학사, 경남과학기술대학교 자유전공학부 사진전공졸업 미술학사. 한국사진학회 회원. 전시기획 2015 지역아카이브 연구회 기획전 〈메모리: 옥봉 망경동 기록〉부터 2023년 1호 광장 진주역 개관 특별전까지 다수. 저서로 지역 아카이브집으로 『메모리 : 옥봉 망경동 기록』, 『두 진주 이야기』. 『남강을 기록하다』. 『두 진주 이야기 II 』. 『망경북동』등이 있다.

하미옥

루시다 갤러리 큐레이터. 2014년부터 2023년 현재까지 루시다 갤러리 전시기획(주요기획: 〈진주사진의 계명성(2016년)〉 〈'시간을 달려온 카메라' 빈티지 카메라 기획(2019년)〉 〈누가 장롱 속에 카메라를 넣었을까? 빈티지 카메라 기획(2021년)〉 〈진주城, 진주性 기획 (2020년)〉 〈사진으로 배틀하자 진주편; 나의 해방일지(2022년)〉 〈사진으로 배틀하자 진주편; 인사이드 아웃(2023년)〉 〈루시다 갤러리 지역작가 지원프로그램 2017, 2018, 2019〉)등이 있다. 큐레이팅과 기록물 간행(주요간행물: 〈메모리_옥봉, 망경동 기록, 2015) 〉〈두 진주 이야기 Vol1. 2017 〉〈두 진주 이야기 Vol2. 2021 〉〈망경북동, 2022〉) 사업에 관여했다.

interview

따로 또 함께하는 인문공간, 오이코스

진주를 걸어 골목과 골목을 돌아 K와 다다른 마지막 장소는 진주의 인문학 연구소 '오이코스'다. 그러니까 그리스어로 '사는 곳'이다. 우리가 사는 곳, 우리가 살아야 할 곳의 사람과 자연과 모든 사물들이 조화롭게 잘 살기 위해, 우리는 공부하고 토론하며 또 각자의 연구로 그것을 확장해 나가고 있다.

지난 1년 동안 인류세의 생태와 환경 그리고 장소와 인권에 대해 철학, 문학, 과학 등 여러 분야 연구원들과 공생과 연대의 방법을 모색하고 실천하고 있다. 진주가 경계와 경계를 넘어 '또 다른' 삶을 자유롭게 상상하고 그 꿈들을 펼쳐나가는 헤테로토피아적 도시로 나아가고 있다는 생각을 하며.

사람과 고래, 소나무, 바위, 강과 바다, 숲. 이 모든 존재하는 것들이 '지구-가이아'와 더불어 공존하고 공생하며 살아가는 아름답고 조화로운 세상을 위한 작은 실천, 그것을 우리는 따로 또 함께 해 나간다.

김지율 안녕하세요. 심귀연 선생님. 그리고 김운하 선생님. 진주에서 시작된 인문학연구소 오이코스의 바람이 전국으로 나아가고 있어요. 더군다나 온라인에서 더 뜨거운 관심들을 많이 보이고 있는데요. 환경과 생태뿐 아니라 기술과 일상 생활의 돌봄의 문제까지 지금 현대사회는 정말 다양한 문제들이 많이 발생하고 있습니다. 다 같이 잘 사는 사회를 위한 노력은 자기 배려나 돌봄의 개인적인 차원에서 나아가 모두 함께 일구어 가야 할 텐데요. 그런 점에서 오이코스에서의 연구와 연대로서의 작은 실천 들은 무척 소중합니다. 되돌아보면 1년이라는 시간, 정말 눈 깜박할 사이 흐른 것 같아요.

심귀연 그러게 말입니다. 시작하면서부터 함께 하고자 했던 선생님들께서 흔쾌히 제 손을 잡아주셨고,... 김지율 선생님께서도 처음부터 함께 해주셨지요? 고맙습니다.(웃음) 지금 저희 연구소의 활동은 저도 생각하지 못했을 정도로 확장되고 있어 무척 기쁩니다. 처음 연구소를 구상했을 때, 연대하고 소통하는 작은 인문공동체를 만들고 싶었습니다. 오랫동안 몸문화연구소에서 함께 활동했던 김운하 선생님께 함께 연구소를 만들어보자고 제안을 했었지요. 연구소 이름을 오이코스라고 하겠다는 말을 들으시곤 "이름이 너무 마음에 든다" 고 하시며 흔쾌히 응해주신 덕분에 오늘에 이르게 된 것 같습니다. '오이코스'라는 이름에서 이미 우리가 지향하는 방향은 결정된 거나 다름없습니다.

김운하 심귀연 선생님 덕분에 진주와 인연을 맺게 된 게 저로선 참 행운이라는 생각을 많이 합니다. 건대 연구소 일로 처음 진주라는 도시에서 강연을 하게 된 게 벌써 7년여가 되었네요. 그 사이에 학술대회, 강연, 세미나 등으로 자주 진주를 오가게 되었고, 또 유등축제 등에도 참여하면서 진주의 아름다움과 가능성에 눈을 뜨게 된 것 같습니다. 심귀연 선생님의 제안을 듣고 취지가 너무 좋아 선뜻 오이코스 연구소를 함께 하기로 했는데, 벌써 일 년이란 세월이 바람처럼 지나갔네요. 처음부터 조금 서두른 면도 없잖아 있지만, 그래도 진주에서 이렇게 넓고 아름다운, 햇살 잘 드는 카페 같은 연구소 사무실도 있고 여기서 많은 일들을 할 수 있어 무척 행복합니다.

심선생님 말씀처럼 오이코스 연구소는 넓은 의미에서 인류세 시대에 변화된 인간과 자연의 조건을 성찰하면서 인간과 자연, 기술이 공존공생할 수 있는 넓은 의미에서 생태가치 지향적인 사유를 지향하지요. 일 년 동안 오이코스에 진주에 계신 여러 선생님들도 적극 참여해 주셨고, 최근의 발달된 소셜 네트워크 덕분에 전국 각지의 선생님들도 자연스럽게 합류가 되어 오이코스가 전국적인 연구소로 뻗어나갈 발판을 마련한 지난 일 년이 아닌가 합니다. 내년부터는 오이코스 매거진을 바탕으로 좀 더 적극적으로 연구 인재 영입과 회원 모집활동, 책을 내는 등의 활동에 나설 계획입니다. 건국대 몸문화 연구소와 공동으로 연구소의 첫 번째 기획서도 기획 단계를 넘어 진행중에 있구요.

지금 이곳, 우리의 모든 것은 우연이자 필연

김지율 예 무척 재미있고 또 의미있는 기획이에요. 어떤 책으로 엮어질지 무척 기대되고요. 저도 한 챕트 맡았는데 지금 하고 있는 일이 끝나면 부지런히 쓰겠습니다.

최근에 기후 위기와 같은 시급한 사안에 대해서는 국가 주도의 정책이 중요하겠지만 사실 대응 방안을 기획하는 것보다 더 중요한 것은 무게 중심을 실천에 두어야 한다고 보는데요. 문학을 연구하고 창작하는 저에게 '문학은 우리 삶의 한 공간이자 플랫폼'이거든요. 문학이 지금, 이 현실에서 뭘 할 수 있나, 하고 말하는 분들도 있지만 사실 우리는 현실적인 장소이자 가상의 공간인 문학을 통해 세계를 경험하고 자신만의 고유한 내면적 공간을 만들며 살아간다고 봅니다.

또한 새롭고 의미 있는 장소들을 통해 현실을 다르게 경험하고 재발견하는 것처럼 문학의 공간도 마찬가지라고 봐요. 한 작품 속에 드러나는 탈공간화, 무장소성 그리고 대안 공간이나 잃어버린 장소에 대한 모색과 창조는 기존과 다른 공간과 장소를 작품 속에 그려내는데요. 때문에 그 장소들은 서로 겹치고, 대립되며 다양한 방식으로 새로운 해석을 요구하죠.

그런점에서 저에게 '진주'는 트랜스로컬리티로서의 고향이자 헤테로토피아적 도시거든요. 그렇게 본다는 이 오이코스가 진주에서 시작된

것은 우연이자 결국 필연이지 않나 하는 생각도 들고요(웃음)

김운하 지난해 〈우연의 생〉이란 제목으로 우연을 다룬 책을 내기도 했는데, 김지율 선생님께서 우연과 필연이란 단어를 쓰니 새삼스럽고 기쁘네요. 전 필연보다 우연의 힘을 더 믿는 편인데요, 우연이 있기에 인연이 더 신비롭고 우리의 주체성을 더 발휘하게 되지 않나 싶기 때문입니다. 필연이면, 이미 정해진 사태일 터이고, 뭔가 강제적으로 끌려들어 가는 느낌이 들거든요. 하하. (웃음)

이렇게 오이코스가 진주에서 시작되고, 여기서 심귀연 선생님이나 김지율 선생님 같은 훌륭한 분을 만나게 된 이 우연한 만남, 이게 얼마나 큰 행운이고, 또 그렇기에 얼마나 더 소중하게 간직하고 잘 만들어 가야 하는가를 더 자주 생각하곤 합니다.

심귀연 우연과 필연, 선생님 말씀이 맞는 것 같습니다. 또한 공동체와 공동체간의 경계를 허무는 공간으로서의 헤테로토피아는 오이코스가 연대하고자 하는 바람과도 다르지 않아 보입니다. 진주는 제가 태어난 곳이기도 합니다. 잠시 한 10년간 진주를 떠나있기도 했지만, 그 기간을 제외하고는 이곳 진주에서 머물렀지요. 진주는 저의 고향이자 집, 그러니까 말 그대로 '오이코스'인 셈입니다.

저는 수년 전부터 현상학적 관점에서 생태공동체에 대한 연구를 해

오고 있었습니다. 저의 생태적 관심사는 바로, 이곳, 지금, 아주 작고 사소한 것들에 있습니다. 오이코스가 지향하는 바는 바로 저의 연구주제와 삶과 다르지 않습니다. 진주에서 출발하여, 대전에서 출발하신 김운하선생님을 만나 연대를 했습니다. 그뿐이겠습니까? 오이코스는 서울, 부산, 순천, 대구, 순천 등 지역에서 출발하신 선생님들과 연대를 이어가고 있는 중입니다. 여전히 앞으로도 오이코스는 우리가 머물게 될 공간이지만, 함께 하시는 선생님들이 이 공간을 항상 열려있을 수 있게 해주시리라 믿습니다.

개인들의 '취향'과 '창조적 시선'이 우리들의 생태적 사유로 이어지고

김운하 저는 개인적으로 선사 시대, 예를 들면 지구의 지질역사나 공룡시대라든가 이런데도 관심이 많은데 진주는 그야말로 과거 공룡들의 천국이더군요! 진주엔 이미 한국에서 유일한 〈익룡박물관〉도 있구요, 또 얼마 전엔 많은 공룡발자국들이 새롭게 발견되어 천연기념물로 지정된다고 하더군요. 알면 알수록 놀라운 게 많은 도시가 진주입니다.

최근에 저는 고래와 바다를 주제로 한 책을 썼는데, 그러다 보니 자연스레 한반도의 지질역사에도 관심이 커졌습니다. 수십억 년의 지질역사들이 새겨진 곳들이 경기도나 강원도에 있지만, 저는 진주 지역의 지질사와 공룡시대, 이후 인간 시대의 역사를 연관지어 좀 더 연구를 해볼 생각입니다.

김지율 아, 김운하 선생님. 제가 좋아하는 '공룡'을 딱 말씀해 주시네요. 진주의 '익룡발자국 전시관'은 그런 점에서 지질과 생명을 연구할 수 있는 중요한 장소죠. 생각해 보면 진주의 생태와 평화를 위한 일이 결국 한반도 더 나아가 지구의 생태와 평화를 위한 일이죠. 요즘은 시를 쓰거나 문학 연구를 하면서 그런 현실적인 문제와 연관하여 고민하게 됩니다.

인류세를 비롯한 현실의 많은 문제들은 결국 우리 삶의 문제이고 저에게는 그것이 시와 문학으로 이어질 수밖에 없는데요. 그런 측면에서 시를 통해 그 잠재성과 역동성을 조금이라도 보여주고 싶거든요. 흰 백지는 늘 두렵지만 한 자, 한 줄씩 써 나가다 보면 생각이 투명해지기도 하고. 그런 측면에서 두 번째 시집에서 '푸른 돌'이라는 연작시를 통해 사물을 시적 화자로 등장시켰던 것도 그런 차원이었고. 모든 것이 위기인 이 시대에 사유하고 창조하며 연대하는 삶은 어떤 것일까요. 읽히든 읽히지 않든 그런 지점들이 시적 사유로 연결되기를 기대하고요.

김운하 김선생님의 '푸른 돌' 연작시를 저도 읽었는데, 참 아름답고 많은 걸 생각하게 하더군요. 앞서 제가 지질학과 지질 역사에 관심이 많다고 말했는데, 거기서 핵심이 바로 '돌' 이라고 부르는 광물입니다. 러시아 지질학의 선구자인 블라디미르 베르나드스키의 말을 저는 자주 인용하는데요, 그는 "생물은 계속해서 변모하는 광물이다. 광물은 매우 천천히 움직이는 생물이다." 너무나 시적이고 멋진 문장입니다. 그리고 그건 동시에 과학적인 사실이기도 합니다. 지구의 모든 원소 물질들은 순환하면서 때로는 광물이 때로는 식물이나 인간 같은 동물의 몸이 되고, 그러다 다시 광물로 돌아갑니다. 우리가 석회암이라고 부르는 광물도, 실은 오래 전에 죽은 생물들의 몸이지요. 산호도 동물이지만 죽으면 딱딱한 광물이 됩니다. 저는 이런 물질들의 순환과 결합, 해체, 그리고 연대에 관심을 갖고 있습니다. 저는 시적인 재능이 없어 시를 쓰는 건 불가능하지만, 이런 자연의 근원적 통일성과 연대, 순환을 산문 형태로나마 표현할 수 있기를 바라고 있습니다.

심귀연 김지율 선생님과 김운하 선생님은 '문학'이라는 지점에서 서로 통하는 것 같아요. 그러나 김운하 선생님은 철학도 하셨으니 저와도 잘 통하시는 거겠죠? 저는 이런 게 연대가 아닌가 싶어요. 같은 지점과 다른 지점이 있는 사람들이 서로 손을 잡기도 하고 의존하기도 하는 이런 상황이요. 인간과 인간 간의 연대 가능성은 인간과 비인간, 예를 들자면 동물과 사물과 기계등 이겠죠. 이들과의 연대에서 생태적 가능성에서 찾아야 한다고 봅니다. 특히 김운하 선생님과 김지율선 생님은 돌이라는 물질에서 그 연대의 가능성을 이야기하고 계시는데 저도 다르지 않습니다. 인간과 비인간의 연대라고 하지만, 결국은 우리 자신이 '물질들'이라는 사실을 받아들여야 합니다. 그럴 때 우리는 스스로 우월하다고 생각하는 것을 멈추고 의존할 수밖에 없는 취약한 몸을 가진 존재로 연대가 가능하겠지요.

김지율 최근 우리는 ChatGPT로 인공지능의 발전으로 변화될 우리 삶의 모습에 기대감과 두려움을 동시에 가지게 되는데요. 사실 엔터테인먼트, 스포츠, 날씨, 정치, 범죄, 돈과 의학 등 현실의 거의 모든 콘텐츠 소비에 대한 의사결정을 인공지능 알고리즘에 의존하고 있죠. 가끔은 종속되어 있다는 생각도 들고요. 하지만 데이터 분석만을 맹목적으로 받아들이는 수집된 데이터에 한정되는 것은 나무만 보고 숲을 놓치는 경우가 아닌가 생각되기도 해요.

이 시점에서 기계가 도달할 수 없는 오직 인간만이 가능한 직관과 창의성의 지점들이 더 중요한 게 아닌가 하는 생각도 들고요. 기술 진보로 새롭게 변화될 미래가 인간과 함께 더 나은 방향으로 나아갈 방법들의 모색이 어느 때보다 중요하다고 봅니다.

김운하 옳은 지적입니다. 현재 인류는 이중의 곤란에 처하고 있습니다. 한편으론 인공지능을 필두로 한 기술 과학의 놀라운 발달로 인간의 지위가 위협받게 될지도 모른다는 우려가 있고요, 다른 편에선 인류세라는 말이 가리키듯 기후변화와 생태계 위기 등으로 인한 가이아-지구의 보복이랄까, 이러다 인류 문명 자체가 종말을 고하게 되지 않을까 하는 걱정도 있습니다. 기술과 자연, 양쪽으로부터 협공을 받는다고나 할까요. 근데 실은 그런 협공 자체가 우리 인간 종이 초래한 것이라는 사실이 뼈아픈 일이지요.

인공지능의 발달만 하더라도 최근의 초거대 인공지능 시스템을 위해

선 어마어마한 지구광물의 채굴이라든가 전력 소비가 동원됩니다. 그러면 인공지능 발달의 수혜자는 누구일까요? 지구 자연일까요? 아니면 인류 전체나 인류 중에서도 초거대 테크 기업일까요? 지금은 우리가 기술과학의 발달에 무조건 환호하기보다는, 누구를 위해 무엇을 위해 그런 것들이 필요한가 하는 문제를 더 깊이 성찰해야 할 때가 아닌가 싶습니다. 기술과 과학은 이제 인류세 문제를 해결하는 데 일차적인 존재 의의를 갖는 방향으로 '전환'할 필요가 있지 않을까요.

심귀연 두 분의 말씀에 저도 동의합니다. 다만 저는 인간이 지금과 같은 생태 위기에서 두려움을 느낀다는 것 자체를 문제로 삼고 싶습니다. 두려운 이유가 어디에 있을까?.. 생각해보았습니다. 기술을 이용해 인간 자신을 강화시켜 왔음에도 기술에 대해 두려워하고, 자연을 이용해 인간 자신을 풍요를 누려왔음에도 기후위기와 같은 상황에 두려워하고 있습니다. 이는 인간이 기술과 자연을 분리하고 수단화함으로써 생긴 일이라 생각합니다.

기술의 발전이 인류의 진보를 가져온다기보다는 기술과 더불어 변하는 인간의 모습에 관심을 가지는 것 더 중요하지 않을까 싶습니다. 아마도 김운하 선생님께서 언급하신 그 '전환'은 인간과 기술과 자연이 분리되어 있지 않고 얽혀있는 집합체라는 생각으로의 전환이라고 봅니다.

김지율 그렇죠. 기술과 더불어 변하는 인간, 그러니까 인간과 기술과 자연이 모두 공생 공존한다는 것. 제가 좋아하는 올리버 삭스는 "우리 안에 경이로움이 있다. 아프리카와 그 비범함이 우리 안에 있다"고 했

는데요. 그러니까 인간과 인간, 자연 혹은 기술(기계)과의 모든 관계는 소우주의 경험으로서의 어떤 미적 차원을 말하는 데 모든 것이 서로 연계되어 관계한다는 것은, 아주 유연한 사고인 것 같아요.

우리는 어떻게 각자 또 함께 행복하죠?

김지윤 제가 몇 년 전에 재래 시장의 상인들을 인터뷰하며 느꼈던 것은 이 재래 시장이라는 장소도 얼마 지나지 않아 사라질 수도 있겠다는 생각이 문득 들었어요. 현실의 많은 변화들 그러니까 기존의 휴먼 시대에서 포스트휴먼 시대로 넘어오며 그 범주 또한 달라지고 있잖아요. 무엇보다 이제 우리는 이 기술과 분리되어 살 수 없는데요.
그렇다면 다가오는 (혹은 이미 도래한) 포스트휴먼 시대 비인간 존재들도 모두 참여할 수 있는 새로운 패러다임으로서의 수평적 권력과 연대를 위한 새로운 윤리는 어떤 것이어야 할까요. 단적으로 저 또한 시대가 바뀌면서 욕구와 욕망이 바뀌고 행복의 의미나 기준들이 변하는 것 같거든요.

김운하 요즘 시대를 흔히 포스트휴먼 시대라고 일컫곤 하는데, 여기엔 자칫 크게 오해할 부분이 있습니다. 즉 트랜스휴머니스트들이 말하는 포스트휴먼이 있고, 우리 오이코스 연구소가 추구하는 비판적이고 철학적인 포스트휴머니즘은 사실 전혀 다르고 대립적이기도 하거든요. 학자들조차도 그런 구분을 잘 못하더군요.

트랜스휴머니즘은 철저하게 과학기술의 힘을 빌려 인간의 개량과 신인류의 창조를 추구하는 인간본위주의 사상입니다. 궁극적으로 슈퍼휴먼이 되고자 하는거죠. 지금의 인류와는 유전적으로 훨씬 더 개량된 슈퍼휴먼이 바로 그들이 목표로 삼는 포스트휴먼입니다. 그 이념은 철저하게 인간 중심의 위계질서를 전제합니다. 미국 실리콘 밸리의 과학자들이나 부자들이 꿈꾸는 이상이죠. 반면에 저희들 비판적 포스트휴머니즘은 인간과 기술의 분리불가능성과 기술의 미래적 가능성을 긍정하긴 하지만, 인간우선이나 인간중심이 아니라, 인간과 자연, 기술 사이에 어떤 위계질서나 우열을 인정하지 않고 다만 '차이' 나는 존재들로서 각자 자기다움을 실현할 수 있는 공존과 공생의 방향을 모색하자는 것입니다.

트랜스휴머니즘의 인간중심주의는 오히려 지금과 같은 인류세 위기를 초래한 인간 패권주의를 더 강화할 우려가 있다고 봅니다. 저희가 꿈꾸는 이상이나 행복은, 아마도 종이나 집단, 개체들 사이에 불평등과 차별, 불의가 없는, 요즘 유행하는 표현을 빌자면 '모든 피조물들의 건강한 민주주의'

속에서 저마다 자기다움을 실현할 수 있는 세상이겠지요.

심귀연 홀로 행복한 사람은 없을 거라 생각합니다. 오래도록 누군가와 함께 하는 삶, 그것으로 충분한 삶이 행복이 아닐까요? 근대의 휴먼이 꿈꾸는 행복은 이상적 삶이라는 어떤 목적을 향해 자신의 한계를 넘어서는 곳에서 찾는 듯해 보입니다. 그러나 결국은 그 행복에 이르지 못하고 절망하곤 하지요. 그러나 포스트휴먼시대의 행복은 지금 여기에서 실현됩니다. 자신이 누군가 혹은 무엇인가와 연결되어 있다는 생각을 버리지 않을 때 찾을 수 있는 것이니까요. 이는 방금 김운하 선생님께서 말씀하셨듯이 '자기다움'의 실현이겠지요. 중요한 것은 '자기다움'이라는 것이 무엇인지를 포스트휴먼적 관점에서 본다면 우리는 이 상태로도 충분할 수 있다는 것을 느끼리라 생각합니다. 그러니까 저는 지금, 여기 선생님들과 오이코스에서 연대를 통해 행복을 이야기하는 것으로도 충분하니까요. 이게 행복이지요. 뭐가 중요하겠습니까?(웃음)

그래서 지금 이 **'현실의 장소'**가 우리 삶과 사건의
현재이자 미래에 대한 좌표가 되는 거겠죠.

김지율 사실 이 책에서 호출되고 있는 '진주'의 많은 장소들은 몇 년 동안 들여다보고 기획한 것인데요. 비교적 근래에 집중해서 인터뷰하면서 그 장소와 더불어 변화되어 온 개인들 혹은 우리들의 과거와 현재 그리고 미래의 내밀한 이야기들을 비교하면서 많은 것을 생각하게 되었습니다. 그런 측면에서 결국 장소는 삶이고 장소는 또 우리의 미래라고 봅니

다. 현실의 공간과 장소는 세계를 경험하는 하나의 조건으로서 우리 삶과 사건의 현재이자 미래에 대한 좌표입니다. 그런 점에서 지금 자신의 헤테로토피아가 어디일지, 살짝 궁금해져요.

김운하 네…제겐 평소에 도서관, 카페, 바닷가 같은 장소들이 저만의 헤테로토피아 같은 장소들이었습니다. 그런데 지금은 이 진주, 그리고 이 오이코스연구소 사무실이 이제 도서관이자 카페이고, 여기 고래 그림도 걸려 있고 가까운 사천 바닷가도 있으니, 여기야말로 진짜 현실 속의 유토피아, 즉 헤테로토피아가 아닌가 싶네요. 그런 마음으로, 오이코스가 더 좋은 헤테로토피아가 될 수 있도록 노력하겠습니다.

심귀연 하하 제게도 오이코스는 헤테로토피아에요. 상상 속에만 가능했던 일들이 현실화되고 있으니까요. 하지만 그 이전에 제게 헤테로토피아는 존재하지 않았었어요. 하지만 굳이 말하자면, 저도 카페로 숨어들곤 했네요. 정말 제겐 '철학', 장소없는 장소인 철학 속에서만 살았었네요. 부끄럽게도.

그런데 어느 날 오이코스가 열린거예요. 마치 우연인 듯, 필연인 듯. 이제 이곳에서 평화를 얻고 즐거워하고 설레고 있어요. 철학함이란 경이로 인한 설렘이 아닐까 싶어요. 이룰 수 없을 것 같던 일들이 여기에서는 이루지고 있어요. 좋아하는 사람들과 공부하고 토론하고 고민하고 지향하는 일들을 소소하게 현실화해 가고 있으니까요. 이보다 더 좋은 일이 어디 있을까요?

김지율 그런 다양한 장소들 현실에 있지만 '다른 장소들', 경계를 너머 또 다른 경계로 나아가는 그런 혼종적 장소들에서 우리들의 사유와 우리들의 실천은 더 확장되리라고 봐요. 저는 예전에 한참 시가 안될 때 화장터나 공원묘지에 갔었어요. 그곳에서 죽은 사람과 산 사람의 경계가 뭘까. 이 현실 너머 또 다른 현실이 있는 건 아닐까. 이런 생각들도 했었고요. 10년 전에 동유럽 여행 때 갔던 아우슈비츠도 그런 곳 중의 한 곳이었어요. 아무튼 기존의 장소와 공간의 의미는 더 해체되고 확장되어야 한다고 봐요. 그런 지점에서 지금 저에게 '진주'는 앞으로 오래도록 잘 살고 싶은 곳이네요.(웃음)

김운하 진주는 공룡들이 사랑했던 땅이고, 임란의 영웅들과 형평운동 같은 위대한 역사가 어린 멋진 도시입니다. 계속 진주를 오가면서 도시 한가운데를 가로지르는 큰 강, 다리, 촉석루의 야경 등 이 모든 걸 더 사랑하게 됩니다. 김지율 선생님이 연구하고 계신 장소성, 로컬리티나 헤테로토피아 개념은 앞으로 점점 더 중요성이 더해지리라고 봅니다. 그런 의미에서 이 헤테로토피아적인 실험인 이 책의 기획도 매우 신선하고, 그래서 진심으로 감사를 드리고 싶습니다.(웃음)

우리나라는 수도권 집중이 심각하고 이를 바꾸기 위해선 앞으로도 헤테로토피아적인 실험이 더 중요해지겠지요. 더욱이 커뮤니케이션 기술의 발달은 사실상 시공의 차이를 제거해 가고, 사이버 세계도 더 크게 확장되고 있습니다. 저는 이곳 진주에 설립된 오이코스 연구소도 그런 헤테로토피아적인 실험중 하나라고 생각하고, 함께 하는 선생님들과 함께 상식과 편견을 깨는 여러 도전을 많이 해보고 싶습니다.

심귀연 저는 김지율 선생님의 이 책에 대한 기획을 듣고 완전 설레었어요. 진주의 반짝임을 새삼스럽게 발견하기 시작했기 때문이지요. 저는 우연히 이곳에 태어났지만, 이곳은 저의 삶을 의미 있게 채워주었지요. 결국 진주는 오이코스와 더불어 제게 필연이 되었습니다. 선생님의 기획은 진주가 경상남도에 있는 작고 오래된 도시로 박제되는 것을 거부하고 있어요. 한때 젊은이들에게는 답답하고 노인이 살아가기엔 적당한 곳이라는 이야기들이 있었어요. 지방이 소멸한다고 우려에 진주도 피할 수 없을 것만 같았습니다. 그러나 문득 이러한 우려를 불식시킬 수 있을지도 모른다는 생각을 해봅니다. 김운하 선생님께서 말씀하셨듯이 오이코스 인문연구소의 기획은 헤테로토피아적 실험을 하고 있습니다. 이 기획은 진주에서 출발하지만, 진주가 중심이 된다기보다는 진주가 연대를 위한 계기로 작동하게 되리라 믿습니다.

이야기를 하다보니 모두들 시간 가는 줄도 모르고 있었다. 우리가 함께한 지난 일 년의 일들에 흐뭇해지기도 한다. 맞다 지금의 오이코스가 있는 곳은 유년 시절 내가 있던 초전동에서 가장 먼 곳이다. 봄이면 진양호 전망대에 피던 겹벚꽃들. 진양호는 어른이 되어가던 그 시절 섬 같은 외로움이 잠처럼 밀려올 때 위안이 되어준 호수다. 어른들은 진양호를 '너우니'라고 했다. '너우니'는 1894년 동학군의 집회장소였으며, '광탄진(廣灘津, 여울이 널찍한 나루)'의 순우리말이다. 버스 종점에서 진양호로 올라가는 가파른 길에 언젠가부터 솜사탕 리어카가 있었다. 카세트에서 흘러나오는 가요와 팝송들. 유원지 카페의 빨간 플라스틱 의자에 앉아 천막처럼 흔들리던 스물두세 살 무렵, 호수를 바라보다 팔각정까지 걸어갔다 돌아오곤 했다. 가끔은 내려오는 길에 동물원에서 본 기린처럼 종일 걸어 다니기도 했다.

연구소를 나와 K와 진양호로 갔다. 여기저기 새로운 건물들이 눈에 들어왔다. 팔각정으로 걸어 올라가는 길이 조금 가팔랐지만 K는 천천히 잘 걸었다. 그날 K와 전망대에서 본 노을은 내가 인생에서 본 가장 아름다운 노을 중의 하나였다.

cooperation in interviews

김운하

소설가이자 인문연구자로 건국대 몸문화 연구소 연구원과 오이코스 인문 연구소 연구원 활동을 병행중이다. 스스로 글쓰기보다 독서를 더 좋아하는 독서가라고 주장하지만, 막상 글을 쓰기 시작하면 글쓰기의 매력에서 헤어나지 못하는 편. 몇 년 전부터 인류세의 위기를 절감하며 인류세 관련 연구와 글쓰기에 집중하고 있으며 공동연구에 진심이다. 『나는 나의 밤을 떠나지 않는다』, 『137개의 미로카드』 등의 소설과 『우연의 생』, 『카프카의 서재』, 『릴케의 침묵』등 많은 저서와 『인류세 윤리』, 『인공지능이 사회를 만나면』등 많은 공저가 있다.

심귀연

생태 현상학자로, 오이코스 인문연구소와 경상국립대학교 인문학연구소에서 연구를 진행 중이다. 저서로는 『신체와 자유』, 『철학의 문』, 『취향-만들어진 끌림』, 『몸과 살의 철학자 메를로-퐁티』, 『내 머리맡의 사유』, 『모리스 메를로퐁티』가 있으며, 공저로는 『인류세와 에코바디』,『인류세와 윤리』 등이 있다.

우리는 날마다 더 아름다워져야 한다
– K에게

잘 익은 살구 하나를
주워 던지고 너는 사라진다
나는 많이 운 사람처럼 웃었고
아무에게도
사과하지 않았다

–『우리는 날마다 더 아름다워져야 한다』
시인의 말

여러 날을 함께 하고 우리는 자신의 자리로 돌아갔다. 그리고 며칠 뒤 K에게서 전화가 왔다. 나는 75개의 이름을 가지고 있었던 페르난도 페소아 이야기를 했다 "들판은 실제로 푸르른 것보다 묘사할 때 더 푸르다"고. 그리고 그 푸르름을 묘사하기 위해 시인은 얼마나 많은 밤을 서성거렸을까를.

'스물이 되면 빛나는 태양과 같이 찬란하게 타오르고, 나의 젊은 날이 눈부시게 아름다울 줄 알았다'는 자우림의 노래 〈이카루스〉처럼 내가 스물이 되고 서른과 마흔이 되어도 아무도 나에게 말해주지 않은 것들. 힘껏 몸부림쳐도 변하지 않는 것들. 그것을 조금씩 알아가던 날들.

십여 년 전 낯선 이국을 한 달간 떠돌아다닌 적이 있었다. 햇빛이 각도를 조금씩 바꿀 때 낯설게 펼쳐지는 그 풍경들에 혼란스러웠다. 누군가 앉았다 떠난 의자에 앉아 오전의 빛이 오후의 빛으로 바뀌는 것을 오래도록 바라보기도 했다. 언제나 사소한 것들에 대한 기억은 그렇게 장소와 함께 있었다.

멀리 오로라가 보였던 이국의 거리와 그 겨울 할머니를 떠나보내고 무작정 탔던 기차 안에서, 너를 보내고 돌아서는 그 많은 길 위에서 그리고 가장 멀고 따뜻한 바다 지중해에서. '말할 수 없는 장소는/ 말할 수 없는 장소를 반복하고'(「예고편」) 있었다.

글을 쓰기 좋은 장소를 찾으러 다니던 그때. 어느 카페의 구석진 자리에 숨다시피 앉아 글을 쓰던 때. 누군가는 창가에 앉아 밖을 바라보고 또 누군가는 휴대폰으로 온 문자를 읽으며 웃고 있었다.

K는 낯선 도시의 지하철을 좋아하고 나는 도시 변두리의 버스 주차장을 좋아한다. K는 쌀국수를 좋아했고, 나는 인도 음식을 좋아했다. 연극을 보고 터덜터덜 걸었던 그때. 기차를 기다리는 동안 근처 커피숍에서 커피를 마시며 또 수다를 떨었다.

어떤 장소를 떠날 때 누군가는 스스로 자신의 뭔가를 뒤에 남긴다. 우리가 가버린다 해도 우리의 기억은 그 장소에 영원히 머물기 때문이다. 그곳에 가야만 보이고 그곳에 가야만 찾을 수 있는 것이 있다. 그러므로 어떤 장소에 간다는 것은 우리 스스로에게 가는 또 다른 여행을 의미한다.

나의 도시,
당신의 헤테로토피아!

여덟 번째 날 신(神)은 나이도 이름도 모르는 한 인간의 얼굴을 돌 속에 묻어 두었다 다시 봄이다 그 얼굴을 보러 온 듯 오지 않은 듯 바람 한 점이 가끔 꽃잎, 꽃잎으로 다녀간다 달빛 아래서 오래 울고 있는 푸른 돌 하나.

-「푸른 돌-순장」

언젠가 K는 나에게 왜 시를 쓰는지 물었다. 그때 나는 이 시대 시를 쓴다는 것이 어떤 의미이고 시가 증언하는 진실이 무엇인지. 그리고 모든 것은 언젠가 사라졌고 앞으로도 그럴 것이라는 이야기들을 했던 것 같다. 그렇게 꼬리에 꼬리를 물고 이어졌던 그 많은 질문들은 이미 오래 전에 떠났거나 아직 돌아오지 않았는지도 모른다고. 오지 않아 힘들었고 너무 많아 괴로웠던 순간들. 고요하게 치열했던 그런 순간들은 대부분 어떤 장소와 함께했다고 말했다. 시간의 변화로부터 다양한 기억을 가지고 있는 곳, 이질적이고 혼종적인 문화들이 공존하는 장소. 존재의 깊고 내밀한 풍경을 담고 있는 장소들, 그런 장소들은 현실의 어떤 장소들과 다른 절대성을 가지고 있는데 그 장소들을 '헤테로토피아'라 말한다.

몇 년 전에 열 명의 시인과 대담을 한 적이 있다. 황인숙 시인과 용산 미군부대 벽을 따라 걸으며 고양이 사료와 만두 맛집 이야기를 했다. 인천에서 만난 김영승 시인은 '좋은 시는 좋은 사람' 한테서 나오는 어떤 '언어'라는 말을

그러니까, 언어로 옮기기 힘든 느낌이나 당연한 것이 당연하게 느껴지지 않는 순간들. 그런 절박한 순간들이 시가 되는 과정, 거기에는 언제나 어떤 장소의 특수성이 함께 했다.

들었다. 나하고 놀아주던 모든 이들이 아름다웠다고 했던 성윤석 시인과는 마산 창동에서 만났다. 재스민 향기를 가진 조말선 시인과는 물금이 보이는 어느 커피숍에서 만났고, 전동균 시인과는 서울 인사동에서 만났다. 맞다. 사직동 오래된 한옥 마을의 마당에서 조은 시인을 만나기도 했다. 작은 마당에서 보이는 조그마한 하늘이 오래도록 기억에 남는다. 그러니까 그들의 기억은 모두 만났던 장소와 함께 한다.

누군가 그랬다. 한 사람이 거주하는 생활공간을 보면 그의 현재가 다 보인다고. 시에 지극한 시인에게 그의 내밀한 공간은 시가 잉태되는 곳일 테다. 송재학 시인은 거의 26년을 지하 작업실에서 시를 썼다. 그런 시인은 말한다. '작업실을 지하실에 마련한 것은 혹 도스토옙스키의 『지하생활자의 수기』에 대한 미련이 아닐까…. 닮아가는 것은 사람과 사람뿐만 아니다. 어둠과 어둠 사이도 비슷하다. 그러니까 내가 작업실로 지하실을 골랐던 건, 음악이 아니라 어둠 때문이다. 몇 년간 지하 생활자의 생을 통해 나는 어둠을 관찰하고 음미하고 어둠에 스스로를 방기해왔다. 더 지독한 언어 탓이라고 스스로 위로 한다'고. 시인이 매일 찾았던 그 지하 작업실에는 수많은 엘피판이 있다. 어떤 날은 춥고 컴컴한 지하실에서 음악도 듣지 않은 채 앉아 있기도 한다고 했다. 시인이 날마다 그곳에서 찾으려고 했던 것은 무엇일까? 시인에게 그 장소는 도대체 무엇이며, 그 장소는 시인을 어떻게 변화시켰을까?

한 사람이 자신의 경험과 감정을 가지고 어떤 장소에 오래 거주하게 되면 그 장소는 자기화된다. 그러니까 그 사람은 그 장소로 인해 바뀌기도 하지만 반대로 사람에 의해 장소가 바뀌기도 한다. 마이 겐이치는 인간을 바꾸는 세

송재학 시인이 25년을 머물렀던 지하 작업실

시인의 작업실은 조금 낡고 허름한 건물의 지하 계단을 내려간다. 큰 문이 있고, 그 문을 열고 들어가면 어마어마한 진공 앰프와 그 앞에 턴테이블이 몇 개 있다. 그 앞으로 셀 수 없을 만큼의 엘피판이 세워져 있거나 쌓여있다. 시인의 손때가 묻은 엘피판들. 시인은 꼭 음악을 듣기 위해서 이 공간을 찾는 건 아니라고 한다. 그 지하 공간에는 소리나지 않는 음악들이 둥둥 떠다니는 것 같았다.

가지 방법이 '만나는 사람을 바꾸고, 사는 곳을 바꾸고, 시간을 달리 쓰는 것'이라고 했다. 여기서 만나는 사람이 바뀌면 당연히 장소가 달라진다. 사람마다 취향이 다르니 좋아하는 장소도 다르다. 그리고 그곳에서 새로운 사람들을 만나면 자연히 이전과 다른 생각과 행동을 가지게 된다. 아마 시인에게 그 공간은 음악을 듣고 사색하고 그 사색이 글로 이어졌겠지만, 대부분은 그렇지 않을 때가 더 많았을 것이다.

진주, 남강의 물결과 대숲의 바람 소리와 촉석루에서 올려다 본 달빛. 그 어느 날, 중앙시장에서 먹었던 멸치국수와 목련이 환하게 핀 석류공원에서 낮술을 마시던 스물몇 살의 그때도 진주는 나에게 가장 낯설고 아픈 도시였다. 한해살이풀이 죽은 자리에 여전히 한해살이풀이 또 자라듯 나의 도시는 당신의 헤테로토피아로 영원히 살아갈 것이다. 그리고 이 도시를 가장 아름답게 걷고 있을 당신을 나는 내내 생각할 것이다.

50

부록

진주의 옛 장소들

신발을 고치는 사람들(1937년경, 진농관)

▲ **선학에서 바라본 장대동(도2의 세부, 1937년경, 진농관)**

현재 장대동과 옥봉동 일부 지역의 모습으로 1937년 당시에는 옥봉정(玉峯町), 앵정(櫻町)등으로 불렀다. 홍수 방지를 위한 제방이 설치되어 있다.

▼ **선학에서 바로 본 진주성(도2의 세부, 1937년, 진농관)**

▲ 진주신사(1933년경, 진농관)
진주신사는 지금의 임진대첩계사 순의단 자리에 1915년경에 설치되었다.

▼ 인력 궤도차(1933년경, 진농관)
궤도를 설치하고, 사람의 힘으로 화차를 밀어 나르고 있다.

진주공원의 석등(1939년경, 진농관)

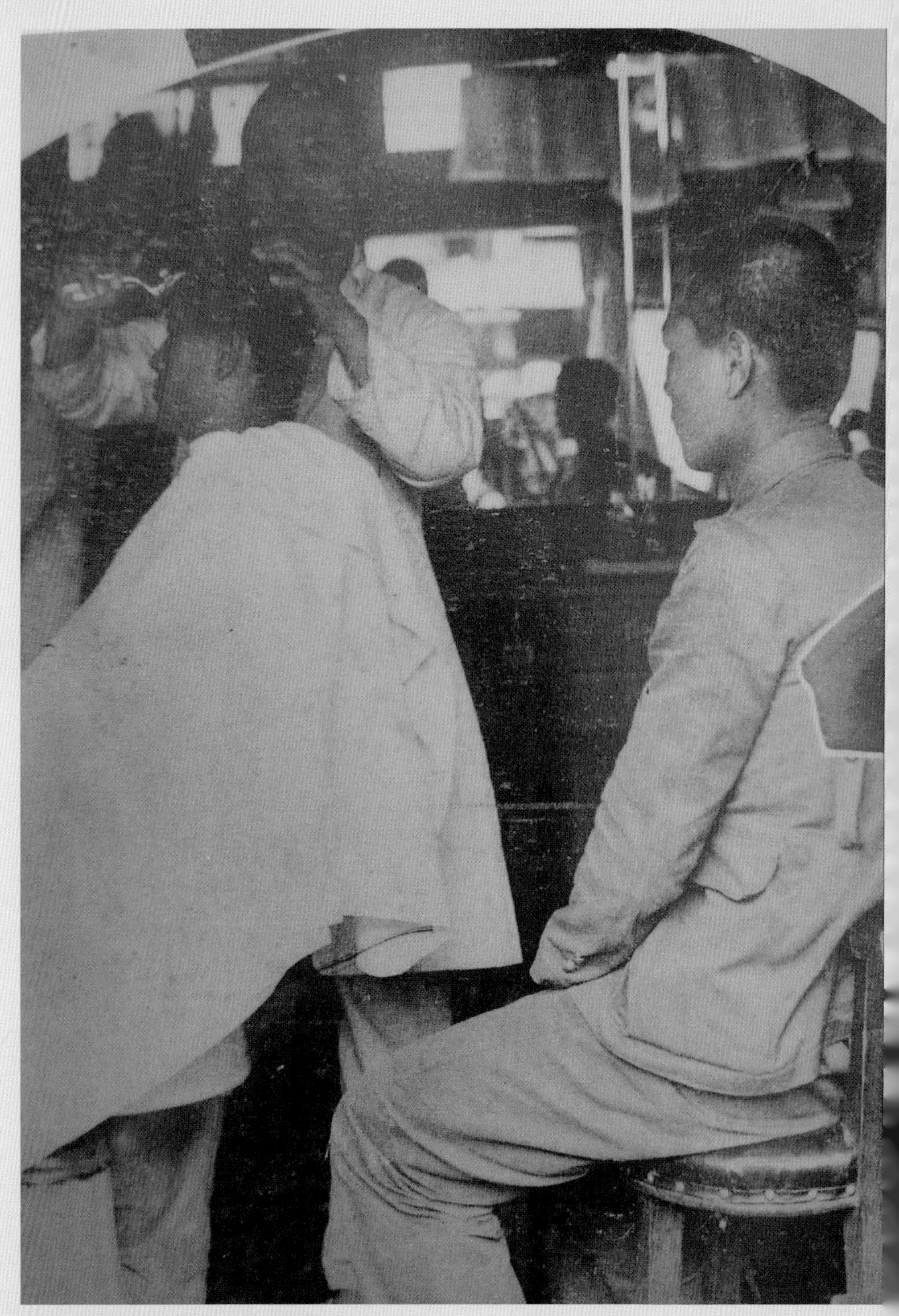

일제 강점기 이발소의 풍경(1936년경, 진농관)

▲ 촉석루 전경(1936년경, 진농관)
녹음이 우거진 계절, 의암 바위 위에서 몇 사람들이 풍경을 즐기며 이야기를 나누고 있다.

▼ 촉석루가 사라진 진주성(1950년대, 개인소장)
1950년 한국 전쟁 당시 폭력으로 인해 촉석루가 소실되었다.

▲ 영남포정사(1933년경, 진농관)
바깥에는 영남포정사, 누각. 안쪽에는 망미루 현판이 걸려있다.

▼ 진주교(1933년경, 진농관)
당시 진주교의 길이는 약 293m, 폭 5.5m, 높이 5.8.m 였다.

▲ 수정봉에서 바라본 향교(1933년경, 진농관)

지방 교육시설로 원래 비봉산 쪽에 위치하다가 임진왜란으로 소실된 후 1603년 현재 위치로 이전되었다.

▼ 2차 매립지 대사지 전경(1939년경, 진농관)

현 인사광장 교차로인 매립지에서 대규모 행사가 열리고 있다.

진주공립고등보통학교(1933년, 진농관)

진주중고등학교 전신이다. 경상남도 도청 이전의 대가적 차원으로 일신재단으로부터 자금과 부지를 강제 인수받아 1925년 공립고등보통학교로 개교하였다. 1939년 진주공립중학교로 개칭하였고, 1951년에 고등학교와 중학교가 분리되었다.

해인고등학교와 해인대학 재단법인 해인사의 행사 모습(해방후, 진농관)

재단법인 해인사는 1952년 강남동 112번지 해인농림고등학교와 해인대학을 설립하였다. 해안농림고등학교는 해인고등학교를 거쳐 현재 진주동명고등학교가 되었고, 해인대학은 국민대학에서 갈라져 나와 교명을 변경한 후, 1952년 진주로 이전하였다가 1956년 마산으로 옮겨 1961년 마산대학, 1971년 경남대학으로 교명을 변경하였다.

▲ 진주 칠암거리(1933년, 진농관)

이 일대는 1932년부터 일본식의 명치정(明治町), 대정정(大正町), 소화정(昭和町)으로 불리다가 1948년 현재의 지명으로 불리게 되었다.

▼ 신축된 우편국(1933년경, 진농관)

1928년에 대사지 매립지에 이전하였고, 우편국 동쪽에 진주극장이 있었다.

▲ 칠암 나루를 건너는 학생들(1936년경, 진농관)

일제 시대에는 남강을 따라 주요 도로를 잇는 많은 나루터가 있었다. 배다리와 콘크리트 다리가 생겨도 나룻배는 계속 운행되었다.

▼ 대사지와 도립병원(1933년경, 진농관)

1910년 이사청 지청자리(옛 금성국교)에 자혜의원이 개원하였고 이후 옛 낙육재 자리에 있던 진주공립농업학교가 1921년 천전리로 이전하였다. 그후 1923년 이곳에 병원을 신축하여 이전하였고, 경남도립 진주의료원으로 이름을 바꿨다.

시공관(1960년,《개천예술제》)

1958년 진주시 공관으로 건립되어 60년대에는 민간극장으로 사용되었다. 1969년부터 제일극장으로 이름을 바꿨다. 1960년대 9월에 개봉된 영화 '제멋대로'가 상영되고 있는 모습이다.

▲ 진주역(1936년경, 진농관)

진주역은 1925년 4월 1일 개통하여, 6월 15일 영업을 시작하였다. 현재 진주대로 915번길의 서쪽 끝부분이다. 한국전쟁으로 역사가 소실되었다가 1956년 12월 옛진주역으로 이전하였다.

▼ 진주역 행사 모습(1937년경, 진농관)

진주역에서 출정군인 전별 행사가 열리고 있는 모습.

▲ 진주역, 기차에 올라(1933년경, 진농관)

수학여행을 떠나는 진주공립농업학교 학생들

▼ 경남자동차주식회사(1937년경, 진농관)

1910년대 진주는 마산, 하동, 삼천포, 의령, 상주행이 주요 도로였다. 부산으로의 이동은 삼천포-기선, 마산-기차를 이용했다.

▲ 진주교 건너 공장(1939년경, 진농관)

일본인 시미즈 사타로가 1919년에 설립한 진주정미소의 모습. 주변 공장까지 포함해 약 100명 가까운 직원이 근무하였다. 진주정미소는 해방 후 적산(敵産)으로 분류되어 조선인 관리자에게 넘겨졌으나 얼마 후 폐업했다.

▼ 옛 경상남도청 선화당 건물(1938년경, 진농관)

도지사의 집무실이었던 7칸 건물의 선화당(宣化堂)모습. 1925년 4월 도청이 부산으로 이전되면서 용도가 폐기되었다.

남강에서 스케이트 타는 학생들(1937년경, 진농관)

나의 도시,
당신의 헤테로토피아

초판 1쇄 인쇄일 | 2024년 2월 23일
초판 1쇄 발행일 | 2024년 2월 29일

지은이 | 김지율
편집/디자인 | 정구형 이보은
마케팅 | 정찬용 정진이
영업관리 | 한선희 김형철
책임편집 | 정구형
인쇄처 | 으뜸사
펴낸곳 | 국학자료원 새미(주)
등록일 2005 03 15 제25100200500008호
본사)충청남도 논산시 상월면 522 금강대학교 산학협력단 513호
지사)경기도 고양시 덕양구 권율대로 656 클래시아더퍼스트 1519, 1520호
Tel 02)442-4623 Fax 02)6499-3082
www.kookhak.co.kr
kookhak2010@hanmail.net

ISBN | 979-11-6797-152-4 *03810
가격 | 25,000원